Buffy – Im Bann der Dämonen
WILLOW UND DAS MONSTERBABY

Mel Odom

Buffy
IM BANN DER DÄMONEN

Willow und das Monsterbaby

Aus dem Amerikanischen
von Catherine Shelton

Die Deutsche Bibliothek – CIP-Einheitsaufnahme

Buffy, im Bann der Dämonen. – Köln : vgs
Willow und das Monsterbaby / Mel Odom.
Aus dem Amerikan. von Catherine Shelton. – 1999
ISBN 3-8025-2711-9

Das Buch »Buffy – Im Bann der Dämonen. Willow und das Monsterbaby«
entstand nach der gleichnamigen Fernsehserie
(Orig.: *Buffy, The Vampire Slayer*) von Joss Whedon,
ausgestrahlt bei ProSieben.

© des ProSieben-Titel-Logos mit freundlicher
Genehmigung der ProSieben Media AG

Erstveröffentlichung bei Pocket Books, New York 1999.
Titel der amerikanischen Originalausgabe:
Buffy, The Vampire Slayer. Unnatural Selection.
TM und © 1999 by Twentieth Century Fox Film Corporation.
All Rights Reserved.

© der deutschsprachigen Ausgabe:
vgs verlagsgesellschaft, Köln 1999
Alle Rechte vorbehalten.
Umschlaggestaltung: Alex Ziegler, Köln
Titelfoto: © Twentieth Century Fox Film Corporation 1999
Satz: Kalle Giese Grafik, Overath
Druck: Clausen & Bosse, Leck
Printed in Germany
ISBN 3-8025-2711-9

Besuchen Sie unsere Homepage im WWW:
http://www.vgs.de

1

Ein kurzer dumpfer Schlag hallte in dem großen viktorianischen Haus der Campbells wider. Willow Rosenberg sah von dem mittelalterlichen Text auf, der auf ihren Knien lag, und ließ den Blick durch das Wohnzimmer schweifen. Fremde Häuser und ihre komischen Geräusche ... In der nächsten Ausgabe von »Lifestyle des Merkwürdigen und Unheimlichen«.

Natürlich meinte sie das nicht wirklich so. Die Campbells waren sehr nette Leute und es war schließlich nicht ihre Schuld, wenn ihr Haus seltsame Geräusche von sich gab, die sie beim Babysitten erschreckten. Und es war auch nicht ihre Schuld, wenn es in Willows Leben eine dunkle Seite gab, die jeden Schatten bedrohlich erscheinen ließ.

Automatisch griff sie nach der Tasche zu ihren Füßen und nicht etwa zu dem schnurlosen Telefon, das neben ihr auf dem Sofa lag. Die Erfahrung hatte sie gelehrt, dass die Holzpfähle in ihrer Tasche sie besser gegen Dinge beschützten, die in der Nacht seltsame Geräusche machten, als ein Notruf.

Sunnydale lag direkt über dem Tor zur Hölle und in dieser Stadt, in der jeder nur erdenkliche Schrecken Gestalt annehmen konnte, war die Polizei oft nicht in der Lage zu helfen – oder wollte es auch nicht.

Die großen Panoramafenster auf der anderen Seite des Raumes gaben die Sicht auf die Blumenbeete der Campbells und ihr Gewächshaus frei. Der Garten glich in dieser Nacht einem Dschungel. Große blassgelbe und weiße Blüten schimmerten im Mondlicht.

Hatte sich da draußen etwas bewegt? Willow starrte durch das Fenster, auf das die Lampe neben der Couch schemenhaft ihr eigenes Spiegelbild warf. Und wenn da etwas war, würde sie es sehen?

Und würde dieses Etwas *sie* sehen?

Die Blumen und Bäume raschelten leise im sanften Wind. Alles schien ruhig und friedlich.

Willow seufzte erleichtert und ließ den Holzpfahl sinken. Nimm dich zusammen!, ermahnte sie sich. Du bist einfach nur müde und schon eine ganze Weile allein in diesem Haus. Du machst dich nur verrückt, weil deine beste Freundin einen ziemlich merkwürdigen Job hat.

Das große Wohnzimmer der Campbells war mit überladenen, schweren Möbeln aus den vierziger Jahren eingerichtet. Es war ihr vertraut von den vielen Malen, die sie früher schon bei den Campbells als Babysitter gewesen war. Sogar die Stereoanlage und der in eine Kommode eingelassene Fernseher waren in dem üppigen Stil der damaligen Zeit gehalten. Im *Discovery Channel* lief ein Dokumentarfilm über den Regenwald im Amazonasgebiet. Zwar hatte sie diesen Film schon einmal gesehen, aber damit sie sich nicht so allein fühlte, ließ sie den Fernseher trotzdem eingeschaltet.

Um sich zu vergewissern, dass alles in Ordnung war, ging sie ins obere Stockwerk und schaute nach dem Baby. Die Nachttischlampe in Form eines freundlichen Clowngesichts warf ein sanftes Licht auf Tad Campbell. Er war acht Monate alt, hatte lockiges blondes Haar und große grüne Augen, die man jetzt allerdings nicht sah. Er schlief tief und fest und hielt dabei seine winzige Faust an den Mund gepresst.

Na, wenn das kein schöner Schnappschuss wäre! Willow kehrte in das Wohnzimmer zurück und vertiefte sich wieder in ihr Buch. Auf der aufgeschlagenen Seite waren mittelalterliche Folterinstrumente abgebildet, deren Anwendung der begleitende Text außerordentlich ausführlich und anschaulich beschrieb. Nicht gerade eine leichte Bettlektüre, dachte sie, während sie nach ihrer Light-Limonade griff, die auf einem Tablett am anderen Ende des Tisches stand, und einen tiefen Schluck nahm. Als sie den kurzen dumpfen Schlag zum zweiten Mal hörte, hätte sie sich fast verschluckt. Diesmal schien das Geräusch eindeutig aus dem oberen Stockwerk und nicht von draußen zu kommen.

Jetzt ganz ruhig bleiben, sagte sie sich selbst. Das kann eine Katze gewesen sein oder ein Ast oder sonst irgendetwas.

Ihr Gehirn schien vor allem von der letzten Möglichkeit nahezu unwiderstehlich angezogen zu werden. Je länger sie darüber nachdachte, desto größer und beunruhigender wurde dieses Irgendetwas. Böse Wesen wachsen meist sehr schnell ... vor allem wenn sie einen unerschöpflichen Nachschub an Opfern haben. Willow ließ das Buch wieder sinken und lauschte angestrengt.

Sie schaltete das Video-Überwachungssystem an und rief das Babyzimmer auf. Die Anlage war so eingestellt, dass das Zimmer automatisch auf dem Monitor erschien, sobald das Baby ein Geräusch machte. Bisher hatte Tad tief und fest geschlafen. Auch jetzt war nichts zu hören.

Sie schaltete die Anlage wieder aus und spürte, dass sie zu unruhig war, um die Stille im Wohnzimmer zu ertragen. Sie sehnte sich danach, eine menschliche Stimme zu hören. Um sich abzulenken, ging sie wieder in das Kinderzimmer hinauf und sah noch einmal nach dem Baby. Es schlief immer noch.

Nachdem sie ins Wohnzimmer zurückgekehrt war, griff sie nach dem Telefon und wählte Buffys Nummer. Komm schon, komm schon, du musst einfach zu Hause sein! Jeder kleine Vampir schläft doch um diese Zeit schon längst brav in seinem Sarg. Während sie wartete, wanderte ihr Blick unruhig durch den Raum.

»Hallo?«

»Oh, hallo.« Willow schnappte überrascht nach Luft, als sie die Stimme von Buffys Mutter erkannte. »Mrs. Summers, hier ist Willow. Ich wollte mit Buffy sprechen.«

»Das tut mir Leid. Buffy ist nicht zu Hause.«

Nein! Das darf doch nicht wahr sein. Sie muss einfach zu Hause sein. Okay, tief Luft holen. Ganz ruhig bleiben.

»Wann wollte sie wieder da sein?«

»Das hat sie nicht gesagt.« Die Art, wie Buffys Mutter dies sagte, gab ihr zu verstehen, dass Buffy auf der Jagd war und Dinge tat, die Mrs. Summers wohl erahnte, aber am liebsten nicht wahrhaben wollte. Und wenn die Jägerin eines Tages dem einen Vampir begegnet, der zu schnell für sie ist, und gar nicht mehr nach Hause kommt? Zumindest nicht ohne eine ausgesprochen schlechte Haut, lange Zähne und ein ganz neues Lieblingsgetränk? Willow machte sich Vorwürfe, dass sie Buffy an diesem Abend nicht begleitet hatte, aber sie wusste, dass Buffy immer noch viele Schläge gegen die Vampire alleine unternahm.

»Willow, ist alles in Ordnung mit dir?«.

»Mir geht es gut. Danke.« Sie wollte auf jeden Fall vermeiden, dass sich Buffys Mutter Sorgen machte und Buffy erzählte, dass es ihr vielleicht nicht gut ginge. Nach einer anstrengenden Nacht mit ihren Langzähnen hatte Buffy sicherlich Besseres zu tun, als sich auf den Weg zu den Campbells zu machen, nur um herauszufinden, dass ihre Freundin Gespenster sah. »Ich habe nur angerufen, um ... äh ... zu fragen, wann sie Zeit für ... die Nachhilfestunde hat, um die sie mich gebeten hat.« Das erschien glaubwürdig. Buffy hatte aufgrund ihrer außerschulischen Aktivitäten manchmal mit ihren Noten zu kämpfen.

»Ich richte ihr aus, dass du angerufen hast.«

»Vielen Dank, aber das ist nicht nötig. Ich sprech einfach morgen selbst mit ihr.«

Als wenn es morgen nicht vielleicht schon zu spät sein könnte. Willow wünschte Mrs. Summers einen schönen Abend und legte auf. Sie war immer noch so nervös, dass sie kaum in der Lage war, ruhig sitzen zu bleiben.

Meine Sensoren vibrieren, würde Xander jetzt sagen.

Sie warf einen Blick auf die Zeitanzeige des Videogerätes: 21.28 Uhr. Die Campbells würden frühestens in anderthalb Stunden nach Hause zurückkehren. Sie bereute jetzt jeden dieser schlechten Teenie-Babysitter-Splatterfilme, die sie gesehen hatte, weil Xander sie dazu überredet hatte. Sie konnte sich nur zu gut an jede einzelne Szene erinnern.

Sie beschloss, Oz anzurufen. Seine Art wirkte immer beruhigend auf sie. Er hatte einfach diese Ausstrahlung, die auch dadurch nicht beeinträchtigt wurde, dass er eigentlich ein Werwolf war. Sie wusste, dass er an diesem Abend mit seiner Band probte, aber sie wusste auch, dass er sich Zeit für sie nehmen würde.

Während sie die Nummer wählte, hörte sie wieder diesen dumpfen Schlag.

Buffy Summers glitt sicher durch die undurchdringliche Dunkelheit. Dabei beobachtete sie unablässig den Wald, der sie umgab. Die Instinkte der Jägerin waren zwar geschärfter als die eines normalen Menschen, aber Unaufmerksamkeit war eine andere Sache. Und das konnte bei ihrer Aufgabe tödlich sein. Sie bewegte sich so lautlos wie ein Schatten, der durch eine Grabkammer huscht.

Ihr Begleiter war nicht annähernd so leise. Rupert Giles war Bibliothekar und ihr Wächter. Obwohl er alle Fähigkeiten besaß, um sie zu trainieren, fehlten ihm doch die besonderen körperlichen Eigenschaften, über die die Jägerin verfügte. Er trat nun schon zum zweiten Mal auf einen Ast, der mit einem Geräusch zerbrach, das Tote hätte aufwecken können.

Oder Untote in diesem Fall, dachte Buffy, während sie einen Blick über ihre Schulter warf, um sich zu vergewissern, dass es wirklich nur ein Ast und nicht etwa ein Angriff gewesen war.

»Tut mir Leid«, flüsterte er. »Aber in dieser Dunkelheit herumzulaufen ist einfach tödlich.«

»Ja, und wenn Sie nicht ein bisschen vorsichtiger sind, werden Sie noch schnell merken, wie tödlich es sein kann, Pfadfinder.«

»Oh.« Giles fühlte sich trotz der aktuellen Mission geschmeichelt. »Wie ich sehe, hast du dich mit amerikanischer Literaturgeschichte beschäftigt. Allerdings wusste ich nicht, dass ihr auch James Fenimore Coopers Geschichten von Natty Bumppo durchnehmt.«

»Sondereinsatz, Giles«, seufzte Buffy und dachte: Ich muss mich daran gewöhnen, dass mein ganzes Leben ein einziger Sondereinsatz ist. »Ich habe den Literaturtest versägt.« Sie hatte sich für die Nacht vorbereitet und trug schwarze Leggings, Stiefel und ein trendy Häkelhemd über einem schwarzen, ärmellosen Rollkragentopp. In ihrem Rucksack befand sich die Ausrüstung, die sie für ihre nächtliche Streife zusammengestellt hatte.

»Ich dachte, du hast dich auf den Test vorbereitet.«

»Hab ich auch«, antwortete Buffy. »Aber genau in der Woche sind diese Rockabilly-Vampire aus Tennessee in Sunnydale aufgetaucht, um nach Elvis-Devotionalien zu suchen.« Das war definitiv keine erholsame Woche gewesen.

»Richtig. Ich erinnere mich.« Im Dickicht der umstehenden Bäume waren von Giles nur sein blaues Nadelstreifenhemd und die goldgerahmte Brille zu erkennen.

»Sie haben drei Menschen getötet, bevor ich sie endlich aufspüren konnte.« Buffy duckte sich unter dem tief hängenden Ast einer Eiche und folgte dem schmalen Wildpfad, den sie entdeckt hatte. »Es ist nicht immer einfach, dem Jagen und dem Lernen die gleiche Aufmerksamkeit zu schenken.«

»Ich wollte nicht den Eindruck erwecken, dich für deine Noten zur Rechenschaft ziehen zu wollen.«

Buffy bemerkte, dass auch Giles müde war. »Wissen Sie, dass ist kein Problem. Das Referat hilft mir, die schlechte Note vom Test wieder auszugleichen.« Wenn auch nur mühsam.

»Lass es mich wissen, wenn du Hilfe brauchst. James Fenimore Cooper hat ein paar ziemlich spannende Geschichten geschrieben.«

Spannend?, dachte Buffy und ein Grinsen machte sich auf ihrem Gesicht breit, während sie dem Wildpfad weiter folgte. Abseits der Bäume verlief der Weg jetzt im Mondlicht und war auch für normale Augen gut zu erkennen. »Danke, Giles, aber im Augenblick ist das eine Sache zwischen Cliff und mir.«

Giles stolperte über einen losen Ast. »Cliff?«

»Keine Sorge, Giles«, antwortete Buffy. »Cliff wie *Cliff Begleithefte*. Ich lese das Buch, ich lese das Begleitheft, dann schreibe ich ein Referat. Sondereinsatz.«

»Ich verstehe. Du bist ziemlich beschäftigt in letzter Zeit.«

»Ich bin immer ziemlich beschäftigt, Giles. Nur sieht es so aus, als ob es in letzter Zeit mehr Arbeit wäre.« Er bemerkt es nur nicht, dachte sie, weil er diese Wächter-Sache schon viel länger macht, als ich jage. Eine Bewegung zu ihrer Linken erregte ihre Aufmerksamkeit, aber sie blieb nicht stehen. In der Nacht gab es zahllose Jäger. Sie war nur eine von ihnen. Doch nur die Besten überlebten.

»Hast du herausfinden können, warum die Vampire so an diesem Park interessiert sind?«, fragte Giles. Er hatte ihr seine Begleitung angeboten, um ihr zu helfen, die Ursache für das gegenwärtige Problem herauszufinden.

»Leider nicht und ich weiß auch immer noch nicht, wie ich mich in Cordys und Willows Streit um die Mega-Frühlingsparty nächstes Wochenende verhalten soll.« Vampire zu pfählen war dagegen ein Kinderspiel und wahrscheinlich sogar weniger gefährlich.

Wieder nahm sie zu ihrer Linken eine Bewegung wahr, irgendetwas dicht am Boden, das definitiv größer als ein Tier war. Buffy ließ das Etwas nicht aus den Augen, folgte aber weiter dem Pfad. Um erfolgreich zu jagen, muss ein Jäger manchmal den Gejagten spielen. Wer hatte ihr das beigebracht? Giles? Oder war es Angel gewesen?

»Ich wusste nicht, dass es außer der Anwesenheit von Vampiren noch ein anderes Problem gibt.«

»Wachen Sie auf, Giles! Wie ist es nur möglich, dass Sie alles, was so vor sich geht, nicht bemerken? Cordy organisiert die Frühjahrsparty und Willow protestiert gegen den Verkauf des Parkes an die Bauinvestoren. Großer Interessenkonflikt! Gigantisch sogar. Ist Ihnen die Spannung zwischen den beiden nicht aufgefallen?«

»Nein«, antwortete Giles ehrlich.

»Beide wollen meine Unterstützung, aber ich weiß nicht, wem ich helfen soll.«

»Was willst du denn tun?«

»Ich hätte Lust, auf die Party zu gehen«, erklärte Buffy, »aber wenn Willow sich durchsetzen kann, wird sie wohl nicht stattfinden. Wie auch immer, es stand auch nicht auf meinem Wunschzettel, während meiner Osterferien Vampire im Weatherly Park zu pfählen.«

»Wohl kaum.«

Buffy konzentrierte sich auf die Bewegungen links von ihr. Da musste mehr als nur einer unter den Bäumen sein. Das wurde ja langsam richtig interessant. Obwohl die Angst ihr kalte Schauer durch den Körper jagte, fühlte sie gleichzeitig eine innere Erregung in sich aufsteigen. Sie griff mit einer Hand in den Rucksack und zog vorsichtig die Armbrust hervor. Kommt schon, Jungs!

Buffy ging weiter, doch ihre Schritte wurden immer langsamer. Sie konnte jetzt ihre Blicke auf sich spüren. Sogar ohne die wachen Instinkte einer Jägerin hätte sie die Augen im Dunkeln wahrnehmen können. Sie starrten sie genauso intensiv an wie Sechstklässler, die gerade erst bemerkt haben, dass Mädchen irgendwie anders sind. Blutrote Augen glitzerten in der Dunkelheit, während sie langsam näher kamen. Mit einer Hand packte sie Giles' Blazer und zerrte ihn in dem Augenblick zur Seite, in dem der Anführer der Vampire auf sie zuschoss.

Sie warf sich zu Boden, rollte sich ab und entging nur knapp dem Angriff des zweiten Vampirs. Sein stinkender Atem streifte ihre Wangen und seine Krallen fuhren durch ihr Haar. Sie kam wieder auf die Beine, hob die Armbrust an ihre Schulter und schoss.

Der Pfeil flog gute drei Meter und bohrte sich tief in das tote Herz des Vampirs. Die Kreatur warf den Kopf in den Nacken und schrie wutentbrannt auf. Doch aller Widerstand war zwecklos. Innerhalb von Sekunden zerfiel der Vampir zu einem wirbelnden Ascheregen.

Es blieb Buffy allerdings keine Zeit, sich über ihren Sieg zu freuen. Die anderen Vampire kamen unter den Bäumen hervor und bewegten sich immer schneller auf sie zu. Buffy packte Giles am Arm und stieß in vor sich her.

»Laufen Sie!«, befahl sie.

Die Vampirmeute war ihnen dicht auf den Fersen.

»Hi. Ich wollte mit Oz sprechen. Ist er da?« Willow umklammerte den Hörer und lauschte angestrengt nach oben, ob sich der dumpfe Schlag wiederholte.

Am anderen Ende der Leitung vernahm sie Stimmengewirr, das Rat-a-tat-tat eines Schlagzeuges und Musik im Hintergrund; jemand schlug ein paar Akkorde auf einer Gitarre an. Sie wusste von Oz, dass die Band die Proben meist sehr locker anging.

Willow überprüfte noch einmal das Babyzimmer auf dem Monitor. Es war immer noch alles still. Wenigstens bekam Tad von all dem nichts mit.

»Hallo.« Oz war am Telefon.

»Und, wie laufen die Proben?«, fragte Willow. Mann, nur ein Wort, eine einzige Silbe von Oz und schon sah sie die ganze Sache mit anderen Augen. Jetzt, da sie mit Oz sprechen konnte, fühlte sie sich sofort besser. Es kam ihr plötzlich sogar fast albern vor, ihn wegen ein paar komischer Geräusche anzurufen.

»Gut«, erwiderte Oz knapp wie immer. »Also, was ist los?«

Er wusste immer, wann es Zeit war, einfach nur zuzuhören. Willow ließ ihren Blick unaufhörlich durch das Wohnzimmer wandern. Warum ist das Geräusch nicht jetzt zu hören? Dann könnte ich einfach sagen: Hör mal, dieses Geräusch macht mich total fertig. »Ich glaube, ich bin etwas nervös.«

»Weil du babysitten musst? Ich dachte, du hast schon früher bei den Campbells auf die Kinder aufgepasst?«

»Ja klar. Vor ein paar Jahren, als Bobby noch klein war.« Der ältere der Campbell-Söhne übernachtete heute bei einem Freund.

»Ist Tad denn so viel schwieriger?«

Willow musste lächeln. Oz hatte wirklich ein gutes Gedächtnis. Sie wusste nur zu gut, dass die meisten Jungs sofort wieder vergaßen, was ein Mädchen ihnen erzählte. Selbst Xander, der sich an fast alles erinnerte, was man ihm erzählte, hörte nicht so aufmerksam zu wie Oz. »Eigentlich nicht. Ich musste ihm heute Abend erst einmal die Windeln wechseln. Er hat bisher die ganze Zeit geschlafen.«

»Hast du mit Mr. Campbell sprechen können?«

»Nein.« Eigentlich hatte sie sich gefreut, als die Campbells sie gebeten hatten, für ihren Babysitter einzuspringen, der krank geworden war. Sie wollte auf jeden Fall die Gelegenheit nutzen, Mr. Campbell um seine Unterstützung gegen die geplante Baugenehmigung zu bitten, die es *Gallivan Industries* ermöglichen würde, den Weatherly Park zu zerstören. Wenn Cordy die Gelegenheit dazu hätte, würde sie das Gleiche tun. »Er hatte es heute Abend sehr eilig.«

»Gib nicht auf«, ermutigte Oz sie.

»Auf keinen Fall. Ich habe schöne Erinnerungen, die mit dem Weatherly Park verbunden sind, und vielen anderen Kids geht es genauso. Ich will nicht, dass der Park zerstört wird. Noch nicht einmal für die Errichtung eines Freizeitparks. Freizeitparks gibt es überall, doch den Weatherly Park gibt es nur einmal.«

Irgendjemand im Hintergrund rief nach Oz. »Ich komme sofort«, rief er zurück.

»Wollt ihr noch weggehen?«, fragte Willow und hoffte inständig, dass Oz nein sagen würde.

»Wie hatten vor, uns eine Pizza zu holen und dann wieder hierher zu kommen und noch ein paar Stunden zu arbeiten«, erklärte Oz. »Es sei denn, du brauchst mich?«

»Nein.« Das dumpfe Geräusch hatte sich nicht wiederholt. Willow wollte ihn nicht bitten zu kommen, solange sie keine Gewissheit hatte, dass wirklich etwas nicht stimmte. Ihr Blick fiel wieder auf den Monitor und sie spürte genau, dass irgendetwas daran sie beunruhigte, aber sie wusste nicht, was es war. »Ich glaube … ich wollte einfach nur deine Stimme hören.« Was nicht gelogen war.

»Ich freue mich auch immer, deine Stimme zu hören«, antwortete Oz.

Willow lächelte wieder und es schien ihr, als wenn die Angst, die sie gepackt hatte, plötzlich Lichtjahre entfernt war. Oz hatte einfach diese wundersame Wirkung auf sie. »Ich schlage vor, ihr geht jetzt eure Pizza holen und wir sprechen uns dann später.«

»Und du bist dir sicher, dass ich nicht vorbeikommen soll?«

»Ganz sicher.« Willow verabschiedete sich und schaltete das Telefon aus. Sie stand am Fenster und blickte hinaus in den Garten, der von dem fahlen Mondlicht nur schwach erhellt wurde. Buffy ist irgendwo da draußen und zieht ihre Jägerinnen-Nummer durch, dachte sie. Das Mindeste, was ich tun kann, ist, meinen Babysitterjob gut zu machen und mich um das Parkprojekt zu kümmern. Sie verschränkte die Arme vor der Brust und fühlte, wie trotz des kuscheligen Pullovers, den sie an diesem kühlen Abend trug, ein kalter Schauer durch ihren Körper lief.

Sie kehrte auf die Couch zurück und versuchte sich wieder in ihr Buch zu vertiefen. Es war sinnlos. Ihre berühmte Konzentrationsgabe ließ sie im Stich. Angst – eine der Hauptursachen für Analphabetismus.

Sie wandte ihre Aufmerksamkeit wieder der Sicherheitsanlage zu. Irgendetwas machte sie nervös. Sie rief wieder das Babyzimmer auf. Nichts zu hören.

Also schaltete sie die Anlage wieder aus und versuchte sich zu entspannen. Sie nahm gerade einen weiteren Schluck von ihrer mittlerweile ziemlich abgestandenen Light-Limonade, als sie schlagartig begriff, was sie so beunruhigte. Sie schaltete den Monitor wieder ein.

Sie hörte *nichts*. Und es war definitiv ein schlechtes Zeichen, nichts zu hören.

Keinen einzigen Laut, noch nicht einmal die Schlafgeräusche des Babys. Im Babyzimmer herrschte absolute Stille. Angst legte sich wie eine eisige Klammer um ihr Herz. Sie griff nach dem Telefon und rannte auf die Treppe zu, die in das obere Stockwerk führte.

Vor ihrem inneren Auge sah sie das mit Holzläden verschlossene Fenster neben dem Babybettchen. Und wenn das Fenster plötzlich offen ist und die Geräusche von den losen Fensterläden kommen?

Sie gab Oz' Nummer ein. Es begann in dem Moment zu klingeln, als sie die Treppe erreichte. Als sie auf halber Höhe angekommen war, gingen plötzlich überall im Haus die Lichter aus und tiefe Dunkelheit sank auf Willow herab.

2

Buffy lud die Armbrust nach, ohne in ihrem Lauf innezuhalten. Sie warf einen Blick über die Schulter und sah, dass mindestens sechs Vampire sie verfolgten und immer mehr aufholten ...

»In welche Richtung?«, fragte Giles atemlos.

Buffy rannte noch etwas schneller und versuchte auszumachen, was vor ihnen lag. Auf dem Gelände, das sich vor ihnen erstreckte, befanden sich riesige, gelbe Monstermaschinen. Sie erkannte Planierraupen, Schaufelbagger und andere Kettenfahrzeuge, die dazu bestimmt waren, den Boden auszuheben und das Gelände auszugraben.

»Die Maschinen!«, rief sie Giles zu. »Sie sind größer als die Bäume und werden uns Deckung geben.«

Der Wächter rannte auf die nächstbeste Planierraupe zu.

Ich hätte es niemals erlauben dürfen, dass er mich begleitet, warf sich Buffy vor. Ich wusste doch, dass der Wald voll von diesen Typen sein würde. Am Abend zuvor war sie mit Xander in Willys Bar gewesen und hatte erst dort von dem Vampirtreffen im Wald erfahren. Giles duckte sich Schutz suchend unter den Bulldozer. Er kauerte sich auf den Boden und sah zu ihr hoch. »Komm schon, Buffy!«

»Tun Sie mir einen Gefallen, Giles«, rief Buffy. »Bleiben Sie einfach genau da, wo Sie sind, und kommen Sie mir ja nicht in die Quere.« Sie meinte es nicht böse, aber sie wussten schließlich beide, dass sie für diese Aufgabe besser geeignet war als Giles. Aus genau diesem Grund war er schließlich der Wächter und sie die Jägerin. Wächter passen auf, Jägerinnen kämpfen.

Aus dem Lauf heraus setzte Buffy zu einem gewaltigen Sprung an. Sie vollführte einen Überschlag in der Luft und landete mit beiden Füßen auf der Motorhaube des Bulldozers, wobei sie in genau der Richtung zu stehen kam, aus der sie eben gekommen war.

Der Anführer der Meute war in seinem früheren Leben eine alte Frau gewesen, bevor sie starb und als Vampir zurückgekehrt war. Ihre langen grauen Haare wehten hinter ihr her und waren der beste Beweis dafür,

14

dass auch Frisurprobleme aus dem Jenseits zurückkehren können. Ihre gelblichen Fangzähne schimmerten im Mondlicht und ein kleiner Speicheltropfen glitzerte erwartungsvoll auf ihren Lippen.

Buffy legte die Armbrust an und schoss einen Pfeil mitten durch ihr Herz. Für einen Moment blieb die Gestalt stehen und explodierte dann in einem Ascheregen, durch den die anderen Vampire ohne zu zögern hindurchrannten.

Buffy ließ die Armbrust fallen, griff nach ihrem Rucksack und zog zwei Holzpflöcke hervor. Sie ließ sie einmal schnell in ihren Händen wirbeln und ging dann in Angriffsstellung, während die beiden jungen männlichen Vampire mit einem großen Satz auf den Bulldozer sprangen. Einer der beiden kam direkt vor ihr zum Stehen, während der andere auf dem Verdeck über dem Fahrersitz landete. »Pfähle?«, fragte der Vampir vor ihr.

»Na ja, die Mitten-ins-Herz-Getroffen-Nummer hatten wir schon«, antwortete Buffy, »Also dachte ich mir, ich versuchs mal mit etwas Persönlicherem. Dann können wir uns ein bisschen näher kommen.« Sie täuschte einen Angriff vor und warf sich dann zur Seite, um den jungen Vampir aus seiner Position zu locken.

Er schlug mit seinen Krallen nach ihr und wollte ihr das Gesicht zerfetzen. Buffy wich seiner Attacke aus und während sie versuchte, hinter ihn zu gelangen, sagten ihr ihre Jägerinnen-Instinkte, dass der andere Vampir sich hinter ihrem Rücken zum Sprung bereitmachte.

Sie packte den Vampir neben ihr und schleuderte ihn über die Schulter dem anderen Vampir entgegen. Als die beiden mit voller Wucht aufeinander prallten, klang es, als wenn zwei Football-Spieler ineinander gerannt wären. Bevor sie sich voneinander befreien konnten, pfählte die Jägerin den Vampir, den sie zu Boden geworfen hatte.

Er zerfiel vor ihren Füßen zu Asche. »Oh, Mann«, stieß der andere Vampir zurückweichend hervor. Er versuchte, mit einem Satz wieder auf das Schutzdach zu gelangen.

Buffy warf sich auf ihn und packte ihn mit ihrer freien Hand am Hemdkragen. Sie rollten über das Dach und stürzten auf der anderen Seite in die Tiefe. Der Aufprall raubte ihr für einen Moment die Sinne, aber ihre Benommenheit war nur von kurzer Dauer. Sie sprang auf die Beine und wollte ihren Widersacher gerade pfählen, als sie bemerkte, dass einer der anderen Vampire versuchte, Giles unter dem Bulldozer hervorzuzerren.

Der Bibliothekar wehrte sich tapfer, aber seine Tritte und Schläge hatten keine Wirkung auf die Kreatur, die ihn gepackt hatte. Der Vampir grinste breit und entblößte dabei seine langen Eckzähne.

»Giles!«, rief Buffy. Er fuhr herum und sie warf ihm geschickt ihren Holzpflock zu.

Giles fing den Pfahl auf und stieß in mit dem spitzen Ende gegen die Brust des Vampirs. Das Wesen wich fauchend zurück. »Danke!«, rief der Wächter über die Schulter. »Ich bin gleich wieder bei dir.« Mit diesen Worten packte er abermals den Pfahl und setzte seinem Gegner weiter zu.

Buffy wandte sich wieder dem Vampir vor ihr zu.

»Jetzt hast du deinen Zahnstocher verloren«, spottete er und kam auf sie zu.

Mit ausgestrecktem Arm stieß sie ihn so kraftvoll vor die Stirn, dass sein Kopf zurückflog. Dann warf sie sich herum und rammte ihm aus der Drehung heraus ihre Faust gegen den Mund. Seine Zähne zersprangen mit einem krachenden Geräusch. »Das kommt davon, wenn man zwischen zwei Opfer-Mahlzeiten keine Zahnseide benutzt«, bemerkte sie.

Der Vampir schlug die Hand vor den Mund und heulte ungläubig auf. »Du hafft mir die Ffähne eingefflagen! Du hafft mir die Ffähne eingefflagen!« Er sank vollkommen verstört zu Boden.

Auf Buffys rechter Seite glitt ein Schatten über den Boden auf sie zu. Ohne zu zögern, machte die Jägerin einen gewaltigen Satz und landete nach einem Salto mit den Absätzen ihrer Stiefel auf dem Rücken des neuen Vampirs. Die Kreatur ging unter ihr zu Boden.

In seinem vorherigen Leben war dieser Vampir ein Mädchen in Buffys Alter gewesen. Sie heulte wütend auf, warf sich zur Seite und fuhr dabei eine Handvoll scharfer Krallen aus. Buffy setzte wieder zum Sprung an, wobei sie genau wusste, in welche Richtung sie sich wenden musste. Ein halbes Dutzend schmaler Holzplanken lag neben dem Bulldozer verstreut auf dem Boden. Sie kam neben ihnen auf und ergriff eine der Latten, während das Vampirgirl auf sie zustürzte.

Buffy hielt die Planke an einem Ende hoch und rammte ihren Absatz in die Mitte des Holzstücks, das laut krachend zerbrach. Zufrieden mit der Waffe, die sie improvisiert hatte, packte sie die eine Hälfte und stieß ihrem Gegner das zersplitterte Ende in die Brust.

Dort, wo der Vampir gestanden hatte, ging ein Ascheregen nieder.

Buffy spannte ihre Muskeln an und schleuderte die andere Hälfte der Latte mit aller Kraft gegen den Vampir, dessen Zähne sie zerschlagen hatte. Als das spitze und zersplitterte Ende sein Herz durchbohrte, explodierte er im Bruchteil einer Sekunde.

Mit einem Blick vergewisserte sich Buffy, dass es Giles mittlerweile gelungen war, die Kreatur zu pfählen, die ihn angegriffen hatte. Sie lächelte ihm kurz zu und lief dann zu ihrem Rucksack, während die beiden letzten, noch lebenden Vampire sich nicht sicher zu sein schienen, was sie als Nächstes tun sollten. Buffy brachte zwei weitere Pfähle zum Vorschein. Eine Jägerin war schließlich nur so gut wie ihre gesamte Ausrüstung.

Die Vampire wichen zurück und rannten auf den Wald zu.

»Nun«, bemerkte Giles atemlos, »das war aufregend.«

Buffy warf ihm einen der Pfähle zu. »Wir sind noch lange nicht fertig!«

Mit diesen Worten nahm sie die Verfolgung auf.

Willow stolperte, als sie im Dunkeln die Treppe hinaufstieg. Sie griff Halt suchend nach dem Geländer, während das Freizeichen in der Leitung endlos weitertönte. Panik stieg in ihr auf und raubte ihr den Atem. Sie versuchte ruhig zu bleiben. Ihr wurde allmählich klar, dass Oz und die Bandmitglieder den Proberaum offensichtlich schon verlassen haben mussten, um ihre Pizza abzuholen. Sie schaltete das Telefon aus. Oz ist nicht erreichbar. Buffy ist nicht zu Hause. Xander! Xander muss einfach da sein!

Sie gab seine Nummer auf dem erleuchteten Tastenfeld ein. Das Telefon an ihr Ohr gepresst, ging sie weiter die Treppe hoch. Tad ist da oben! Hoffentlich!

Es brach ihr fast das Herz, das Baby ganz alleine und schutzlos in seinem Bettchen zu wissen. Als sie das Ende der Treppe erreicht hatte, tastete sie mit ihrer freien Hand nach der Taschenlampe, die immer dort an der Wand hing.

Am anderen Ende der Leitung knackte es. »Hi, dies ist Xanders Anrufbeantworter«, hörte sie Xanders Stimme. »Hinterlasst euren Namen und eure Nummer nach dem Signalton.«

Willow wünschte den Signalton zum Teufel und schaltete die Taschenlampe ein. Ein gelblicher Lichtkegel huschte über die Decke. Sie verstellte die Lampe und richtete den Strahl auf das Kinderzimmer. Die Tür war immer noch verschlossen.

Okay, okay, ganz ruhig, Will, gaaanz ruhig . . .

Am Ende des Flurs befand sich ein Fenster, von dem aus man auf die sanft ansteigende, dicht besiedelte Wohngegend blicken konnte. Die Fenster der anderen Häuser waren hell erleuchtet.

Kein gutes Zeichen, dachte sie bei sich. Es ist nicht gut, in dem einzigen Haus zu sein, das kein Licht hat. Sie sah sich suchend nach einer Waffe um und bemerkte dann, dass sie dafür gar keine Hand mehr frei hatte. Telefon, Taschenlampe, das musste fürs Erste reichen. Sie schlich über den glatten Parkettboden und war dankbar, dass er unter ihren Schritten nicht knarrte.

Sie lauschte angestrengt an der Tür, hörte aber nichts. Dass dies ein schlechtes Zeichen war, hatte sie bereits erkannt. Dann fiel ihr plötzlich ein, dass Xander vielleicht auch bei Cordelia sein konnte, und sie gab deren Nummer ein.

»Hallo?«, meldete sich Cordelia. »Ich kenne weder diesen Namen noch diese Nummer auf dem Identifikationsdisplay und wenn dies ein Witz sein soll, dann warne ich dich schon jetzt. Ich finde heraus wer du bist, und –«

»Cordelia«, flüsterte Willow. »Ich bin es.« Sie empfand es als erniedrigend, ausgerechnet Cordelia um Hilfe bitten zu müssen.

»Ich verstehe«, sagte Cordelia, die ganz offensichtlich überhaupt nichts verstand. »Ich Smith oder Ich Jones? Ich verwechsle euch beide manchmal.«

Willow tastete mit zitternder Hand nach dem Türgriff und versuchte gegen die Schreckensvisionen anzukämpfen, die ihr Gehirn produzierte. Xander Harris, du wirst für jeden dieser Horrorfilme büßen, in die du mich geschleppt hast. »Cordelia, hier ist Willow.«

»Willow? Du klingst erkältet.«

»Ich flüstere, weil ich nicht gehört werden will.« Willow drückte die Türklinke herunter. Sie ließ sich ohne Widerstand bewegen. Das war ein gutes Zeichen. Oder vielleicht doch ein schlechtes?

»Wenn du nicht willst, dass dich jemand hört, warum rufst du mich dann an?«

»Irgendetwas ist hier in dem Haus.« Willow stieß die Tür vorsichtig einen Spalt auf und spähte durch die Öffnung. Das Babybett war kaum zu erkennen. Das Fenster auf der anderen Seite des Zimmers war verschlossen. Jedenfalls hatte es den Anschein. Willow fühlte sich ein wenig erleichtert.

»Irgendetwas Grauenhaftes mit langen Zähnen?«

»Ich weiß nicht. Ich bin bei den Campbells babysitten.«

»Babysitten?« Aus Cordelias Mund klang das wie eine Zumutung.

»Ich wollte ihnen einen Gefallen tun.«

»Sitzt da nicht ein Campbell in dem Ausschuss, der über die Parkplanung entscheidet?« Cordelias Stimme wurde argwöhnisch.

Es überraschte Willow, dass Cordelia davon wusste. Normalerweise interessierte sie sich hauptsächlich für Modefragen und Haartrends. Und natürlich noch dafür, wer in dem Organisationskomitee für die Frühjahrsparty den Vorsitz übernahm.

»Ja, aber . . .« Cordelias Stimmung schlug um in Wut. »Du bist zu den Campbells gegangen, um mit ihnen über *Gallivan Industries* und den Freizeitpark zu sprechen?«

»Nein. Sie haben mich gebeten, auf Tad aufzupassen. Ich wollte Mr. Campbell später darauf ansprechen.«

»Willow, das ist dermaßen unter deiner Würde! Ich kann es einfach nicht fassen –«

»Cordelia! Halt endlich den Mund und hör mir zu.« Willows Nerven waren zum Zerreißen gespannt, während sie ganz langsam das Kinderzimmer betrat. Nichts bewegte sich. Hoffentlich schlief Tad immer noch. Mit zitternden Knien schlich sie auf die Wiege zu. »Ich bin bei den Campbells und irgendetwas stimmt hier nicht. Ich habe seltsame Geräusche gehört, die so klangen, als ob jemand auf dem Dach herumläuft.«

»Wahrscheinlich eine Katze«, meinte Cordelia. »Haben die Campbells eine Katze?«

»Nein. Außerdem funktioniert das Licht nicht mehr.«

»Ein Stromausfall. Das ist doch nichts Ungewöhnliches.«

Vergiss es, dachte Willow. Cordy ist keine Hilfe.

Sie holte tief Luft. »Ich wollte wissen, ob Xander bei dir ist.«

»Nein. Er ist mit seinem neuen besten Freund Hutch in diesem Comicladen im Einkaufscenter. Ich habe keine Ahnung, was sie dort machen. Malen nach Zahlen wahrscheinlich.« Cordelia klang genervt. »Übrigens finde ich die Art, wie du dich verhältst, einfach unmöglich. Du und deine peinlichen Greenpeace-Wannabee-Freunde, ihr könntet die Frühjahrsparty ernsthaft gefährden. Wenn ihr Gallivan verärgert, lässt er uns die Party nicht mehr im Park veranstalten. Und darf ich dich daran erinnern, dass ich fast die ganze Schülerschaft hinter mir habe und wir das alle extrem uncool fänden?«

»Es ist kein Stromausfall«, beharrte Willow. »Nur in diesem Haus ist alles dunkel. In der Nachbarschaft brennt überall noch Licht.«

»Dann ist eben eine Sicherung rausgesprungen oder ein Stromkabel durchgebrannt. Was macht das für einen Unterschied? Du tappst im Dunkeln. Ich finde das ziemlich symbolisch.«

»Ich frage mich, was außer mir noch im Dunkeln ist.« Willow blieb neben dem Kinderbett stehen.

»Deine Einbildungskraft«, antwortete Cordelia. »Sie lauert überall. Du bist abgespannt. Du brauchst eine Party. Du solltest mit deinen Demonstrationen gegen *Gallivan Industries* warten, bis die Party vorbei ist.«

»Das ist am Freitag, nicht wahr?«, sagte Willow automatisch. »Die Entscheidung über den Bebauungsplan fällt am Donnerstag. Am Freitag wird alles zu spät sein.«

»Wie du meinst. Hör zu, ich muss jetzt los. Ich habe viel zu tun und noch mehr zu telefonieren. Von dieser Frühjahrsparty wird man noch in zehn Jahren sprechen.«

»Leg ja nicht auf«, befahl ihr Willow. Sie richtete den Strahl der Taschenlampe auf das Baby.

»Was?«, fragte Cordelia ungläubig.

Das Licht der Taschenlampe fiel auf das Babybett und spiegelte sich auf dem weißen Lackanstrich. Tad wirkte unter seinen Decken sehr klein. Er war erst acht Monate alt und schlief immer noch auf dem Bauch, seinen winzigen Hintern in die Luft gereckt. Seine zierliche Faust ruhte an seinem Mund.

»Was hast du gerade gesagt?«, fauchte Cordelia.

Willow atmete erleichtert auf und bemerkte erst jetzt, dass sie die ganze Zeit die Luft angehalten hatte. Sie konnte es kaum fassen, dass sie Cordelia gegenüber diesen Ton angeschlagen hatte. »Hör mal«, flüsterte sie ins Telefon. »Es tut mir wirklich Leid. Ich glaube, ich habe einfach die Nerven verloren wegen all dieser komischen Geräusche und der grässlichen Filme, zu denen mich Xander immer überredet hat. Ich glaube, ich bin ein bisschen neben mir.«

»Ein bisschen neben dir?«, schnappte Cordelia zurück. »Das war total daneben.«

Willow spürte leisen Ärger in sich aufsteigen, was nach der ganzen Panik fast wohltuend war. Sie war erleichtert, dass dem Baby nichts geschehen war, aber sie kannte immer noch nicht den Grund für den Stromausfall. »Hey, ich habe mich entschuldigt. Ich ...«

»*Willow!*«

Eine Gänsehaut kroch ihr über den ganzen Körper, als sie die kalte, raue Stimme vernahm, die in der Stille des Raums widerhallte.

»Deine Entschuldigung kann ich nicht akzeptieren«, hörte sie Cordelia sagen. »Nur weil ich manchmal mit Buffy und euch rumhänge und euch zusehe, wie ihr Vampire, Monster oder was sonst gerade so anliegt, bekämpft, heißt das noch lange nicht, dass wir auch nur annähernd auf dem gleichen gesellschaftlichen Niveau verkehren. Du ...«

Willow wandte sich wieder der Wiege zu. Der Lichtstrahl fiel auf Tad.

Er saß aufrecht im Bett und sein kleiner runder Kopf schien auf einmal viel zu groß für seinen Körper. Weich und formlos wie alle Babys, sah er ein bisschen wie eine Knetgummifigur in einem Mickymaus-Schlafanzug aus. Aber seine Augen glühten feurig grün wie geschmolzene Jade. Das Böse schlechthin schien aus ihnen zu leuchten.

»*Willow*«, sagte Tad wieder, während ihm milchiger Babysabber über das Kinn lief. »*Wir müssen uns unterhalten.*«

3

Uuups. Sieht ganz so aus, als wäre ich hier in eine typische Buffy-Sache hineingeraten, dachte die Jägerin.

Sie bemerkte den Hinterhalt erst, als es schon zu spät war. Die beiden Vampire, die sie verfolgt hatte, sprangen sie von zwei Seiten mit wütendem Knurren an.

Sie machte einen weiteren Satz und versuchte dann eine Vollbremsung. Die Absätze ihrer Stiefel gruben sich in die weiche Erde und brachten sie für einen Moment ins Schleudern, bevor sie zum Stehen kam.

Die Vampire konnten in ihrem Sprung nicht mehr innehalten und stießen mit den Köpfen krachend zusammen. In einem Gewirr von Armen und Beinen fielen sie zu Boden: Zwei junge Männer, kaum älter als Buffy, in Schuluniformen, woraus Buffy schloss, dass derjenige, der sie gebissen hatte, in der Umgebung der Privatschule auf die Jagd gegangen war.

Sie stieß ihren Holzpfahl durch die Brust des ersten Vampirs, der in Windeseile zu Staub zerfiel, während sein wütender Aufschrei in der Stille verhallte.

Der andere Vampir war dünn und blass und sein vampirtypisch deformiertes Gesicht war ein schwerer Fall von Akne. Er versuchte sich wieder aufzurichten.

Buffy kam auf ihn zu, trat ihm aus der Drehung mit ihrem ausgestreckten Bein kraftvoll gegen die Brust und schickte ihn wieder zu Boden. Giles tauchte außer Atem hinter ihm auf. Der Wächter hob den Pfahl.

»Warte!«, rief der Vampir bittend. »Bring mich nicht um. Ich habe noch nicht einmal jemanden gebissen. Das ist meine erste Nacht.«

Giles hielt heftig keuchend inne.

Buffy ging auf den Vampir zu, der abermals versuchte, sich aufzurichten. Sie trat mit ihrem Stiefel leicht gegen seinen Kopf, der zurück in den Nacken fiel. »Bleib, wo du bist. Ich will wissen, was ihr hier treibt.«

Der Vampir zögerte.

»Komm schon, komm schon«, sagte Buffy gereizt. »Es ist gar nicht so schwer. Hast du schon mal *Dragnet* gesehen?«

Der Vampir starrte sie mit blutunterlaufenen Augen an. »Ist das eine von diesen Las-Vegas-Shows? Das war nämlich nie so meine Sache.«

»*Dragnet* ist eine Art frühes *NYPD Blue*«, wiederholte Buffy. »Alles dreht sich um Fragen und Antworten. Du darfst mitspielen. Ich frage, du antwortest.«

»Oder du schlägst mir den Schädel ein, richtig?«

»Oder ich spieße dich wie einen Schmetterling im Biologieunterricht auf«, versprach sie. Der Kleiner-Verlorener-Junge-Blick funktionierte nicht, wenn man ein Gesicht hatte, das nur eine Vampirmutter lieben konnte.

Der Vampir zuckte nervös mit den Schultern. »Okay.«

Buffy beobachtete unablässig die Dunkelheit um sie herum. Sie gab sich auch nicht einen Moment der Illusion hin, dass sie wirklich alle Vampire in der unmittelbaren Umgebung erledigt hatte. »Was habt ihr hier gemacht?«

»Ich war mit Brandon unterwegs. Der Typ, den du gerade gepfählt hast. Er hat mir gesagt, dass hier draußen etwas Großes geschehen soll.«

»Inwiefern groß?«

»Ich weiß es nicht. Ich bin gerade erst aus dem Grab gestiegen. Diese ganze Sache ist noch ziemlich neu und ungewohnt für mich.« Der Vampir sah erst Buffy, dann Giles Mitleid heischend an. »Ich habe natürlich die ganzen Filme gesehen und all den Kram, aber ...«, er unterbrach sich, schüttelte den Kopf und fuhr dann fort: »aber das ist nichts im Vergleich dazu, wie es in Wirklichkeit ist.«

»Was meintest du vorhin mit groß?«, brachte ihn Buffy auf den Punkt.

»Eine Gruppe sollte sich hier treffen. Ich hatte den Eindruck, sie suchen nach etwas. So wie Brandon davon gesprochen hat, schien es eine ziemlich große Sache zu sein.«

Buffy versuchte es mit einer anderen Frage. »Hat er irgendetwas über *Gallivan Industries* gesagt?«

»Nein. Was sind das für Leute?«

Also gut, die nächste Frage. »Von der Frühjahrsparty der Sunnydale High School?«

Der Vampir grinste. »Das klingt cool. Wann findet die statt?«

Buffy warf ihm einen missbilligenden Blick zu.

Das Grinsen auf seinem Gesicht erstarrte. »Ich nehme an, Party-Crasher sind nicht willkommen, hm?«

Buffy schenkte ihm ein hämisches Lächeln. »Ein Vampir als Party-

Crasher? Sicher doch. Wenn man dann noch einen Holzpfahl zur Hand hat, gibt es mehr Spaß als auf einer Fiesta.«

»Ich streiche es aus meinem Terminkalender.«

»Fantastisch. Wonach haben die anderen Vampire gesucht?«

»Ich sagte bereits, ich weiß es nicht«, beteuerte der Vampir.

»Nach einer Person oder nach etwas unter der Erde?«, mischte sich Giles nun in das Gespräch ein.

Der Vampir wirkte verunsichert. »Ich schätze, da muss ich raten.«

»Ich setze 200 auf Raten«, sagte Buffy.

Der Vampir nickte. »Einige von ihnen hatten Schaufeln dabei.«

Buffy sah Giles fragend an. »Eine Schatzsuche?«

»Nun, jedenfalls habe ich gehört, dass es in diesem Wald eine archäologische Grabung geben soll.«

»Darüber hätten die Nachrichten doch eigentlich berichten müssen«, wunderte sich Buffy.

»Der Freizeitpark, den *Gallivan Industries* plant, hat natürlich Vorrang. Es handelt sich bei den Grabungen um eine indianische Fischersiedlung aus frühgeschichtlicher Zeit«, erklärte Giles. »Einige Professoren und Studenten der hiesigen Universität haben an dem Projekt mitgearbeitet.«

Buffy wandte sich wieder dem Vampir zu. »Haben die Vampire nach irgendetwas gegraben?«

»Ich habe nichts dergleichen gesehen. Aber wir waren auch gerade erst hier angekommen. Vielleicht haben wir sie verfehlt.«

»Die Grabungsstätte soll sich etwas weiter dahinten im Wald befinden«, warf Giles ein.

»Und woher wissen Sie das?«, fragte Buffy.

»Vielleicht bin ich ja doch ein Pfadfinder«, schlug Giles vor.

Buffy verdrehte die Augen. Giles räusperte sich: »In den Zeitungsberichten war ein Lageplan des Parks abgedruckt. Ich bin sicher, dass die Grabungsstätte darauf eingezeichnet oder zumindest darauf zu erkennen ist. Die Universität hat eine einstweilige Verfügung bei Gericht erreicht, die es Gallivan verbietet, mit den Arbeiten anzufangen, bevor die Ausgrabung abgeschlossen ist.«

»Dann sollten wir uns diese Grabung einmal ansehen«, entschied Buffy.

»Cool«, sagte der Vampir und erhob sich. »Wenn jetzt alle zufrieden sind, kann ich ja wohl gehen.«

Buffy flog so schnell und unerwartet herum, dass der Vampir nicht mehr reagieren konnte. Sie rammte ihm den Pfahl in die Brust und trieb ihn mitten durch sein Herz.

Er öffnete den Mund, als wollte er schreien, doch bevor er auch nur einen Laut von sich geben konnte, war er schon zu Asche zerfallen.

»Weg isser«, murmelte Buffy. Ein leiser Anflug von schlechtem Gewissen regte sich in ihr. Immerhin war dieser Vampir vor nicht allzu langer Zeit ein Mensch gewesen. Vielleicht ist er in seinem Leben ein guter Mensch gewesen, vielleicht auch nicht. Wie auch immer, jetzt war er jedenfalls kein Mensch mehr. »Im Gegensatz zu uns! Also, wo ist diese Grabung?«

Willow versuchte zu sprechen, aber sie brachte kein Wort hervor.

Der kleine Tad starrte sie mit seinen unwirklich glühenden Jadeaugen an. »*Willow, warum gibst du dir nicht mehr Mühe, den Wald zu beschützen?*«, fragte er mit seiner heiseren, rauen Stimme.

Nicht gerade die beste Wahl für Babys erste Worte. Willow, deren Beine ihr endlich wieder gehorchten, begann vorsichtig, ein paar Schritte rückwärts zu machen.

Tads Gesicht verzerrte sich zu einer Grimasse, während er sich am Bettrand fest hielt. Er sprang auf und streckte seine kleine Faust nach ihr aus. »*Halt! So leicht kommst du mir nicht davon*«, röchelte die Kreatur heiser. Plötzlich, mit einem lauten Schlag, fiel hinter ihr die Tür ins Schloss. Wie Kanonendonner hallte das Geräusch im Zimmer wider. Ihre Hände begannen so stark zu zittern, dass sie fast die Taschenlampe fallen gelassen hätte. Ihre Gedanken arbeiteten fieberhaft. Nur mit äußerster Anstrengung gelang es ihr zu sprechen. »Wo ist das Baby?«

»*Willow*«, kam es röchelnd aus der Wiege »*Glaubst du an unsere Sache?*«

»Welche Sache?«, fragte Willow. »Ich weiß nicht, wovon du sprichst.«

Sie hielt die Taschenlampe geradewegs auf das Wesen in der Wiege gerichtet. Wie auch immer man es bezeichnen mochte – als Kreatur, als Monster –, ein Baby war es jedenfalls nicht.

»*Du hast gegen den Eindringling Hector Gallivan gekämpft*«, sagte das Wesen. Unter der rauhen Heiserkeit seiner Stimme schwang ein wehleidiger Ton mit. »*Du musst für den Wald kämpfen. Er darf nicht durch die grausamen Klingen fallen, durch die Rauch speienden Ungeheuer, die auf Pfaden laufen, die immer noch unentdeckt unseren Wald durchziehen. Du musst uns helfen, den Erdstein zu finden, damit wir das Land, das uns gehört, wieder in Besitz nehmen können.*«

»Gallivan? Erdstein?«, wiederholte Willow.

»Gallivan?« Cordelias Stimme schien plötzlich aus dem Nichts zu kommen. »Hast du Gallivan gesagt?« Willow hatte das Telefon in ihrer Hand vollkommen vergessen. Sie hielt es an ihr Ohr.

»Cordelia?«

»Was ist los da drüben?«, wollte Cordelia wissen.

»Das Baby«, flüsterte Willow. »Das heißt, es kann eigentlich nicht das Baby sein, aber es sieht so aus, hat sein Gesicht, seine Gestalt. Was immer es auch ist, Cordelia, ich brauche Hilfe. Schick Xander zu mir. Buffy ist nicht zu Hause und Oz kann ich auch nicht erreichen.«

»*Wir dachten, du glaubst an die Sache, Willow*«, krächzte das Wesen in dem Kinderbett. »*Du hast besondere Kräfte. Sie verbinden dich mehr mit dem Reich der Natur als die meisten anderen Menschen.*«

Willow versuchte weiterhin, rückwärts den Raum zu verlassen, wobei sie ganz kleine Schritte machte, damit das kleine Ungeheuer nicht darauf aufmerksam wurde. Einen kleinen Schritt rückwärts ... er hat nichts gemerkt ... noch einen kleinen Schritt rückwärts, er merkt nichts ... einen kleinen Schritt ...

»Willow«, sagte Cordelia warnend. »Ich hoffe für dich, dass das nicht irgendein blöder Witz ist.«

»Ich mache keine Witze. Meistens bin ich selbst der Witz. Schon vergessen?« Willow hielt die Taschenlampe beständig auf die flammenden Jadeaugen gerichtet, in der Hoffnung, dass das Licht sie blendete. »Hier spricht Willow. Ich schwöre, ich sage die Wahrheit und nichts als die reine Wahrheit. Und die Wahrheit ist nun mal, dass ein Monster von Tads Körper Besitz ergriffen hat.«

»Riesen Seufzer!«, sagte Cordelia in theatralischem Tonfall. »Ich brauche die Adresse.«

Verzweiflung! Das war der einzige Grund, weshalb Willow nicht einfach auflegte. Sie musste die Adresse dreimal wiederholen, bevor Cordelia alles richtig verstanden hatte.

»*Geh nicht fort*«, bat das Wesen sie. »*Viele Menschen werden in Gefahr geraten, wenn du dich weigerst, etwas zu tun. Der Erdstein muss in unseren Besitz gelangen!*«

»Wer wird in Gefahr geraten?« So ganz nebenbei vielleicht ich, dachte Willow. Sie wünschte sich verzweifelt, einen dritten Arm zu besitzen, mit dem sie die Tür öffnen konnte. Taschenlampe, Telefon. Was brauchte sie dringender?

»*Jeder, der gegen uns ist*«, rief das Wesen aus und schwang sich behende auf die andere Seite des Bettrandes. »*Wir Schattenwesen werden leiden, wenn dem Eindringling Gallivan nicht Einhalt geboten wird.*«

»Was soll das heißen?

Das Wesen streckte ihr wieder seine kleine Faust entgegen. Wie aus heiterem Himmel spuckte das Telefon einen Schwarm sprühender

Funken aus. Das Baby verloren, das Telefon zerstört. Dieser Abend gehörte nicht gerade zu den Sternstunden ihres Lebens.

Willow ließ das mittlerweile nutzlos gewordene Telefon fallen und griff nach der Klinke. Sie ließ sich nicht bewegen.

»*Du musst uns helfen, Willow*«, wiederholte die Kreatur. »*Deine Bemühungen, den Park und den Wald zu retten, sind nicht unbemerkt geblieben, weder von uns Schattenwesen noch von anderen unserer Art.*«

»Welche Bemühungen?«, fragte Willow, während sie krampfhaft versuchte, die Verbindungen zwischen all diesen Dingen herzustellen. »Du meinst die Demonstrationen, die wir im Weatherly Park veranstaltet haben?« Es hatten genaugenommen bisher nur zwei stattgefunden und beide peinlicherweise auch noch ziemlich spät. Aber sie hatten die Aufmerksamkeit der lokalen Medien erregt, die einen Bericht über die nächste Aktion am kommenden Mittwoch geplant hatten.

»*Du kämpfst den Kampf der Schattenwesen*«, sagte das Wesen. »*Wir werden deine Anstrengungen belohnen.*«

»Indem ihr von dem Baby Besitz ergreift, auf das ich aufpassen soll?«, gab Willow zurück. »Glaub mir, das war keine gute Idee. Eine Postkarte hätte genügt.«

»*Wir dachten, wir könnten dir vielleicht helfen.*«

Willow holte tief Luft. Bei dem Gedanken an das Baby wurde sie mutiger. Sie machte sich mehr Sorgen um Tad als um sich selbst.

»Was habt ihr mit Tad gemacht?«

Das Ding starrte sie an. »*Das, was wir tun mussten.*«

Das klang überhaupt nicht gut. »Woher wusstest du, dass ich hier sein würde?«

»*Ich wusste es nicht. Es war ein glücklicher Zufall. Für dich und für uns. Du hast die Macht einer Hexe. Wir können dir helfen, diese Macht zu benutzen.*«

»Zurück auf den Boden der Tatsachen. Ich will, dass du Tad freigibst«, forderte Willow.

Eine Spur von Traurigkeit überschattete das Gesicht des Wesens. »*Das kann ich nicht. Campbell muss einsehen, dass es ein Fehler von ihm war, den Eindringling Gallivan zu unterstützen. Der Wald darf nicht zerstört werden.*«

Willow dachte fieberhaft nach. Es wäre alles viel einfacher, wenn sie Buffy an ihrer Seite hätte. Buffy fand immer eine Lösung.

Auf der anderen Seite des Bettes führte eine zweite Tür in ein kleines Badezimmer. Sie hatte früher am Abend darin Tads Windeln gewechselt. Zumindest hoffte sie, dass es Tad gewesen war! Vorsichtig begann sie sich auf diese Tür zuzubewegen.

»*Du musst dich mit uns verbünden, Willow. Wir können dir die Macht geben, die du brauchst, um die verfluchten mechanischen Ungeheuer davon abzuhalten, den Wald niederzumähen.*« Das kleine Monster drehte seinen Babykopf in ihre Richtung. »*Wo willst du hin?*«

Willow erreichte mit einem langen Hechtsprung die Tür, obwohl das Wesen wieder seine Hand nach ihr ausstreckte. Der Duft, der im Badezimmer hing, bestätigte ihre Vermutung: das Sträußchen in dem kleinen Strohkorb über dem Waschbecken enthielt getrocknete Lorbeerblätter.

»*Willow!*« Mit fliegenden Händen griff Willow nach dem Körbchen und leerte seinen Inhalt aus. Das Mondlicht, das durch das Fenster fiel, war zu schwach, um irgendetwas genau zu erkennen, aber dennoch versuchte sie die Kräuter zu sortieren. Seit sie angefangen hatte, sich mit Hexenkunst zu beschäftigen, hatte sie sehr viel gelernt, viel mehr, als ihr die Lehrer der naturwissenschaftlichen Fächer jemals hätten beibringen können.

»*Willow!*« Hinter ihr wurde wütend an dem Geländer des Babybettes gerappelt. »*Was machst du da, Willow?*«

Nachdem sie die Lorbeerblätter aussortiert hatte, fasste sie sie zu einem Strauß zusammen, den sie zwischen Daumen und Zeigefinger halten konnte. Hoffentlich würde das reichen. Sie wandte sich um und begann auf das Wesen in Tads Körper zuzugehen. Sie spürte, wie ihr Herz heftig schlug. »Ich ... ich musste etwas holen«, sagte sie.

Die Kreatur kräuselte ihre Nase und nieste. Es war ein richtiges kleines Babyniesen, kaum lauter als das einer Katze. »*Was denn zum Teufel?*«, fragte es verdrießlich. Es hielt sich mit beiden Fäusten an dem Geländer des Bettes fest. Ahnungslosigkeit sprach aus seinen Augen.

Willow zerrieb die Lorbeerblätter zwischen den Fingern und ließ sie dann auf das Wesen rieseln. »Lorbeerblätter«, sagte sie. »Und wenn du wirklich so viel von magischen Kräften verstehst, wie du behauptest, dann wirst du wissen, dass Hexen Lorbeerblätter zur Bekämpfung von dämonischer Besessenheit verwendet haben.«

Die Lorbeerblätter rieselten sachte auf das Wesen herab. Bei der Berührung mit ihnen jaulte es vor Schmerz auf und spuckte wütend. »*Ich bin kein Dämon!*«, schrie es. »*Ich stehle keine Körper und verdrehe niemandem den Kopf. Ich bin ein Schattenwesen und komme aus dem Wald!*« Dort, wo die Lorbeerblätter die weiche Babyhaut berührt hatten, bildeten sich dicke Blasen.

Willow wich zurück, als das Wesen nach ihr ausschlug.

»*Ekelhafte Menschenhexe!*«, kreischte es. »*Wir hätten gleich wissen müssen, dass wir dir nicht trauen können!*«

Willow starrte wie gebannt auf die Lorbeerblätter, die auf der zarten Haut des Babys zischten und verbrannten und an seinem Körper herunterrieselten. Es warf seinen Kopf in den Nacken und stieß einen lang gezogenen Schrei aus. Die Farbe seiner Haut wechselte von Babyrosa zu einem bräunlichen Olivton. Plötzlich explodierten zwei große Blasen auf seinem Rücken und daraus wuchsen ein Paar hauchzarte Flügel empor, die im Mondlicht transparent wie Glas schimmerten. Das Gesicht des Wesens verzerrte sich vor Schmerz und Wut zu einer grotesken Grimasse. Seine Hände und Füße verformten sich, wurden länger und schmaler und an ihrem Ende wuchsen rasiermesserscharfe gebogene Krallen, die die Bettlaken zerfetzten. Mit einem unglaublichen Wutgeheul langte das Wesen unter sich ins Bett und zog eine kleine, messerscharf funkelnde Axt hervor. Dann erhob es sich in die Luft, breitete seine durchsichtigen Flügel aus und schoss geradewegs auf Willow zu.

Das, dachte Willow, sieht gar nicht gut aus.

4

Buffy hockte sich in den Schatten auf der Spitze des Hügels, von dem aus man die archäologische Grabungsstätte überblicken konnte, die von roten Wimpeln mit dem Wappen der Universität eingerahmt war. Um die Ausgrabungen herum waren riesige Erdhügel aufgehäuft. Sogar die Luft roch nach Erde. Großartig! In einem überdimensionalen Ameisenhaufen herumzuwühlen war wirklich die Krönung dieses Abends.

»Sieht so aus, als wenn hier viel gearbeitet worden wäre«, stellte Giles fest.

Buffy nickte. Sie ließ ihre Blicke prüfend über den Wald und die ausgehobene Erde gleiten, um festzustellen, ob einige der anderen Vampire in der Nähe lauerten. Sie warf die abgebrochenen Äste, die sie auf dem Weg in ihrer Tasche gesammelt hatte, auf den Boden und begann sie mit ihrem scharfen Klappmesser zurechtzuschneiden, sodass sie lange Spitzen bildeten. Der Konflikt zwischen Willow und Cordy spukte ihr immer noch im Kopf herum. »Sie haben Recht mit der Party, Giles.«

»Aha?«

»Ja. Die Stimmung zwischen Willow und Cordelia ist ziemlich gespannt wegen dieser Party.« Buffy fuhr fort, die Äste von Splittern zu befreien und zurechtzuschneiden. Sie war bereits mit dem Dritten fertig und griff nach dem Nächsten. »Alle freuen sich auf die Party, nur Willow macht sich wirklich Sorgen, dass wir den Park verlieren. Sie ist hier aufgewachsen, also bedeutet ihr der Park sehr viel, ganz abgesehen von den Umweltargumenten.«

»Seitdem sie zu einer Hexe geworden ist, hat sie eine extrem beschützende Haltung eingenommen.«

»Damit gefährdet sie die Party!«

»Das ist also auch deine Meinung?«

Nicht ganz, dachte Buffy, aber sie geht auf jeden Fall in diese Richtung. Für einen Moment hatte sie ein schlechtes Gewissen. »Wenn *Gallivan Industries* den Freizeitpark errichtet, werden dadurch 400 Arbeitsplätze geschaffen, unter anderem viele Ferienjobs für junge Leute in meinem Alter.« Wenn das nichts Positives war!

»Ich glaube, das ist eines der Argumente, auf die *Gallivan Industries* in den Interviews immer wieder hingewiesen hat«, sage Giles.

»Die vielen Besucher, die der Park anlocken wird, werden sich auch auf den Einzelhandel hier in der Gegend positiv auswirken«, fügte Buffy hinzu.

»Auch eines von Gallivans Agumenten.« Giles betrachtete sie mit diesem wächtertypischen, merkwürdigen Blick, den Buffy manchmal nur schwer ertragen konnte. »Also, wirst du deine Freundin unterstützen oder wirst du – äh feiern?«

»So einfach ist das nicht«, wandte Buffy ein. Aber es schien ziemlich genau auf ein Entweder-Oder hinauszulaufen. »Cordy hat immerhin den Vorsitz in dem Komitee, das die Party organisiert.«

»Richtig«, stimmte Giles zu. »Aber ich denke, wir sind uns darüber einig, dass deine Beziehung zu Cordelia Chase nicht die Beste ist.«

Buffy griff nach einem neuen Ast. Der Kampf mit den Vampiren war anstrengend gewesen und hatte sie erschöpft. Glücklicherweise würde die besondere Konstitution der Jägerin dafür sorgen, dass am nächsten Morgen die Spuren des Kampfes nicht mehr zu sehen sein würden. Giles war nicht in dieser glücklichen Lage, er würde noch tagelang unter Schmerzen zu leiden haben.

»Nein«, sagte Buffy leise. »Wenn ich zwischen den beiden wählen muss, werde ich mich für Willow entscheiden.«

»Nur dass du das bisher nicht getan hast.«

»Das müssen Sie schon mir überlassen. Und dann ist da auch noch Xander.«

»Ach ja, Xander. Wo kommt der ins Spiel?«

»Xander ist schon seit langer Zeit mit Willow befreundet«, antwortete Buffy, »aber seit kurzem ist er auch Cordelias Freund.«

»Da wird er wohl in Zukunft das ein oder andere Problem bekommen.«

»Mit ziemlicher Wahrscheinlichkeit wird er zu Cordelia halten.«

»Und die arme Willow im Stich lassen.«

Die arme Willow! Jetzt versucht er mir Schuldgefühle zu machen, dachte Buffy.

»Ja, und das dämpft meine Vorfreude auf die Party ganz enorm.«

»Ich verstehe. Aber das sagt mir immer noch nichts darüber, wie du dich wirklich fühlst.«

»Ziemlich verwirrt«, gab Buffy zu. »Da ist Jagen viel einfacher. Vampire aufstöbern, pfählen und weiter gehts.«

30

»Mit dem Unterschied, dass es auch noch andere Dinge gibt.«

»Nicht für mich. Ich versuche hier draußen die Gegend für die Party zu sichern. *Wenn* sie überhaupt stattfindet. Wie ich schon erwähnt habe, habe ich die Beerdingungsinstitute kontrolliert und was finde ich da: den Arbeiter, der hier einen tödlichen Unfall hatte und gerade aus seinem Sarg steigt.« Aus diesem Grund hatte sie Giles an diesem Abend angerufen.

»Ich erinnere mich, davon in der Zeitung gelesen zu haben. Ich dachte, der Arbeiter wäre an einem Stromschlag gestorben.«

»Das haben sie in der Zeitung geschrieben«, erwiderte Buffy. »Und vielleicht sah es auch so aus. Aber der Arzt, der den Totenschein ausgestellt hat, hat den großen Blutverlust nicht bemerkt. Wir wissen ja bereits, wie das hier in der Gegend gemacht wird, also ist das nicht weiter verwunderlich. Jedenfalls richtete sich der Typ in seinem Sarg auf und wir haben ein bisschen geplaudert.«

»Nur im Frühstadium sind sie manchmal ein wenig unkommunikativ«, erinnerte sich Giles.

»Und genauso erfreut wie die Damen im Café, wenn plötzlich der Hygienebeauftragte vom Aufsichtsamt kommt.« Buffy sammelte ihre geschnitzten Pfähle ein. »Er wusste nicht viel, aber ich habe herausgefunden, dass es Schwierigkeiten gab. Ich fange an mich zu fragen, wie tief Gallivan darin verwickelt ist.«

»Hast du irgendeinen Verdacht in Bezug auf ihn?«

»Gallivan ist von der Stadtverwaltung aufgehalten worden, und es war einer seiner Arbeiter, der abends alleine da draußen war. Nach Feierabend. Und von der Grabung wusste ich auch nichts.«

»Nun ja, die beiden Sachen haben wahrscheinlich nichts miteinander zu tun.«

»Oder doch«, gab Buffy zur Antwort und deutete auf drei Schatten, die aus dem Waldrand heraustraten und auf die Grabungsstätte zugingen. Ihre Haut schimmerte fahlweiß im Mondlicht und die Beulen in ihren Gesichtern wiesen sie als Vampire aus. Zwei von ihnen trugen Schaufeln, während der dritte mit einem Eispickel ausgestattet war.

»Interessant«, murmelte Giles gedämpft.

»Gefährlich«, entgegnete Buffy. »Wenn die Vampire in der Nacht, in der die Party stattfindet, sich immer noch hier herumtreiben, wird es viele Opfer geben. Ich kann das nicht zulassen.« Im Schutz der Bäume begann sie den Abhang hinunterzukriechen.

Giles folgte ihr leise.

»Mit Vampiren kann ich umgehen«, sagte Buffy. »Das Problem für mich sind Willow und Cordelia. Moderator bei ›Ich verzeihe dir‹ zu sein ist dagegen ein Kinderspiel.« Sie fuhr fort, den Hügel hinunterzu-steigen, und wurde immer mehr zur Jägerin, indem sie begann, ihre Beute einzukreisen.

Cordelia Chase drückte das Gaspedal bis zum Anschlag durch und fegte in dem Augenblick über die Kreuzung, als die Ampel auf Rot schaltete. Gleichzeitig überprüfte sie ihr Aussehen im Rückspiegel. Cordelia war groß und hatte eine Figur, um die sie jeder beneidete. Das hatte sie ihren fantastischen Genen zu verdanken, aber auch ihrer Bereitwilligkeit, alles für ihr Äußeres zu opfern.

Für den Fall, dass Willows Anruf wirklich ein Gemetzel verhieß, hatte sie vorsichtshalber ihr dunkles Haar schon einmal zusammengebunden. Dazu trug sie einen kirschroten Rollkragenpullover, einen auf der Hüfte sitzenden schwarzen Minirock und lange schwarze Stiefel. Powerfar-ben. Auf dem Weg nach draußen war es ihr sogar noch gelungen, drei Paar Ohrringe einzustecken. Es war nicht ganz leicht, das passende Paar zu erwischen und zu befestigen, während sie fuhr, als ob die karierte Zielflagge beim Formel-Eins-Rennen auf sie wartete. Aber unmöglich war es auch nicht. Nichts war unmöglich für Cordelia, wenn es darum ging, gut auszusehen. Heute und auch in Zukunft nicht.

Cordelia riss das Lenkrad herum und wählte eine Nummer auf ihrem Handy. Dabei verfehlte sie knapp einen Sportwagen mit einer Pizza-Taxi-Aufschrift. Sie warf einen prüfenden Blick in den Rückspiegel, um sich zu vergewissern, dass sie keine Halluzinationen hatte. Wie deka-dent, dachte sie. Oder das Trinkgeld ist extrem gut. Nee. So gut kann das gar nicht sein.

Bei den Campbells ging immer noch niemand ans Telefon. Sie ver-suchte es mit einer anderen Nummer. »*Out of this World Comics*«, sagte eine launige Stimme. »Wenn Sie das Sonnensystem verlassen wollen, überlassen Sie uns das Packen.«

»Ist Xander Harris da?«, fragte Cordelia.

»Xander? War vor einer Sekunde noch hier. Ah, da ist er. Einen Augenblick.« In der Leitung rumorte es und die Verbindung wurde schlechter.

Cordelia bog mit quietschenden Reifen rechts ab. Warum konnte Buffy nicht einfach zu Hause sein? Nie war sie da, wenn man sie brauchte. Sie röhrte um eine weitere Ecke und wartete immer noch da-rauf, dass Xander sich meldete, als sie ein nur allzu vertrautes, widerwär-tiges Geräusch vernahm. Angstvoll blickte sie auf die Hand, mit der sie das Lenkrad hielt, und streckte ihre Finger aus. Als sie den abgebroche-nen Nagel entdeckte, hätte sie vor Wut schreien mögen.

»Hi«, hörte sie Xanders Stimme durchs Telefon.

»Was um alles in der Welt machst du in diesem Laden?«, wollte Cordelia wissen.

»Ich hänge mit Hutch rum«, antwortete Xander etwas mürrisch. »Du hattest doch heute Abend mit dem Partykomitee zu tun, oder etwa nicht?« Hutch arbeitete in dem *Out of this World*-Comicladen im Einkaufscenter. Xander hatte sich mit ihm angefreundet, weil sie eine Menge gemeinsamer Interessen hatten. Interessen, die Cordelia niemals teilen würde.

Hutch war Cordelia fast unheimlich. Sie hatte noch nie jemanden so viel essen und dabei kein Gramm zunehmen sehen. Darüber hinaus hatte er einen noch morbideren und kränkeren Humor als Xander und es war ihm höchst gleichgültig, ob er mit seinen Bemerkungen jemanden verletzte.

»Ich erinnere mich, dass du keinerlei Interesse gezeigt hast, uns zu helfen.« Cordelia betrachtete kummervoll ihren abgebrochenen Nagel. Sollte Willow nicht wirklich in Schwierigkeiten stecken, und zwar in solchen von der blutigen Sorte, würde sie ein Reha-Programm brauchen, um wieder laufen zu können.

»Natürlich wollte ich dir helfen«, antwortete Xander. »Und zwar bis zu dem Moment, als deine Kommentare zu meinen Vorschlägen von ›Meinst du wirklich?‹ zu ›Das ist einfach Schwachsinn‹ übergingen. Wenn mich meine Erinnerung nicht im Stich lässt, bin ich ungefähr zu diesem Zeitpunkt ausgestiegen und du hast nicht eine Träne deswegen vergossen.«

»Nun ja, wärst du etwas länger dabei geblieben, hättest du jetzt an meiner Stelle ›Notruf‹ spielen können«, bemerkte Cordelia leichthin.

»Wer braucht deine Hilfe?«, fragte Xander. Sein leicht spöttischer Tonfall war absoluter Ernsthaftigkeit gewichen. Die meisten Menschen nahmen Xanders' Fähigkeit, sich zwischen Sorglosigkeit und Verantwortungsgefühl zu bewegen, nicht wahr. Und für Cordelia war es selbstverständlich nur insofern irritierend, als dass sie diese Stimmungsschwankungen nicht kontrollieren konnte. »Buffy?«, hakte er nach.

»Willow«, antwortete sie. »Sie ist bei den Campbells, um auf das Baby aufzupassen, und hat mich angerufen, um mir mitzuteilen, dass sich der Kleine in irgendein Monster verwandelt hat.«

»Hat sie gesagt, in was für eine Art Monster?«

»Dazu blieb ihr keine Zeit. Die Leitung wurde unterbrochen.«

»Geht es Willow gut?« Cordelia hörte die Besorgnis in Xanders Stimme, was ihr hochgradig missfiel. Sicher, Xander und Willow waren seit ihrer Kindheit miteinander befreundet, aber irgendwann einmal musste er die Vergangenheit hinter sich lassen. Oder sich zumindest in ihrer Gegenwart etwas mehr zusammenreißen. Wäre doch schön, wenn man auch mal auf ihre Gefühle Rücksicht nähme.»Ich weiß es nicht. Ich bin gerade auf dem Weg zu den Campbells«, antwortete sie so eisig wie möglich. »Jedenfalls dachte ich, ich sollte dich verständigen.«

»Ich bin schon unterwegs«, versprach Xander. Mit lauter Stimme rief er nach hinten in den Laden: »Hey, Hutch, kannst du mich schnell mal irgendwohin fahren? Ich bezahle dir auch das Benzin!« Er wandte sich wieder dem Telefon zu. »Ich mache mich sofort auf den Weg, Cordy. Und fügte mahnend hinzu: »Sei vorsichtig, bis ich da bin.«

»Wenn ich vorsichtig sein wollte, wäre ich zu Hause geblieben. Ich habe mir einen Nagel abgebrochen!« Cordelia schaltete das Telefon aus und warf es wütend auf den Beifahrersitz.

Willow duckte sich und versuchte ihren Kopf vor dem drohenden Angriff zu schützen. Sie schleuderte die Taschenlampe in die Richtung des fliegenden Wesens, das trotz aller Veränderungen immer noch wie ein Baby aussah. Aber sie verfehlte es. Glücklicherweise verfehlte es sie auch.

Sie sprang aus ihrer geduckten Haltung auf und sprintete zur Tür. Als sie die Klinke packte, entdeckte sie, dass sie sich zwar nur mühsam herunterdrücken, aber doch bewegen ließ. Sie floh durch die Tür, gerade rechtzeitig, bevor das tiefe Summen der durchsichtigen Flügel sie eingeholt hatte.

»*Willow*!«, hörte sie hinter sich einen wütenden Aufschrei. Die Tür erzitterte unter einem gewaltigen Schlag, und als sie gehetzt über die Schulter blickte, sah sie, wie sich die Axt, die nicht größer als die Innenfläche ihrer Hand war, splitternd durch die Tür bohrte.

Es ist ihm wirklich ernst!, dachte sie. Sie wirbelte herum und rannte auf die Treppe zu, griff nach dem Geländer, um in der Kurve nicht auszurutschen, und lief mit lautem Poltern die Stufen hinunter.

Hinter ihr hörte sie, wie die Tür nachgab und laut krachend gegen die Wand schlug. Auf halber Höhe der Treppe wandte sie ihren Kopf nach oben und sah, dass das fliegende Wesen sie verfolgte.

Willow rannte die Stufen hinunter, wobei sie sich kaum mit einer Hand am Geländer fest halten konnte. Ihr Atem ging in heftigen Stößen, obwohl sie sich bemühte, nicht in Panik zu geraten. Ruhig bleiben? Das war gar nicht so einfach, wenn man gerade versuchte, einen neuen Weltrekord im Sprinten aufzustellen. Sie raste durch das Wohnzimmer, dann durch den Flur zur Haustür. Sie riss an der Tür, aber sie ließ sich nicht öffnen. In Windeseile suchte sie nach einer anderen Fluchtmöglichkeit und raste in die Küche. Die durchsichtigen Flügel flatterten mit einem lauten Summen dicht hinter ihr.

Willow schoss um die Ecke und rutschte fast auf dem frisch gebohnerten, glatten Fußboden aus. Sie konnte sich gerade noch mit einer Hand an der Wand abstützen und so ihr Gleichgewicht wiedererlangen. Im Zickzack rannte sie um die Kochinsel in der Mitte der Küche herum. Die Töpfe und Pfannen aus poliertem Edelstahl über der Arbeitsfläche reflektierten schimmernd das Licht, das von draußen hereinfiel, was sie selber wie kleine leuchtende Planeten aussehen ließ.

Sie riss den schweren Vorhang vor der Glastür, die in den Garten führte, zur Seite und ihre Finger krallten sich zitternd um den Türgriff ...

5

Die Tür zum Garten ließ sich nicht öffnen. In eine ausweglose Lage gedrängt, sah sich Willow gehetzt in der Küche um. Angst schnürte ihr den Atem ab. Ihr Blick blieb an den Töpfen und Pfannen haften, die über der gefliesten Arbeitsfläche hingen. Langsam bewegte sich Willow rückwärts darauf zu.

Das Flügelwesen hing in einem Abstand von einigen Metern vor ihr in der Luft und summte wie eine riesige Biene. Das Vibrieren seiner Flügel erfüllte die gesamte Küche.

Obwohl sie sah, dass das Wesen plötzlich auf sie zugeschossen kam, machte Willow, getrieben von Adrenalin und Wut, einen riesigen Satz und griff dabei nach den Töpfen über der Arbeitsfläche. Sie langte nach einer großen Bratpfanne und umklammerte den langen Stil mit beiden Händen. Wohlwissend, dass jetzt alles von ihrer Schnelligkeit abhing, holte sie mit der Pfanne weit aus ...

Das Wesen beschleunigte seinen Flügelschlag und stieg mit einer leichten Bewegung in die Höhe. Die Pfanne rauschte schwungvoll ins Leere, wobei sie ihr Ziel nur um ein paar Zentimeter verfehlte. Der Schwung war so gewaltig, dass er Willow mit herumriss und dazu ein paar der Kacheln an der Wand hinter ihr zersprangen. Splitter flogen krachend gegen die Wand. Mit fliegenden Haaren drehte sich Willow wieder herum.

»*Du wirst mit uns kämpfen, Willow. Wenn die Zeit gekommen ist.*« Das Wesen griff mit seiner gekrümmten Klaue in eine kleine Ledertasche, die an seiner Seite hing. Flimmernde Lichtpartikel rieselten durch die Luft wie eine winzige radioaktive Staubwolke.

Staub zu Staub? Der Gedanke war wenig erheiternd und Willow bemühte sich, ihn zu verscheuchen, aber es gelang ihr nicht. Sie versuchte, den Atem anzuhalten, aber auch das war nicht möglich. Der Staub wirbelte um ihren Kopf, als sie schließlich nach Luft schnappte. Was zum Teufel war das? Für einen kurzen Moment hatte sie das Gefühl, als wenn der Küchenboden mit rasender Geschwindigkeit auf sie zukäme, und dann wurde auch schon alles um sie herum dunkel. Ihr letzter Gedanke galt Tad. Wo um alles in der Welt war das echte Baby?

Buffy kroch zum Rand der Aushebung und behielt die drei Vampire im Auge, die ihre Schaufeln in die weiche schwarze Erde stießen. Sie hatten sich auf dem Gelände verteilt und an verschiedenen Stellen angefangen zu graben.

»Weiß irgendjemand, wie dieses Ding aussehen soll?«, fragte einer der drei Vampire, der Tenniskleidung trug. In seinem echten Leben war er vermutlich Börsenmakler oder Versicherungsagent gewesen.

»Hey, Opa, Pa fragt, ob wir wissen, wonach wir suchen«, rief ein jüngerer Vampir in Skaterausrüstung.

»Wenn wir das wüssten«, antwortete der dritte Vampir und trat auf seine Schaufel, um sie tiefer in die Erde zu treiben, »dann würden vermutlich alle davon wissen. Dann hätte es schon längst jemand anderes gefunden.« Er war in seinem ehemaligen Leben ein alter Mann gewesen und trug Bermudashorts, lange schwarze Socken und einen zerknitterten Anglerhut.

»Ja«, knurrte der jüngere Vampir. »Aber wir könnten es ihnen ja einfach wieder wegnehmen.«

»Das ist wohl deine Lösung für alle Probleme. Einfach alles an sich reißen«, sagte der Vampirvater gereizt.

»Mensch, Pa, reg dich wieder ab. Wir sind jetzt tot und ich hatte nicht gerade den Eindruck, dass du die Einladung zum Essen ausschlägst, wenn Opa und ich irgendwelche Opfer gefunden haben. Und das, obwohl sie ihr Blut nicht gerade spenden wollten, wenn ich dich daran erinnern darf. Jedenfalls denke ich, daß das eine Erklärung dafür sein könnte, warum sie immer wie wild um sich schlagen.« Er kicherte irrwitzig, als seine Schaufel mit einem lauten Schlag auf etwas Hartes in der Erde stieß. »Hey, ich habe ein Skelett gefunden.« Er befreite es aus der losen Erde und sah es sich genauer an. Da er nichts Besonderes entdecken konnte, warf er es achtlos beiseite und begann wieder zu graben.

Der Vatervampir ignorierte die Kritik seines Sohnes. »Denk doch mal nach. Wenn es wirklich so ist, dass wir an der richtigen Stelle graben, warum sind dann die anderen nicht auch alle hier?«

Der Großvater drehte sich zu ihm um. »Genau das ist das Problem mit eurer Generation. Alles, was ihr könnt, ist rumsitzen und die Hände in den Schoß legen und euch darüber beklagen, wie schlecht es euch geht. Schau dir deinen Sohn an, der ist wenigstens bereit, hier herauszukommen und sich für das, was er will, anzustrengen, anstatt nur faul herumzusitzen und sich therapieren zu lassen, um seine Bedürfnisse zu erkennen.«

Gestört im Leben, gestört im Tod. Und keine Familientherapie kann euch jetzt noch retten, dachte Buffy. Da sie dunkel ahnte, dass die Qualität dieser Unterhaltung sich nicht verbessern würde und von diesen Vampiren nicht mehr zu erfahren war, nahm sie in jede Hand einen Pfahl und stand auf.

Alle drei Vampire fuhren zu ihr herum.

»Ich muss diese Familienidylle leider stören«, sagte sie, »aber ich habe mit euch ein Hühnchen zu rupfen.«

Vater und Sohn wichen nervös zurück, während der alte Mann nur angewidert das Gesicht verzog. »Ist sie das?«

»Ja, Opa, das ist die Jägerin.« Der alte Vampir schüttelte den Kopf. »Sie sieht gar nicht so gefährlich aus.«

»Das Geheimnis meiner Körperpflege«, parierte Buffy und während sie sorgfältig auf jede ihrer Bewegungen achtete, trat sie über den Rand des zwei Meter tiefen Loches und sprang hinunter.

Der alte Vampir griff sie zuerst an. Er hob seine Hacke und ließ sie mit gefährlichem Schwung auf Buffys Schädel niedersausen. Doch als der Pickel auftraf, stand Buffy schon nicht mehr an derselben Stelle. Ohne seine Waffe aus den Augen zu lassen, vollführte Buffy einen doppelten Salto und jagte dem alten Vampir den Pfahl in den Rücken. Sie trieb ihn so tief in seinen Körper, bis er sein Herz durchbohrte.

»Rotznasen«, schimpfte der alte Vampir und richtete sich zu seiner vollen Größe auf. »Ihr habt keinen Respekt mehr vor alten Leuten!« Er hob seine Hacke wieder an, aber bevor er zu einem weiteren Schlag ausholen konnte, zerfiel er in Millionen Staubteilchen. »Nicht wenn sie sich über jede Kleinigkeit aufregen«, sagte Buffy. Sie wirbelte herum, um sich den beiden anderen Vampiren entgegenzustellen.

Der Tennisspieler attackierte sie mit einer Schaufel, deren scharfe Kante im Mondlicht aufblitzte. Buffy trat einen Schritt zur Seite und fing das Werkzeug mitten im Flug auf, um es dann blitzschnell gegen die Brust des Vampirs zu schleudern. Die Schaufel durchbohrte die Brustplatte und spaltete das dahinter liegende Herz.

Mit einem wütenden Aufschrei stürzte sich nun der Skateboarder in einem Wirbel von Zähnen und Klauen auf sie.

Mit einem Pflock in jeder Hand nutzte Buffy ihre Waffen wie Kamastöcke, um seine Angriffe zu parieren. Sie traf den Jungen an Füßen und Händen, schlug sie zur Seite und ließ einen Hagel von Schlägen auf seinen Kopf niederprasseln, bis er unter ihren Hieben zu wanken begann. Die Jägerin drehte sich schwungvoll einmal um sich selbst und trat ihm mit ausgestrecktem Bein gegen den Kopf, sodass er rückwärts gegen die Wand aus Erde taumelte. Bevor er wieder zu sich kommen konnte, rammte sie einen Pfahl in sein Herz.

»Äh ... alles in Ordnung da unten?«, fragte Giles von oben.

»Ja«, bestätigte Buffy mit einem zufriedenen Blick auf die drei Staubhaufen und ließ ihre Augen dann durch die Grube gleiten. »Haben Sie jemals bei einer Grabung mitgearbeitet, Giles?«, fragte sie.

Er kletterte zu ihr in die Aushebung hinunter. »Ein paar Mal. Während des Studiums und auch noch eine kurze Zeit danach. Ich habe mich freiwillig zur Verfügung gestellt, damit ich reisen und etwas von der Welt sehen konnte. Eigentlich fand ich es sehr lohnenswert ...«

»Dann sagen Sie mir, ob Sie hier irgendetwas sehen, was für Vampire interessant sein könnte«, unterbrach ihn Buffy. Sie holte eine Lampe aus ihrer Hosentasche und schaltete sie ein. Das Licht der Halogenbirne verjagte die Schatten um sie herum. Hell glänzende Metallstücke hoben sich schimmernd von dem dunklen Hintergrund der Erde ab.

»Nun«, sagte Giles, während er sich niederkniete, »sie haben hier unten eine ordentliche Verwüstung angerichtet, so viel steht fest.«

»Ich glaube nicht, dass Archäologie viel mit Ordentlichkeit zu tun hat«, sagte Buffy gähnend. Sie war müde und ihre Augen brannten. Sie versuchte sich ins Gedächtnis zu rufen, dass an diesem Wochenende eine Party stattfinden sollte. *Vielleicht.* Sie blieb hinter Giles stehen und ahnte bereits, dass er von dem Krimskrams um sich herum vollkommen gefesselt sein würde.

Für Buffy sahen die Gegenstände, die er durch seine Finger gleiten ließ, nach nichts anderem als nach ein paar Keramikscherben, Speerspitzen, Perlen und kunstvoll geschnitzten Instrumenten aus Knochen aus. Nichts daran erregte ihr Interesse und sie zweifelte auch daran, dass diese Gegenstände für die Vampire von Bedeutung waren. Warum also dann diese besessene Buddelei? Sie hasste es, wenn ihr die Vampire Rätsel aufgaben. Vampirrätsel und Intrigen bedeuteten für gewöhnlich Schwierigkeiten.

»Dies ist eine sehr interessante Grabung«, sagte Giles versonnen. Seine geschickten Hände zogen vorsichtig immer mehr Gegenstände aus der Erde. Er befreite sie gerade so weit von Schmutz und Erde, dass man erkennen konnte, um was es sich handelte, und legte sie dann auf den Boden. »Aber ich glaube nicht, dass wir hier etwas Ungewöhnliches finden werden.«

»Ja, aber Tatsache ist doch, dass die Vampire hier unten die ganze Grabungsstätte durchwühlen. Die immer wieder beliebte Frage lautet also: *Warum?*«

»Die Vampire sind das Einzige, was diese Grabung von anderen unterscheidet.« Giles kletterte auf einen anderen Abschnitt und Buffy folgte ihm, um mit der Taschenlampe zu leuchten.

Plötzlich drang das knirschende Geräusch von Schritten an ihr Ohr. »Wir bekommen Gesellschaft!«, flüsterte sie und schaltete die Lampe aus.

Giles war noch immer in den Anblick eines Gegenstandes versunken, den er gerade gefunden hatte. Er starrte ihn nachdenklich an. »Noch mehr Vampire?«, flüsterte er geistesabwesend.

Buffy federte sich vom Boden ab und zog sich mit beiden Händen am Rand der Grube hoch, um Ausschau zu halten. »Viel schlimmer.«

»Was?«

Buffy beobachtete die vier Männer in Uniform, die sich der Aushebung näherten. Sie hatten ihre Waffen gezogen und bewegten sich langsam auf sie zu. »Die Sicherheitsleute von *Gallivan Industries*.« Sie warf Giles einen Blick zu. »Ich kann sie nicht töten und wir dürfen uns nicht von ihnen erwischen lassen.«

Giles gab keine Antwort, da er von dem Fund, den er in der Hand hielt, vollkommen gefesselt war.

»Giles«, zischte Buffy leise und ließ sich wieder in die Grube neben ihn fallen. »Korrigieren Sie mich bitte, wenn ich falsch liege, aber ist das nicht die Stelle, an der Sie immer sagen: ›Wir müssen hier weg‹?«

»Wie bitte?« Nur für einen Augenblick sah er verständnislos zu ihr hoch. Dann kam er zu sich. »Ja, wir müssen hier weg!«

»Irgendeine Idee?« Buffy hörte, wie die Männerstimmen immer näher kamen. Die Sicherheitsleute mussten schon fast über ihnen sein.

Giles erhob sich und wich dem Halogenlichtstrahl, der durch die Aushebung glitt, aus. »Wenn sich die Möglichkeit ergibt, müssen wir rennen. So schnell wir können.«

Buffy starrte ihn ungläubig an. »Und dafür sind Sie in die Wächterschule gegangen?«

Giles trieb eine der Schaufeln mit einem Tritt in die Erde. »Wir könnten natürlich auch versuchen, einen Tunnel zu graben«, schlug er mit einem kleinen Lächeln vor.

»Wenn Bugs Bunny bei uns wäre – dann sicher«, antwortete Buffy. Die knirschenden Schritte kamen immer näher und der Lichtschein, der in die Aushebung fiel, wurde langsam heller. *Jede Sekunde können sie über uns am Rand auftauchen*, machte sich die Jägerin bewusst. *Und mein Wächter denkt über Sandkastenspiele nach.*

»Ich glaube eher nicht, dass der alte Bugs unser Problem lösen könnte.«

Buffy starrte ihn an. »Was?«

»Nun«, bemerkte Giles ruhig, »er hat doch immer die falsche Abbiegung in Albuquerque genommen.«

6

Ein Angstschauder durchfuhr Cordelia, als sie langsam auf das Haus der Campbells zusteuerte. Glücklicherweise hatte sie es mit Willows Wegbeschreibung mühelos gefunden. Für den Fall, dass sie überstürzt aufbrechen musste, ließ sie das Auto mit laufendem Motor vor dem Gartenzaun stehen.

Sie holte tief Luft. Also gut. Wenn Willow damit fertig wurde, konnte sie es auch. Nur dass Willow eben nicht damit fertig wurde. Sonst hätte sie ja nicht angerufen. Cordelia versuchte die Haustür zu öffnen, musste aber feststellen, dass sie verschlossen war.

Ein Zaun versperrte den Zugang zum Garten an der Seite des Hauses. Während sie ein paar unschöne Worte über Vampire im Allgemeinen und über Willow im Besonderen murmelte, machte sich Cordelia daran, über den Zaun zu klettern.

Das Passieren des abgesicherten Wohnparks war dagegen ein Kinderspiel gewesen. Dem Pförtner gegenüber hatte sie behauptet, sie sei zu einer Party eingeladen, habe jedoch die Adresse vergessen. Sie hatte versichert, dass sie das Haus an dem Auto des Besitzers wiedererkennen würde, der ein richtiger Partyhecht sei. Der Pförtner hatte sich tatsächlich die Mühe gemacht, ihr zu helfen, indem er eine Liste mit allen Anwohnern, die häufig Gäste hatten, durchtelefonierte. Er hatte einen Typ angerufen und ihn mit Blick auf ihren Führerschein gefragt, ob er eine Cordelia Chase kannte.

»Cordelia wer?«, fragte der Typ am anderen Ende der Leitung verständnislos nach. Offensichtlich jemand, der neu in der Gegend war. Also hatte Cordelia den Kopf aus dem Fenster gesteckt und mit ihrer verführerischsten Stimme, die Xander so gern am Telefon hörte, gesagt, dass sie sich im *Bronze* kennen gelernt hätten und ob er sie denn nicht wiedersehen wolle.

Das Tor hatte sich im Handumdrehen geöffnet.

Aber was für eine Geschichte sollte sie erfinden, wenn man sie mit einem Holzpflock in der Hand über einen Privatzaun klettern sah? Vielleicht dass sie ...

»Hey, was geht denn hier vor sich?«

Rittlings auf dem Zaun sitzend, blickte Cordelia hinunter und entdeckte, dass Xander dort unten stand und zu ihr hoch sah. Er war dunkel und schlank. Seine rebellische und spöttische Ausstrahlung war auch dann spürbar, wenn er keinen seiner sarkastischen Kommentare von sich gab, die ihm so leicht über die Lippen kamen.

Hinter ihm stand Hutch. Cordelia versuchte sich an seinen Nachnamen zu erinnern, aber er wollte ihr nicht einfallen. Sie glaubte, dass er mit W anfing. Er war größer und kräftiger als Xander und hatte breitere Schultern. Sein rotes Haar stand stachelig vom Kopf ab und sein Ohrring und zwei Piercings über seiner linken Augenbraue glänzten silbern im Mondlicht. Er trug Khakis und einen grünen Pullover mit Kragen.

»Ich komme zu spät zum Oklahoma Land Run«, antwortete Cordelia. »Tom Cruise sollte dort eigenlich auf mich warten.«

»Dann sind wir wohl zum falschen Zeitpunkt gekommen. Wo ist Willow?«

»Sie müsste eigentlich im Haus sein. Die Haustür ist abgeschlossen.«

Xander nickte. Er hob den Riegel des Gartentores und öffnete es. »Ganz im Gegensatz zum Gartentor.«

Cordelia wusste, dass er sie ausgelacht hätte, wenn er nicht so in Sorge um Willow gewesen wäre. Nicht allzu heftig natürlich, weil er nur zu gut wusste, dass sie sich das nicht gefallen ließ. »Hilf mir runter.«

Er streckte die Arme nach ihr aus und half ihr auf der anderen Seite in den Garten der Campbells herunter.

»Also was steht hier an?«, fragte Hutch mit einer weichen Stimme. Die Stimme eines geborenen Sängers, dachte Cordelia.

»Ich habe keine Ahnung«, antwortete sie und bahnte sich einen Weg durch das Dickicht von Blumen und Büschen. »Ich bin gerade erst hier eingetroffen. Wie hast du es so schnell geschafft?«

»Nicht ich. Hutch. Er hat mich vom Einkaufscenter hierhergefahren, erinnerst du dich?« Xander wies mit einem Daumen nach hinten auf seinen Freund. »Er stammt von einer Schmugglerfamilie ab. Immer auf der Flucht. Tempo hat auf ihn den gleichen Effekt wie Einkaufen auf dich.«

»Nicht zu vergessen«, fügte Hutch hinzu, »dass die Strecke vom Einkaufscenter bis hierher kürzer ist als die Strecke, die du genommen hast.«

»Wenn ich gewusst hätte, dass ihr so schnell hier sein würdet, wäre ich zu Hause geblieben und ihr hättet mir am Telefon berichten können, wie alles ausgegangen ist.«

Xander ignorierte sie.

Sie wusste, dass er sich darüber im Klaren war, dass die harte Seite, die sie nach außen zeigte, zum Teil nur ein Schutzpanzer war. Ein Mädchen musste schließlich hart sein, um ganz oben mitmischen zu können. Und Cordelia hatte schon fast den Gipfel erreicht ...

»Irgendjemand scheint hier ein Pflanzenfetischist zu sein«, murmelte Xander, als sie durch das Dickicht aus Ranken, Sträuchern und Blumen krochen.

»Gegen Pflanzen ist doch nichts einzuwenden«, wandte Hutch ein. »Nicht, wenn sie in Maßen auftreten«, hielt Xander dagegen. Er blieb am Rand der Veranda stehen, dann schwang er sich über das Geländer und kam fast lautlos auf der anderen Seite auf.

»Kann mich jemand mal darüber aufklären, warum wir alle so flüstern?«, fragte Hutch. Er verschränkte seine Hände ineinander, um Cordelia eine Räuberleiter zu halten.

Cordelia setzte ihren Fuß in seine Hände und fühlte sich kraftvoll hoch gehoben. »Willow glaubt, einen Einbrecher gehört zu haben.«

»Gibt es einen vernünftigen Grund dafür, dass sie nicht den Sicherheitsdienst angerufen hat?«, fragte Hutch zurück.

Cordelia sah zu Xander herüber, der es fertigbrachte, mit den Schultern zu zucken, während er sich möglichst flach an die Hauswand neben der Glastür drückte.

»Eine Strafgebühr an die Bibliothek?«, mutmaßte Cordelia. Hutch war damit beschäftigt, über das Geländer auf die Veranda zu klettern, und versuchte möglichst jeden Lärm zu vermeiden.

»Genau!«, bestätigte Xander und warf ihr einen gequälten Blick zu. »Strafgebühren bei der Bibliothek noch nicht bezahlt, Rückgabetermin nicht eingehalten, Missbrauch von streng bewachtem Bibliothekseigentum und unerlaubtes Eindringen ins Archiv «

»Alles klar«, sagte Hutch und sah auf den Pfahl in Cordelias Hand. Cordelia folgte seinem Blick. *Uh-oh.* »Den habe ich gefunden.«

»Und da hast du dir gedacht, dass er ein hübsches Familienerbstück abgeben könnte?«

»Ich war alleine unterwegs und hätte einem Herumtreiber in die Arme laufen können. Laserkanonen findet man hier eher selten.«

Dagegen lässt sich nicht viel einwenden, dachte sie. Sie blickte zu Xander herüber, der vorsichtig durch die Verandatür in das Innere des Hauses sah.

»Willow!«, rief er. »Sie liegt da drin auf dem Boden!« Xander warf alle Vorsicht über Bord und griff nach dem Türknauf. Er rüttelte daran, aber die Tür ließ sich nicht öffnen.

»Lass mich mal«, schob ihn Hutch beiseite. Xander gab die Tür frei und Hutch packte den Türknauf. Unter Anspannung seiner Armmuskeln drehte er den Knauf so lange hin und her, bis das Schloss schließlich aufbrach.

»Wow!«, stieß Cordelia beeindruckt hervor. »Erinnere mich daran, dass ich dir nie zur Begrüßung die Hand schüttele. Unter gar keinen Umständen.«

Hutch warf den Türgriff und das Schloss achtlos zur Seite. »Ich habe immer schon Kraft gehabt.«

Xander öffnete die Schiebetür mit einem kräftigen Ruck. Cordelia deckte ihm den Rücken, als sie ihm in die Küche folgte. Er kniete sich an Willows Seite auf den Boden und nahm sie behutsam in seine Arme.

Während sie die Szene beobachtete, spürte Cordelia einen kurzen, aber heftigen Stich durchs Herz. An manchen Tagen verstand sie noch nicht einmal, was sie an Xander so anziehend fand, und in Momenten wie diesem war sie eifersüchtig darauf, dass er und Willow so viel Zeit miteinander verbracht hatten und sich so nahe waren. Sie fragte sich, ob sie und Xander einander jemals so nahe kommen und über das übliche Dating hinauskommen würden. Nicht dass es schlecht war. Natürlich nicht und sie genoss es auch, sonst hätte sie die Beziehung schon längst beendet.

»Geht es ihr gut?« Cordelia sah sich in der Küche um und hielt den Pfahl fest mit einer Hand umklammert. Sie konnte nichts Auffälliges entdecken. Warum auch? Meistens kommt es ja auch völlig unerwartet aus dem Dunkel. Der Gedanke jagte ihr einen Schauer über den Rücken.

»Sie kommt wieder zu sich«, sagte Xander. Die Erleichterung in seiner Stimme weckte Cordelias Eifersucht, nahm ihr aber auch gleichzeitig einen Teil der Sorgen um Willow.

Blinzelnd und immer noch benommen sah Willow zu ihnen auf. »Das Baby«, sagte sie mit schwacher Stimme. »Ich muss das Baby wiederfinden.« Der Gedanke schien sie mit großer Unruhe zu erfüllen, denn sie versuchte auf die Beine zu kommen, was ihr aber nicht gelang.

»Bleib liegen«, befahl Xander. »Ich werde nach dem Baby sehen. Wo ist es?«

»Dieses Ding hat ihn mitgenommen, Xander. Ich sollte auf Tad aufpassen und habe es nicht verhindern können, dass er entführt wird. Es ist alles meine Schuld!«

»Halten Sie sich bereit zur Flucht«, wies Buffy Giles an.

Sie kratzte eine Handvoll Erde zusammen. »Wenn es losgeht, laufen Sie so schnell Sie können zum Auto. Ich treffe Sie dann dort.«

Giles nickte zögernd. »Also schön, gib mir ein Zeichen.«

Die Schritte näherten sich hörbar dem Rand der Aushebung. Erde und ein paar lose Steine rieselten herab.

»Jetzt!«, rief Buffy.

Giles sprang auf und spurtete auf die andere Seite der Aushebung zu.

Buffy richtete sich blitzschnell auf und schleuderte die Handvoll Erde nach dem uniformierten Mann. Sie traf ihn mitten ins Gesicht, sodass er für einen Moment nichts sehen konnte. »Hilfe!«, schrie er und rieb sich die Augen. »Hier drüben!« Er feuerte zwei Schüsse aus seiner Pistole ab. Glücklicherweise wurden nur die umliegenden Bäume von den Kugeln getroffen.

Buffy war hoch gesprungen und zog sich an der Wand der Grube nach oben. Sie schwang sich über den Rand und trat dem Mann aus einer Halbdrehung heraus mit ausgestrecktem Bein vor die Knie. Als er zusammenbrach, riss sie ihm die Pistole aus der Hand, öffnete die Trommel und ließ die Patronen auf den Boden fallen. Danach schleuderte sie die Waffe mit aller Kraft ins Dunkle.

Einer aus dem Rennen, drei fehlen noch.

Die anderen Sicherheitskräfte kamen herbeigelaufen. Das Licht ihrer Taschenlampen huschte unruhig über die Erdhaufen, zu unruhig, um sie zu erfassen. Schüsse hallten durch die Luft.

»Stehen bleiben!«, rief einer von ihnen aus und feuerte einen weiteren Schuß ab. »Halt oder wir schießen!«

Schießen? Seit wann dürfen diese privaten Wachhunde überhaupt schießen? Und sollte die Warnung nicht eigentlich vor dieser Dirty-Harry-Nummer erfolgen? Buffy zog den Kopf ein und begann zu laufen. Sie entkam nur knapp den Kugeln, die pfeifend hinter ihr in den Boden schlugen. Sie lief in die entgegengesetzte Richtung, in die Giles geflohen war, und hielt auf die Bäume zu.

Einer der Männer musste ein Sprintspezialist sein, denn während er sich an ihre Verfolgung machte, holte er ihren Vorsprung mit Leichtigkeit auf. Das Licht seiner Taschenlampe glitt über sie hinweg und bereits im nächsten Moment fiel eine schwere Hand auf ihre Schulter.

Bevor er sie herumzerren konnte, packte Buffy seinen Daumen und riss ihn hart herum. Ein knackendes Geräusch war zu vernehmen, aber Buffy war sich sicher, ihn nicht gebrochen zu haben. Voller Schmerz schrie der Mann auf und ließ sie los, verfolgte sie aber weiter.

Buffy legte sich ins Zeug und lief in einem weiten Bogen zu der Stelle zurück, an der sie Giles Auto geparkt hatten. Sie verließ sich jetzt blind auf die besonderen Instinkte und Fähigkeiten, über die sie als Jägerin verfügte. Wenn mir jetzt keine Vampire mehr begegnen und Giles schon vor mir beim Auto eingetroffen ist, dachte sie, können wir eigentlich sofort los.

Willow blickte auf das verlassene Kinderbett hinab, in dem vor noch nicht allzu langer Zeit Tad gelegen hatte. Zumindest hoffte sie, dass das Baby, das sie gefüttert hatte, Tad gewesen war.

Das Einzige, was von dem Baby übrig geblieben war, waren eklige Überreste seiner Haut, die an den Stellen abgeplatzt war, an denen sie mit den Lorbeerblättern in Berührung gekommen war. Xander ließ das Licht der Taschenlampe auf den kleinen schleimig-verkohlten Klumpen ruhen, die auf dem blütenweißen Laken zurückgeblieben waren. Er zog einen Stift aus seiner Jacke und versuchte damit ein Stück der fleischigen Überreste hoch zu heben.

Das Fleisch des Wesens, oder was auch immer es war, troff in dicken Tropfen an dem Stift herunter und fiel mit einem schmatzenden Geräusch wieder auf das Bett zurück. »Das ist ziemlich ekelhaft«, befand Xander.

»Das«, sagte Willow mit zitternder Stimme, »könnten Tads Überreste sein.« Tränen traten in ihre Augen.

»Hey, so etwas darfst du gar nicht erst denken«, versuchte Xander sie mit sanfter Stimme zu beruhigen.

»Ich fühle mich so hilflos«, schluchzte Willow und starrte auf das leere Bett. »Ich war schließlich hier, um auf ihn aufzupassen.«

»Das wird dich zwar nicht trösten«, meinte Xander, »aber ich glaube nicht, dass du als Babysitter auf so eine Situation vorbereitet sein musst. Die meisten wüssten nicht, was in so einem Moment zu tun ist. Ich glaube kaum, dass in irgendeinem Handbuch geschrieben steht, wie man sich verhalten soll, wenn sich das Baby in ein Monster mit Flügeln verwandelt.«

»Was soll ich bloß tun?«, fragte Willow. Sie fühlte immer mehr Tränen in sich aufsteigen und spürte genau, dass sie sie nicht mehr zurückhalten konnte.

Xander streckte seine Hand nach ihr aus und zog sie in seine Arme. »Wir werden sehen, was wir tun können«, flüsterte er in ihr Ohr. »Wir werden alles tun, was wir können, und kein bisschen weniger. Das verspreche ich dir.«

Buffy stürzte aus dem Wald und lief auf Giles kleines ausländisches Auto zu. Der Wächter saß bereits am Steuer und betrachtete eingehend einen Gegenstand, den er in den Händen hielt.

47

Völlig außer Atem erreichte Buffy das Auto, riss die Tür auf und warf sich auf den Beifahrersitz. »Fahren Sie los«, keuchte sie. »Einer dieser Typen, die hinter mir her sind, trainiert offensichtlich für die olympischen Spiele.«

»Dann wollen wir mal.« Giles steckte den Gegenstand, den er in der Hand hielt, in seine Tasche und drehte den Zündschlüssel. Der Motor gab ein paar gequälte Geräusche von sich, versuchte aber tapfer anzuspringen.

Buffy drehte sich um und sah durch das Heckfenster. Der Mann, der sie so knapp verfolgt hatte, brach plötzlich aus dem Unterholz hervor. »Anhalten oder ich schieße!« Er gab zwei Schüsse ab, von denen einer das Rücklicht an Giles' Auto traf.

»Nett von ihm, dass er uns vorher warnt«, sagte Giles ironisch und traktierte das Gaspedal. Endlich sprang der Motor an. Allerdings versperrte ihnen der dichte Wald am Ende der Straße den Fluchtweg. Es blieb Giles keine andere Wahl, als zu wenden und auf dem Feldweg zurück an dem Wachmann vorbeizufahren. Er spähte unschlüssig durch das Fenster und zögerte. Der Mann rannte bereits auf sie zu.

Buffy rammte ihren Fuß auf das Gaspedal. Ein Zittern lief durch das kleine Auto, aber der Motor gab tapfer sein Bestes. Kies spritzte auf, als der Wagen vorbeischoss.

»Fahren sie schon!«, rief Buffy. »Er ist wirklich schnell. Glauben sie mir!«

Unter Einsatz all seiner Geschicklichkeit versuchte Giles das Auto unter Kontrolle zu halten. Ein überraschter Ausdruck erschien auf dem Gesicht des Sicherheitsbeamten, dann warf er sich zur Seite um dem herannahenden Fahrzeug auszuweichen. Er verschwand in den dichten Büschen, während das Auto mit röhrendem Motor über dem unebenen Waldweg davonholperte.

»Buffy ist immer noch nicht zu Hause, aber ich habe ihre Mutter erreicht.« Willow sah Xander fragend an. »Hast du ihr gesagt, was passiert ist?«

Xander schüttelte den Kopf. »Ich sah keinen Grund dazu. Es gibt so schon genügend merkwürdige Dinge in Buffys Leben, dass man ihre Mutter nicht unnötig beunruhigen sollte.«

»Habt ihr versucht, die Campbells zu erreichen?« Cordelia betrat das Zimmer, dicht gefolgt von Hutch.

»Nein«, antwortete Willow leise und hilflos. Sie hatte plötzlich das Gefühl, als ob sie in einer Falle säße. Eisiges Entsetzen breitete sich in ihrem Magen aus, was sich ungefähr so anfühlte, als hätte sie eine eiskalte Cola zu schnell heruntergestürzt. Für einen Augenblick hatte sie das Gefühl, sich übergeben zu müssen. Sie warf einen Blick auf die Liste mit Telefonnummern, die die Campbells ihr hinterlassen hatten. Sechs Nummern, unter denen sie vielleicht erreichbar sein würden, inklusive der Nummer ihres Autotelefons. Aber sie hatte sie unter keiner erreichen können.

Xander setzte sich neben sie auf das Sofa und legte seinen Arm um ihre Schultern. »Sie werden schon wieder auftauchen.«

»Wir konnten keine Spur von diesem fliegenden Etwas ausfindig machen«, wurden sie von Cordelia informiert.

»Aber die Türen sind doch alle verschlossen«, überlegte Willow. Sie bemerkte den eifersüchtigen Ausdruck in Cordelias Augen und löste sich vorsichtig aus Xanders Armen. »Es hat das Haus nicht verlassen können. Es muss irgendwo hier drin sein! Wir müssen es finden und zwingen, uns zu sagen, wo Tad ist.«

»Will, wir haben es überall gesucht. Jeder von uns dreien«, redete Xander sanft auf sie ein. Er ballte seine Hände zu Fäusten und sah ihr fest in die Augen. »Es ist einfach nicht da.« Die Stille, die seinen Worten folgte, lastete schwer auf ihnen.

Plötzlich erklang ein Klopfen und Hutch ging zur Tür, um die privaten Sicherheitskräfte einzulassen. Sie trugen Abzeichen, die sie als Angestellte der Wingspread Siedlung auswiesen.

»Haben Sie wegen dem Baby angerufen, das vermisst wird?«, fragte der ältere der beiden Männer.

»Ja«, antwortete Xander. »Können Sie uns helfen?«

Der Mann nickte und nahm eine kurze Beschreibung Tads auf.

»Das ist doch schon einmal passiert«, murmelte der Jüngere der beiden und eine Mischung aus Angst und Ungläubigkeit zeigte sich auf seinem Gesicht. »Gallivan wird uns deswegen unsere Abzeichen entziehen.«

»Was ist schon einmal passiert?«, hakte Xander sofort nach.

»Gar nichts«, unterbrach ihn der ältere Mann brüsk. Er legte dem Jüngeren die Hand auf die Schulter und schob ihn in Richtung Tür. »Ihr bleibt jetzt einfach hier und überlasst uns die Angelegenheit. Sobald wir etwas herausfinden, werden wir euch benachrichtigen.«

Xander blickte Willow viel sagend an. »Er hat *schon einmal* gesagt.«

Willow nickte, ohne jedoch zu verstehen, worauf Xander hinauswollte.

Als dann das Telefon völlig unvermittelt zu klingeln begann, erschrak sie derartig, dass sie wie von der Tarantel gestochen auffuhr.

7

»Das war großartig, Giles! Das sollten wir unbedingt einmal wiederholen«, sagte Buffy. Als ihr Wächter keine Antwort gab, warf sie ihm einen prüfenden Blick zu. Sie hatten den Park vor nicht allzu langer Zeit verlassen und standen nun vor Buffys Haus. »Vielleicht schenken Sie mir das nächste Mal dann wieder etwas mehr Aufmersamkeit, damit Sie merken, dass es mich auch noch gibt.«

Giles' Aufmerksamkeit war vollkommen von dem Gegenstand in seiner Hand in Anspruch genommen. Wenn er auch ihre Worte nicht zu bemerken schien, so nahm er nach einer Weile doch die verheißungsvolle Stille wahr und sah zu Buffy herüber. »Tut mir Leid. Ich habe mich wohl mehr ablenken lassen, als ich eigentlich sollte.«

»Ein Punkt für Sie!« Buffy betrachtete das Ding in seinen Händen. Sie erinnerte sich daran, dass er es auf der Grabungsstätte eingesteckt hatte. »Haben Sie das von der Ausgrabung mitgebracht?«

Giles schien die Frage peinlich zu sein. »Ja, wie ich zugeben muss.«

»Sie haben der Unversehrtheit der Grabungsstätte einen schweren Schaden zugefügt«, beschuldigte ihn Buffy. Ihr Vorwurf war jedoch nur halb ernst gemeint. »Als Sie mir den Vortrag über archäologische Grabungsstätten gehalten haben, haben Sie gesagt, dass die Inter..., Intra ... oder so der Grabung gewahrt werden sollte.«

»Integrität. Aber ich kann mildernde Umstände für mich in Anspruch nehmen.«

»Das klingt nach einer schlappen Ausrede«, sagte Buffy und verschränkte die Arme vor der Brust.

»Buffy.« Eine Spur von Gereiztheit flackerte in seiner Stimme auf. »Die Objekte, die ich mitgenommen habe, sind definitiv nicht amerikanischen Ursprungs. Ich bin mir im Gegenteil sogar ziemlich sicher, dass sie aus Russland stammen.«

»Na wenn schon. Was macht das für einen Unterschied?«

Giles verzog das Gesicht, als ob er Zahnschmerzen hätte. »Die Russen waren zu der Zeit, als dieses Land von Weißen besiedelt wurde, sehr an dem Handel mit Pelzen in Nordamerika interessiert. Vielleicht sind deshalb solche Funde gar nicht so ungewöhnlich. Aber dieses Objekt hier ist schon bemerkenswert. Da auch die Vampire auf der Suche nach etwas zu sein schienen, war mein erster Impuls, es mitzunehmen, weil es ganz offensichtlich nicht zu den anderen Fundstücken passte.«

Er schaltete die Innenbeleuchtung seines Wagens an und zeigte ihr den Gegenstand. Es handelte sich um einen schmalen Zylinder, der von schwärzlichen Spuren der Verwitterung überzogen war. Auf beiden Seiten wurde er von Kappen verschlossen, die mit seltsam geschnitzten Figuren verziert waren. »Ich musste die Erde abkratzen, um die Buchstaben entziffern zu können, aber sie stammen aus dem Kyrillischen. Das ist das ...«

»Russische Alphabet, ich weiß«, unterbrach ihn Buffy. »Wie viele russische Vampire gibt es in der Nähe der Grabung?«

»Soweit ich weiß, keine. Das heißt aber nicht, dass dieses Fundstück uninteressant ist. Es wäre auf jeden Fall aufschlussreich herauszufinden, wie es dort hingekommen ist. Dieses Röhrchen besteht aus Silber. Das kann man an der schwarzen Korrosion erkennen. Die Farbe rührt daher, dass das Silber lange Zeit dem Salzwasser ausgesetzt gewesen sein muss. Ich finde das außerordentlich ...«

»Giles«, unterbrach Buffy seinen Redefluss. Sie zählte an ihren Fingern ab: »Test. Klamotten waschen. Frühlingsparty. Der Konflikt zwischen Cordelia und Willow. Schlafen. So ungefähr sieht meine To-Do-Liste aus. Ich mag Sie sehr gerne und ich freue mich für Sie, dass Sie etwas gefunden haben, das Ihnen vor Begeisterung fast den Verstand raubt, aber mein Ding ist das nicht. Historische Rätsel stehen nun wirklich nicht ganz oben auf meiner Favoriten-Liste.«

Giles ließ das silberne Gefäß mit einem bedauernden Gesichtsausdruck in seine Tasche gleiten. »Verstanden. Wir sehen uns morgen früh.«

Buffy stieg aus dem Auto und ging zum Hauseingang hinüber. Giles wartete, bis sie den Schlüssel ins Schloss gesteckt und die Tür aufgeschlossen hatte. Er ist so süß, dachte sie. Ein Anflug von schlechtem Gewissen regte sich in ihr, weil sie ihn so abrupt unterbrochen hatte. Sie hätte ihm ruhig ein wenig zuhören und ihn seine Sternstunde auskosten lassen können. Hätte, sollen, können. Giles würde es schon verstehen.

Getrieben von dem Bedürfnis nach irgendetwas Süßem, schlug sie den Weg zur Küche ein. Schokolade wäre jetzt genau das Richtige. Vielleicht war ja noch ein Stück von diesem Kuchen da, den ihre Ma heute mitgebracht hatte.

Das Licht in der Küche brannte. Verwundert ließ sie ihren Rucksack auf das Sofa fallen und betrat die Küche. Ihre Mutter saß vor einer Tasse mit frisch aufgebrühtem Kaffee am Küchentisch.

»Ma? Wieso bist du noch auf?« Als wüsste Buffy nicht, was das bedeutete.

»Willow hat angerufen. Es scheint ein paar Schwierigkeiten zu geben.«

Buffy lief auf den Zaun vor dem Haus der Campbells zu und verlangsamte ihren Schritt. Ihr Magen krampfte sich vor Nervosität zusammen, wobei die Anstrengungen, die es sie gekostet hatte, an den Pförtnern der Wohnanlage vorbeizukommen, einen großen Anteil daran hatten. Auf der Veranda war bereits eine kleine Gruppe von Menschen versammelt, unter denen sie Willow, Cordelia, Oz und Xander erkannte.

»Vielen Dank, dass du gekommen bist«, rief Willow aus. Ihre Wangen glänzten und ihre Augen waren gerötet, als ob sie geweint hätte.

»Hey«, antwortete Buffy sanft. »Du wusstest doch, dass ich kommen würde. Ich wünschte nur, ich hätte früher da sein können. Meine Ma hat gesagt, du hast inzwischen die Eltern erreicht?« Sie setzte sich neben sie. Willow war ihr im Laufe ihrer Freundschaft schon so oft eine Quelle stiller Kraft gewesen, dass es sie erschütterte, sie so niedergeschlagen zu sehen. »Wann wird die Polizei hier sein?«

»Das wissen wir nicht«, meldete sich Xander zu Wort. »Wir haben die Sicherheitsleute informiert und die haben uns gesagt, sie würden sich um alles kümmern.«

»Eine Entführung, noch dazu eine Kindesentführung ist nicht nur ein Fall für die Polizei«, warf Oz auf der anderen Seite von Willow ein. »Wahrscheinlich wird auch das FBI eingeschaltet werden. Kein Wunder, bei all den neuen Gesetzen zum Schutz von Kindern und Jugendlichen. Die Sicherheitsleute haben übrigens irgendetwas davon erwähnt, dass es sich nicht um die erste Entführung in dieser Wohnanlage handelt.«

»Nicht die Erste?«, fragte Buffy entgeistert und ihre Angst nahm zu. »Ich habe nichts davon in den Nachrichten gehört.«

Oz nickte. »Niemand von uns hat etwas gehört. Ganz schön unheimlich, hm?«

»Aus irgendeinem Grund soll nichts davon an die Öffentlichkeit«, vermutete Xander. »Normalerweise würden Eltern doch niemals verheimlichen, dass man ihnen ihre Kinder wegnimmt. Es sei denn, irgendjemand setzt sie ganz massiv unter Druck.«

Buffy stimmte ihm im Stillen zu und empfand großes Mitleid für Willow, die mitten in eine so undurchsichtige und üble Sache hineingeraten war. Wer hat ein Interesse daran, Babys zu entführen? Und warum? Und warum wurde das alles verschwiegen?

Ein große schwarze Sedan-Limousine kam langsam die Auffahrt hochgefahren. Die Jägerin und ihr Gefolge waren sofort in Alarmbereitschaft versetzt.

Der Mann, der aus der Fahrertür ausstieg, war groß und kräftig genug, um ein professioneller Football-Spieler zu sein. Er trug einen schwarzen Anzug und trotz der nächtlichen Stunde eine dunkle Sonnenbrille.

Auf der anderen Seite des Wagens stieg ein weiterer Mann aus. Auch er trug einen schwarzen Anzug und eine Sonnenbrille. Sie schlossen die Knöpfe ihrer Jacketts, an deren Ausbeulung Buffy zweifelsfrei erkannte, dass beide Männer Waffen trugen. Geheimdienst? Mafia? Militär? Ihre Bewegungen waren wohl überlegt.

Der Fahrer ging zur hinteren Tür des Wagens und öffnete sie. Während er einem weiteren Mann und einer Frau beim Aussteigen half, warf er einen wachsamen Blick auf die Häuser der Nachbarschaft. Er deckte die kleine Gruppe, als sie auf das Haus zug-ing.

»Ich will mein Baby wiederhaben, Bryce! Ich will mein Baby wiederhaben!«, rief die Frau aus und klammerte sich an den Mann an ihrer Seite. Obwohl sie ein paar überflüssige Pfunde mit sich herumtrug, hatte sie immer noch eine gute Figur und verstand es, sich vorteilhaft zu kleiden. Der Mann, der einen lichten Haaransatz hatte, trug einen dreiteiligen Nadelstreifenanzug und eine Brille mit feinem Drahtgestell. All dies wies ihn als höheren Angestellten aus.

Er ging auf Willow zu und stützte dabei seine Frau. Kummerfalten durchzogen sein Gesicht. »Es ist alles in Ordnung, Willow«, sagte er mit ruhiger Stimme. »Du kannst gehen.« Er reichte ihr einen Briefumschlag.

Willow, Oz und Buffy waren alle aufgesprungen. »Ich kann gehen?«, fragte Willow ungläubig. »Wollen Sie nicht, dass ich hier bleibe und die Polizei meine Aussage aufnimmt?«

»Wir werden mit den zuständigen Behörden Kontakt aufnehmen«, antwortete der größere Bodyguard. »Ihr könnt jetzt nichts mehr tun, es sei denn, ihr wisst die Namen der Leute, die das Kind entführt haben.«

»Es waren keine Menschen, die das getan haben«, platzte Willow heraus.

Nun, das wird wohl ein paar interessante Fragen aufwerfen, dachte Buffy.

Mrs. Campbell riss sich plötzlich von ihrem Mann los und wankte unsicher auf Willow zu. »Hast du es gesehen?«, fragte sie. »Hast du das Ding gesehen, das mir mein Baby weggenommen hat?«

Bevor Willow eine Antwort geben konnte, hatte Mr. Campbell seine Frau wieder an seine Seite gezogen. Sie wehrte sich anfänglich dagegen, beruhigte sich dann aber, als ihr Mann ihr etwas ins Ohr flüsterte.

Mr. Campbell wandte sich an Willow. »Der Arzt hat ihr ein leichtes Beruhigungsmittel gegeben. Es hat jedoch eine stärkere Wirkung auf sie, als vorauszusehen war.« Mit diesen Worten führte er seine Frau ins Haus.

Die Bodyguards gingen auf der Veranda in Stellung. »Zeit für euch zu gehen«, grunzte der Kräftigere von ihnen.

Das war eindeutig ein Wink mit dem Zaunpfahl. Vorsichtig führte Buffy Willow vom Haus fort und überließ sie dann Oz, der an ihre Seite kam. »Ich bringe sie nach Hause«, erkläre er sich bereit. »Ich kümmere mich darum, dass sie etwas isst.«

Buffy nickte zustimmend. »Gut.« Sie warf einen ratlosen Blick zurück auf das Haus.

Xander holte Buffy ein. Er hatte einen Arm um Cordelia gelegt, die an seiner Seite ging. Hutch folgte als Letzter. »Lasst mich noch einmal alles zusammenfassen. Willow wird als Babysitter angeheuert. Sie passt auf das Baby auf, das sich in irgendein Monster verwandelt. Das Baby verschwindet. Ma und Pa brauchen extrem viel Zeit, um nach Hause zu kommen, viel mehr jedenfalls, als man bei besorgten Eltern, die gerade erfahren haben, dass ihr Sohn entführt worden ist, annehmen würde. Sie kommen in Begleitung von zwei finster aussehenden Typen, die ihren Beschützer-Job vielleicht ein bisschen zu ernst nehmen. Sie rufen nicht die Polizei an. Sie rufen nicht das FBI an. Wars das ungefähr?«

»Ja.«

»Ich kann dir eine Zusammenfassung mit nur einem Wort liefern«, sagte Cordelia mit einem Lächeln. »Merkwürdig! Aber glücklicherweise ist die ganze Sache nicht mehr unser Problem.«

Buffy nickte zögerlich, während die Gedanken in ihrem Kopf nur so rasten. Sie wusste, dass sie diese Angelegenheit nicht so einfach vergessen konnte. Selbst wenn es ihr gelingen würde, Willow würde es nie vergessen. Ein einziger Blick auf ihre Freundin bestätigte ihre Befürchtungen.

Cordelia sah Buffy viel sagend an. »Mit anderen Worten: es ist auch nicht mehr dein Problem. Um mal von etwas erfreulicheren Dingen zu sprechen, weißt du eigentlich schon, was du auf der Party am Freitag anziehen willst?«

Willow warf Cordelia einen verständnislosen Blick zu, war aber nicht in der Lage, ihrem Ärger Luft zu machen, da das nun einmal nicht ihre Art war.

Reg dich nicht auf, sagte sich Buffy. So war Cordelia eben. Sie lebte in einer ganz anderen Welt. »Eigentlich habe ich vorgehabt, das mit dir zu besprechen.« Vielleicht konnte es nicht schaden, sie auf den Boden der Tatsachen herunterzuholen. Zumindest ein bisschen.

»Bitte versprich mir, dass du dich nicht auf die Seite unserer Baumfanatiker schlagen wirst«, sagte Cordelia. »Grün steht dir absolut nicht.«

»Hör mal, es gibt da noch ein anderes Problem«, wechselte Buffy das Thema. »Im Weatherly Park lungern Vampire herum, die offensichtlich nach irgendetwas suchen. Wenn wir die Party trotzdem stattfinden lassen, wird die Hauptattraktion für unsere Gäste aus Leichensäcken bestehen.«

Der kleine Tad lächelte Willow zu und strampelte mit seinen winzigen Beinchen, während sie seine Haut mit Babycreme einrieb. Der saubere, frische Duft des Babys war köstlich und sie erwiderte sein Lächeln. Er wirkte so zart und verletzlich.

Nachdem sie ihn wieder angezogen hatte, nahm sie ihn auf den Arm und sprach mit ihm in einem Singsang, von dem sie wusste, dass Babys ihn mochten. Er quiekte vor Freude und lachte so sehr, dass seine Augen tränten.

Plötzlich hob der Kleine seine winzige Faust und riss sich eine seiner rundlichen Babywangen auf, und das Wesen, das von ihm Besitz ergriffen hatte, kam zum Vorschein.

»Willow«, drohte es ihr. »Wir sind noch nicht mit dir fertig!«

Willow schrie auf . . .

Und erwachte in der Dunkelheit ihres eigenen Zimmers. Sie fühlte ihr Herz rasen und fror trotz der warmen Bettdecke.

Ganz langsam, als wenn irgendetwas im Dunkeln lauerte, um sie jeden Moment anzuspringen, hob sie ihren Kopf und sah sich vorsichtig in ihrem Zimmer um. Der Radiowecker neben ihrem Bett zeigte die Uhrzeit an, es war 2:17 Uhr. Sie schloss die Augen und versuchte wieder einzuschlafen. Aber sie wusste, dass es zwecklos war. Todmüde kletterte sie aus ihrem Bett und taumelte auf den Flur. Sie schlug den Weg ins Badezimmer ein, um sich ein Glas Wasser zu holen. Ihre Kehle war wie ausgedörrt.

Ihr Herz schlug immer noch heftig, als sie das Licht anknipste und einen der kleinen Pappbecher mit Wasser füllte, die an der Wand in einem Spender hingen. Während sie trank, fiel ihr Blick auf den Spiegel über dem Waschbecken.

Und was ihr entgegensah, war Tad, der aufrecht stand – etwas, wozu er im wirklichen Leben noch gar nicht imstande war. Das war eine

Vision. Ein Hexending, mit dem einzigen Unterschied, dass es diesmal nicht auf einer Wasseroberfläche zu sehen war. Nur mit größter Anstrengung gelang es Willow, nicht vollends die Nerven zu verlieren. Stattdessen versuchte sie die Erscheinung im Spiegel genauer zu betrachten.

Nebel verhüllte die Umgebung, in der sich Tad zeigte, aber sie glaubte deutlich zu erkennen, dass er von zahlreichen wuchernden Pflanzen umgeben war. Er steckte alle Finger seiner rechten Hand in den Mund und saugte an ihnen, dann drehte er sich um und verschwand im Nebel.

Nur langsam gelang es Willow, sich aus der Erstarrung zu lösen, in die sie verfallen war, während sie die Erscheinung im Spiegel betrachtet hatte. Sie kehrte in ihr Zimmer zurück, schaltete das Licht ein und tat das Einzige, was sie immer tat, wenn Furcht erregende Dinge geschahen. Sie rief Buffy an.

Am nächsten Morgen wankte Buffy wie ein Zombie durch den Schulflur der Sunnydale High. Die erste Pause lag bereits hinter ihr und sie war immer noch nicht richtig wach. Sie hatte in der vergangenen Nacht drei Stunden auf Willow einreden müssen, um sie zu beruhigen. Was man ja dann wohl als durchgemachte Nacht bezeichnen konnte.

Nur mühsam ein Gähnen unterdrückend, betrat die Jägerin die Schulbibliothek, durchquerte den Raum und ließ sich auf einen der Stühle gegenüber der Buchausgabe fallen. Sie hielt ihre Bücher fest umklammert und versuchte den fröstelnden Schauer abzuschütteln, der über ihren Körper lief.

»Du siehst furchtbar aus«, bemerkte Giles.

»Danke«, antwortete Buffy. Sie betrachtete die dunklen Ringe unter seinen Augen und begann sich Sorgen zu machen. Zwar war es hauptsächlich sie, die sich Nacht für Nacht großen Gefahren aussetzte, aber sie wusste, dass auch Giles sich selten schonte.

»Haben Sie letzte Nacht nicht genügend geschlafen?«

»Nur sehr wenig. Die Recherchen, mit denen ich gestern Abend noch begonnen habe, erwiesen sich als sehr zeitaufwendig. Aber diese Nachtschicht war eine gute Investition, wenn nicht sogar ausgesprochen lohnenswert.«

»Haben Sie etwa herausgefunden, was die Vampire so an dem Park interessiert?« Buffys Lebensgeister kehrten langsam wieder.

»Nein. Aber ich habe herausfinden können, dass der silberne Zylinder, den ich dort entdeckt habe, mit Sicherheit russischen Ursprungs ist.« Giles griff hinter sich und zog seine Schreibtischschublade auf, aus der er eine kleine Tüte nahm, die den silbernen Zylinder enthielt. Er legte sie vor Buffy auf den Schreibtisch. »Es ist ziemlich interessant.«

»Also hat es überhaupt nichts mit den Vampiren zu tun?«

Der Wächter schenkte ihr ein schiefes Lächeln. »Unglücklicherweise nein. Aber es regt die Fantasie an.«

»Nicht in unserem neuesten Fall von ›Merkwürdige Vorfälle in Sunnydale‹. Da übertrifft die Realität die Fantasie.« Buffy fasste hastig die Ereignisse der letzten Nacht zusammen, die im Haus der Campbells stattgefunden hatten. Giles war so von ihrer Geschichte gefesselt, dass er den Silberzylinder auf dem Tisch völlig vergaß. Buffy beendete gerade ihren Bericht, als Willow und Oz den Raum betraten und sich zu ihnen gesellten.

»Und die Eltern haben euch gebeten, euch nicht an die entsprechenden Behörden zu wenden?«, fragte Giles, als sie fertig war. »Das ist nicht richtig. Dadurch setzen sie das Kind womöglich einer noch größeren Gefahr aus.« Er wandte seine Aufmerksamkeit Willow zu. »Kannst du dieses Wesen genau beschreiben?«

Und ob Willow das konnte. Ihre detaillierte Beschreibung ließ sie erneut frösteln, was Oz dazu veranlasste, seinen Arm um ihre Schultern zu legen.

»Und du bist dir ganz sicher, dass du so etwas noch nie in deinem Leben gesehen hast?«, fragte Giles. »Von all diesen Büchern, die ich hier aufbewahre, hast du fast genauso viele gelesen wie ich.«

Willow schüttelte den Kopf. »Glauben Sie mir, ich wüsste es, wenn ich dieses Ding vorher schon einmal gesehen hätte. Und ich weiß, dass ich es wiedersehen werde.«

»Wir sollten uns vornehmen, es nicht wiederzusehen«, meinte Oz.

»Du hast gesagt, dass es dich kannte?«, forschte Giles nach.

»Es sprach mich mit meinem Namen an. Es hat mir gesagt, dass ich etwas Gutes für den Park getan habe, aber dass es noch nicht genug sei.«

»Für den Park?«, wiederholte Giles und warf Buffy einen Blick zu. »Davon hast du mir ja noch gar nichts erzählt.«

»Weil ich selber nichts davon wusste«, protestierte Buffy. Im Laufe ihres Bündnisses mit dem Wächter hatte sie allmählich gelernt, ihm von jeder Kleinigkeit zu erzählen, auch wenn sie ihr noch so unbedeutend erschien.

»Ich glaube, ich habe es über all der Aufregung vergessen«, gab Willow zu. »Eigentlich hat es auch gesagt, was ich für den Wald getan hätte und nicht für den Park.«

»Buffy sagte mir, dass es seine Gestalt verändert hat.«

Willow nickte. »Als ich die Lorbeerblätter auf das Wesen fallen ließ. Lorbeer ist ein Kraut, das Hexen benutzen, um ...«

»Jemanden von der Besessenheit von einem anderen zu befreien«, vollendete Giles den Satz. »Ich weiß. Vielleicht kann uns der Zylinder, den ich gestern Nacht gefunden habe, doch auf die richtige Spur bringen. Sag mal, kennst du eigentlich die Legende vom Changeling?«

8

»Das ist einer der weit verbreitetsten Mythen über Elfen«, antwortete Willow. Ihr Blick traf den des Wächters. »Glauben Sie, dass Tad ein Changeling ist?«

Elfen? Changelings? »Stopp, bitte!«, unterbrach Buffy. »Kurze Unterbrechung. Ich bitte um Aufklärung.« Ihr Blick wanderte zwischen Giles und Willow hin und her. »Ich komme nicht mehr mit. Vampire sind mir vertraut. Das gilt auch für Zombies, Mumien und eine ganze Reihe von anderen Supertypen, aber dieser Changeling-Nummer kann ich nicht folgen. Ist das so was wie damals, als Xander plötzlich mit den Hyänen heulte?«

»Nein«, antwortete Giles. »Das war ein Fall von dämonischer Besessenheit und kein Changeling. Das ist ein großer Unterschied! Was weißt du über Elfen?«

»Das sind so kleine Typen«, überlegte Buffy und versuchte sich an ihre Kindheit zu erinnern, als solche Dinge sie fasziniert hatten. »Mit Flügeln. Sie verstecken sich ständig und spielen einem Streiche. Tragen überwiegend Grün, kann das sein?« In dem Punkt war sie sich nicht so sicher. »Haben eine Vorliebe für Schuhe und bringen Glück?« Das wiederum basierte auf solidem Wissen.

Giles seufzte. »Hast du denn keine Märchen gelesen, als du klein warst?«

»Es gab damals sehr unterhaltsame Alternativen: Schlümpfe, Scooby-Doo, Duck-Tales. Und das Beste daran war, man musste nicht lesen können!«

»Das reicht. Nimm es mir einfach ab, wenn ich dir sage, dass es zahllose Arten von Feen gibt und dass die Literatur sich im Lauf der Jahrhunderte dieses Themas immer wieder angenommen hat.«

»Das wird doch wohl keine von diesen Reden zum Thema ›Jedes Kind sollte einen Leihbücherei-Ausweis haben‹, oder?«, fragte Buffy.

»Das werde ich mir jetzt einfach verkneifen. In allen Erzählungen über Feen existieren im Prinzip zwei verschiedene Grundtypen.«

»Gute und böse«, fiel Buffy ein. »Sehen Sie, ich lerne schnell.«

»Kein Wunder. Beim Jagen ist das schließlich so ziemlich das Einzige, worauf es ankommt«, sagte Xander, der gerade hereingekommen war und zu ihnen herüber schlenderte. »Worüber sprechen wir eigentlich?«

»Giles glaubt, dass ich letzte Nacht einen Elf gesehen habe«, antwortete Willow.

»Will, du nimmst das irgendwie zu leicht hin«, wandte Buffy ein. Oder konnte es sein, dass *sie* sich einfach zu unwohl bei der Sache fühlte?

Willow drehte sich zu ihr um. »Du treibst jeden Tag – oder eher jede Nacht – Holzpfähle durch Vampire, als wäre das nichts Ungewöhnliches, und du willst mir ausreden, an Feen zu glauben?«

»Du hast ja Recht«, lenkte Buffy ein und musste ihren Mangel an Aufgeschlossenheit diesem Thema gegenüber eingestehen. »Ich möchte nur nicht, dass die Dinge noch mehr außer Kontrolle geraten, als sie es ohnehin schon sind.«

»Das können sie gar nicht«, antwortete Willow mit leiser Stimme. »Tad ist schließlich verschwunden.«

Buffy nickte verständnisvoll. Sie wünschte, Willow würde einsehen, dass es nicht ihre Schuld war.

»Hey«, unterbrach Xander die allgemeine Stille, die sich ausgebreitet hatte, »ich fand die Geschichte von dem Cobbler und den Elfen immer klasse.«

Giles nutzte die Gelegenheit, die Konversation wieder in Gang zu bringen. »Elfen«, hob er an, »werden von einigen Experten als eine Unterart von Feen aufgefasst. Genauso wie Pixies. Seitdem die Menschen sich Geschichten erzählen, gibt es Mythen über dieses kleine Volk. Die Forscher glauben, dass die Feen in vorchristlichen Kulturen als Erklärung für Naturphänomene dienten. Die Kelten gehörten zu denjenigen, die glaubten, dass Feen eigentlich die Geister der Toten seien, die aus ihren Gräbern steigen. Die nordischen Mythen aus Island besagen, dass sich Maden in helle und dunkle Elfen verwandeln.«

»Gut und böse«, warf Buffy ein, damit auch jeder merkte, dass sie wusste, wovon sie sprach.

»Genau. Wie du aus eigener Erfahrung weißt, gibt es Kräfte, die Meister des Dunklen und des Lichts ständig gegenüberstellen. Das heißt aber nicht, dass die Vertreter der dunklen Mächte ohne Hoffnung auf Erlösung sind oder die der guten Mächte sich nicht zum Bösen verführen ließen. Eine der frühchristlichen Mythen besagt, dass Gott nach Eva rief, als sie gerade ihre Kinder wusch. Beschämt darüber, dass ihre

Kinder ungewaschen Gott gegenübertreten sollten, versteckte sie diejenigen, die noch schmutzig waren, im Wald, damit Gott sie nicht sehen konnte. Als er sie fragte, ob sie ihm alle ihre Kinder gezeigt hätte, bejahte sie. Um sie für ihre Lügen zu bestrafen und dafür, dass sie ihre Kinder vor ihm versteckt hatte, beschloss Gott, dass die Kinder, die sie versteckt hatte, für die Augen der Menschen auf immer unsichtbar blieben.«

»Na, das ist ja die ideale Story für Kinder, die sich nicht waschen wollen«, sagte Xander beeindruckt. »Das schlägt die Nummer mit den Kartoffeln, die aus den Ohren wachsen, ja um Längen!«

Buffy deutete auf einen Stuhl neben sich. »Setz dich!«

Xander kam der Aufforderung nach.

»Es gibt auch Geschichten, die besagen, dass Feen ungetaufte Kinder sind oder gefallene Engel oder Druiden, die sich weigerten, ihrem heidnischen Glauben abzuschwören«, fuhr Willow fort.

»Richtig«, stimmte Giles zu. »Und sogar die Geschichtswissenschaft hat ihre eigene Theorie aufgestellt, die besagt, dass die Kelten, als sie in einige der nördlichen Länder Europas vordrangen, gegen einen Volksstamm kämpfen mussten, der viel kleiner war als sie.«

»Picts?«, vermutete Oz. »Die sollen klein gewesen sein und waren ungefähr zu dieser Zeit unterwegs.«

»Das ist gut möglich.« Giles Miene hellte sich auf, als er bemerkte, dass sich auch noch jemand anderes als Willow auf diesem Gebiet auskannte. »Jedenfalls gibt es unter Historikern die Vermutung, dass nicht nur die Sagen von den Feen, sondern auch die Legenden von Riesen aus diesen Begegnungen entstanden sind. Die Mythen besagen, dass nur Waffen aus Eisen das Feenvolk verletzen können. Zu dieser Zeit hatten die Kelten schon Waffen aus Eisen, die nördlichen Völker aber noch nicht.«

»Interessant«, meinte Buffy in einem Tonfall, der genau das Gegenteil vermuten ließ. »Und wie soll uns das jetzt weiterhelfen?«

»Flügel«, erinnerte sich Willow plötzlich. »Die meisten Elfen haben Flügel. Und dieses Ding letzte Nacht hatte auch Flügel. Es hat mir auch irgendeinen Staub in die Augen gestreut. Ich erinnere mich daran, wie es in seinen kleinen Lederbeutel griff und dieses Zeug nach mir warf.«

»Das ist ein weiteres, häufiges Motiv in den Feenlegenden«, bestätigte Giles. »Der Feenstaub, der die Sterblichen in einen tiefen Schlaf versetzt. Aber die eindeutigste Verbindung, die sich hier zeigt, ist der Mythos vom Changeling.«

»Das ist die Geschichte von dem Feenkind, das gegen ein menschliches Kind ausgetauscht wird, nicht wahr?«, fragte Oz.

»Ja«, antwortete Giles sichtbar erfreut. »Einer der bedeutendsten Tricks, die die Feen hatten, war menschliche Kinder mit Feenkindern zu vertauschen. Diese Changelings sahen, wenn man so will, genauso aus wie die Menschenkinder, deren Platz sie einnahmen. Nur dass sie angeblich einen unersättlichen Appetit hatten, einen launenhaften, boshaften Charakter und irgendeine kleine Deformierung. Hast du vielleicht eine Anomalität an dem Kind bemerkt, auf das du letzte Nacht aufgepasst hast, Willow?«

Willow schüttelte den Kopf. »Nein, er war einfach ein ganz normales Baby. Er roch gut und fühlte sich weich an. Und war auch ganz brav.« Ihre Stimme brach. »Es tut mir Leid. Aber ich kann einfach nicht . . . ich kann einfach nicht . . .«

»Wir verstehen dich, Will«, sagte Buffy mitfühlend.

»Da ist noch etwas«, sagte Willow zu Giles. »Buffy weiß es schon, weil ich sie gestern Nacht angerufen habe. Ich hatte eine Vision . . .«

»Oder vielleicht einen Traum«, unterbrach sie Buffy.

»Oder einen Traum«, räumte Willow ein. »Aber es war irgendwie anders.«

»Erzähl mir, was du gesehen hast«, forderte Giles sie ermutigend auf.

Willow erzählte ihm von Tad inmitten der Pflanzen. »Ich glaube, es war eine Vision«, erklärte sie. »Ich habe nicht viele Erfahrungen mit hellseherischen Fähigkeiten gemacht, aber ich weiß, was es ist.«

»Ich nicht«, bemerkte Xander.

»Die Hellseherei ist eine Fähigkeit, die Hexen zugeschrieben wird. Eine Hexe oder ein anderer in diese Kunst Eingeweihter kann in einer Wasserschale, einer Kristallkugel oder einer anderen reflektierenden Oberfläche Bilder von anderen Orten und sogar in die Zukunft oder die Vergangenheit sehen.«

»Du bist doch keine gelernte Hexe«, bemerkte Xander.

»Aber sie hat die nötigen Kräfte«, entgegnete Oz. »Das wissen wir doch alle nur zu gut.«

Das stimmt, dachte Buffy. Sie haben uns sogar schon mehr als einmal das Leben gerettet. Wir haben keine Ahnung, wie groß ihre Kräfte wirklich sind.

»Gehen wir einmal davon aus, dass es eine Vision war«, überlegte Giles. »Du musst versuchen herauszufinden, warum du sie hattest. Hast du sie vielleicht selbst heraufbeschworen?«

Willow schüttelte den Kopf.

»Okay, belassen wir es erst mal dabei.« Giles beugte sich vor und nahm den Silberzylinder vom Tisch. »Buffy und ich wissen aus unseren

Beobachtungen von gestern Nacht, dass einige der Vampire aus dieser Gegend fieberhaft nach *irgendetwas* im oder um den Weatherly Park herum suchen. Während unseres kleinen Ausflugs gestern Abend hatte ich das Glück, das hier zu finden.« Er ließ den korrodierten Silberzylinder aus der Tüte auf die Tischplatte gleiten.

»Das haben Sie auf der Grabung gefunden und einfach mitgenommen?«, fragte Xander.

»Es gehörte ohnehin nicht dorthin«, erwiderte Giles in einem Ton, als müsste er sich rechtfertigen.

»Ich wette, die Leute, die für den ausgebuddelten Kram verantwortlich sind, denken da etwas anders drüber.« Xander grinste viel sagend und warf ihm einen Blick zu, der so viel bedeuten sollte wie ›Und wer steckt jetzt bis zum Hals in Schwierigkeiten?‹.

»Es scheint aber so, dass die Informationen über diesen Zylinder für uns sehr nützlich sein könnten«, ging Giles darüber hinweg. Er öffnete vorsichtig einen der Verschlüsse am Ende des Röhrchens und enthüllte, dass es innen hohl war. Er tippte ein paar Mal mit dem Finger leicht dagegen und aus dem Zylinder fielen fest zusammengerollte Streifen aus seltsamem Papier auf den Tisch.

»Was ist das?«, fragte Buffy und beugte sich über die Papierstreifen.

»Ein Tagebuch«, erwiderte der Wächter. »Es ist auf Vellum geschrieben, auf gegerbter Schafshaut, um genau zu sein.« Er breitete die Rollen auf dem Tisch aus und glättete sie vorsichtig mit der Hand. »Fast alles ist in Russisch geschrieben. Das kyrillische Alphabet ist gut zu erkennen.«

»Nichts leichter als das«, bluffte Buffy schamlos. »Können sie die russische Schrift lesen?«

»Nicht genug, um alles zu verstehen«, gab Giles zu. »Aber ich habe immerhin soviel entziffern können, um mir ein Bild davon zu machen, worum es in diesem Text geht. Ich habe Kontakt mit einigen Leuten aufgenommen, die den Text vielleicht vollständig übersetzen können. Heute Abend weiß ich mehr darüber.«

»Also, schießen Sie los«, forderte Xander gespannt.

»In erster Linie geht es in diesen Schriften um Warnungen. Darüber hinaus habe ich auch noch etwas mehr entziffern können. Die Warnung bezieht sich auf eine übernatürliche Katastrophe.«

Gähn, gähn, gähn, dachte Buffy. Das haben wir doch alles schon mal gehört.

»Hat diese Katastrophe auch einen Namen?«, fragte Oz.

»Nein. Ich hoffe, die Leute, mit denen ich mich in Verbindung gesetzt habe, können uns weiterhelfen. Ich bin sicher, was immer es auch ist, es wird im Text erklärt werden. Aber ich habe ein anderes Wort entziffern können: Domovoi.«

»Was heißt das?«, fragte Buffy.

Giles nahm einen Schluck Tee aus seiner Tasse. »Es ist der Name einer russischen Fee.«

Xander rutschte unbehaglich auf seinem Stuhl hin und her. »Achtung, Leute, die Gestapo ist im Anmarsch.«

Buffy drehte sich um und sah, wie Snyder, der Schuldirektor, zur Tür hereinkam. Genau die Art von Besuch, die sie jetzt wirklich nicht gebrauchen konnten.

»Mr. Giles und einige meiner liebsten Schüler«, säuselte Snyder salbungsvoll und zeigte sein falsches Lächeln. »Ich weiß nicht, ob Sie die Geschichte schon gehört haben, aber allem Anschein nach hat es gestern Nacht im Weatherly Park einen unangenehmen Vorfall gegeben.«

»Wann?«, platzte Buffy heraus. Das werden doch nicht diese Sicherheitstypen gewesen sein? Sie hoffte inständig, dass sie keine Schuld traf.

»Miss Summers, ich wusste gar nicht, dass sie sich so für aktuelle Ereignisse interessieren. Um ihre Frage zu beantworten, man hat mir zu verstehen gegeben, dass einige unserer Schüler in einen Fall von Vandalismus auf der Ausgrabung verwickelt waren, so etwa kurz nach Mitternacht.«

Dann hat es nichts mit uns zu tun, dachte Buffy und stieß einen Seufzer der Erleichterung aus.

»Mr. Gallivan wird ab sofort die Nachtwachen verstärken«, fuhr Snyder fort.

Prima, dachte Buffy genervt, das reinste Festmahl für Vampire.

»Deshalb«, ließ Snyder sie wissen, »sieht sich die Schule außerstande, die große Frühjahrsparty zu unterstützen, auf die sich viele von Ihnen sicherlich schon gefreut haben.« Er lächelte genüsslich. »Sie haben mein tief empfundenes Beileid. Ich werde die Entscheidung in fünf Minuten öffentlich bekannt geben.« »Woher wussten die, dass es jemand von dieser Schule war?«, wollte Xander wissen.

»Mr. Harris«, hob Snyder wieder an. »Die Wachmanschaft von *Gallivan Industries* hat die Schüler aufgegriffen, die für die Beschädigung der Bulldozer verantwortlich waren, und sie haben ihre Personalien aufgenommen. Es besteht kein Zweifel daran, auf welcher Schule sie sind.« Sein Blick fiel auf Willow. »Ich glaube, es sind Bekannte von Ihnen, Miss Rosenberg. Wahrscheinlich sogar dieselben Leute, mit denen Sie für den Erhalt des Parks protestiert haben. Sollte ich herausfinden, dass Sie irgendetwas mit diesem Anschlag auf *Gallivan Industries* zu tun haben, werde ich dafür sorgen, dass man Sie zur Verantwortung zieht.«

Snyder machte auf dem Absatz kehrt und verließ die Bibliothek. Buffy atmete erleichtert auf. Immerhin brauchte sie sich jetzt keine Sorgen mehr darum zu machen, wie sie die Schüler auf der Party vor den Vampiren schützen konnte.

Xander sah Willow an. »›Nur eine friedliche Demonstration‹ hast du gesagt. ›Irgendjemand muss sich darum kümmern, dass der Park erhalten bleibt‹ hast du gesagt.«

Willow öffnete den Mund, um etwas zu erwidern, aber Oz unterbrach sie.

»Hey, damit können wir uns später beschäftigen. Rettet den Park oder rettet ihn nicht – das ist doch alles unwichtig, wenn wir wirklich mitten in einen Vampir- und Feen-Kieg um das Territorium in diesem Wald geraten sein sollten. Richtig?«

»Er hat nicht Unrecht«, gab Buffy zu. Warum konnten die Probleme nicht eins nach dem anderen auftauchen?

»Krieg ums Territorium?«, wiederholte Xander. »Das klingt ja wie aus einem Coppola-Film. *Der Elfen-Pate.* ›Darf ich ihren Ring küssen, Elfen-Pate?‹« Er fand seine Idee ausgesprochen witzig.

»Vielleicht sollten wir uns zunächst mit den Dingen beschäftigen, die wir mit Sicherheit wissen«, schlug Giles vor.

»Also, was sind Domovoi?«, fragte Buffy. »Sie sagten, das seien irgendwelche russischen Feen?«

»Für diejenigen, die daran glaubten, waren sie eine Art Schutzgeister für das Haus«, erklärte der Wächter. »Sie beschützten und bewachten das Haus gegen alle Gefahren. Angeblich lebten sie vorwiegend hinter dem Ofen, manchmal aber auch unter der Türschwelle. Die Frau eines Domovois lebte meistens im Keller.«

»Da habt ihr eure Gleichberechtigung«, bemerkte Xander.

»Sie sollen hauptsächlich nachts aktiv gewesen sein«, fuhr Giles fort und ging einfach über Xanders Kommentar hinweg. »Je behaarter ein Domovoi war, desto mehr Glück sollte er angeblich bringen. Und wenn die Familie umzog, musste sie einige Holzscheite aus dem alten Ofen mitnehmen, um den Ofen im neuen Haus damit anzuzünden.«

»Und so den Domovoi in das neue Haus mitzunehmen?«, fragte Oz.

»Richtig.«

»Und was hat das alles mit dem Verschwinden des Babys zu tun?«, fragte Willow.

Giles schüttelte den Kopf. »Ich habe nicht die leiseste Ahnung. Aber wir können nicht über diese auffällige Gleichzeitigkeit der Ereignisse hinwegsehen, ebensowenig wie über die Tatsache, dass die Vampire offensichtlich im Park nach irgendetwas suchen. Wenn es so aussieht, als könnten Dinge etwas miteinander zu tun haben, dann ist das häufig auch der Fall, auch wenn es einem noch so unwahrscheinlich vorkommt.«

»Wie geht es denn jetzt weiter?«, warf sich Xander ins Zeug. »Es sieht ja ganz so aus, als wenn ich Freitag einen freien Abend hätte.«

»Wir haben verschiedene Möglichkeiten, die uns offen stehen«, fasste Giles zusammen. »Ich werde mich bemühen, mehr über diese mysteriösen Schriften und ihre Bedeutung herauszufinden. Vielleicht könnten Buffy und Willow in Erfahrung bringen, ob wirklich noch andere Kinder von Leuten, die für *Gallivan Industries* arbeiten, entführt worden sind. Die Andeutung des Sicherheitsmannes scheint ja in diese Richtung zu weisen. Obwohl ich mich nicht daran erinnern kann, etwas darüber in der Zeitung gelesen zu haben.«

»Gallivan könnte das vertuscht haben«, überlegte Oz. »Die Art, wie diese Typen mit uns gesprochen haben, klang ganz so, als hätten sie von irgendjemandem strikte Befehle erhalten. Vermutlich von Gallivan. Immerhin haben wir bis jetzt noch nichts Neues über Tad erfahren und das, obwohl wir ständig Nachrichten gehört haben.«

»Wenn es wirklich so ist, dass Gallivan seine Hände im Spiel hat, könnte es schwierig werden, überhaupt etwas herauszufinden.«

»Gallivan vertuscht das Verschwinden von Babys.« Xander grinste und seine dunklen Augen blitzten auf. »Mann, Verschwörungen sind schon eine faszinierende Sache.«

»Nun ja, wenn es sich tatsächlich um eine Verschwörung handeln sollte, müssen wir davon ausgehen, dass sie Leute an die Schaltstellen gesetzt haben, deren Aufgabe es ist, dafür zu sorgen, dass gewisse Informationen nicht an die Öffentlichkeit geraten. Seid also vorsichtig!«, gab Giles zu Bedenken.

Diese Möglichkeit beunruhigte Buffy. »Aber wenn unsere Vermutung zutrifft, aus welchem Grund soll die Entführung der Kinder mit allen Mitteln vertuscht werden?« Sie fühlte sich unwohl bei dem Gedanken, in welcher Gefahr die Kinder vielleicht schweben mochten.

»Genau das ist die Preisfrage«, stimmte Giles zu.

Keiner hatte eine Antwort.

9

»Habt ihr etwa Angst vor mysteriösem Fleisch aus der Schulküche?«

Buffy sah von dem Tisch in der Mensa auf, an dem sie und Willow saßen. Xander stand vor ihnen.

»So ungefähr«, sagte sie. Eigentlich hatte sie gehofft, einmal allein mit Willow sprechen zu können. Ihrer besten Freundin ging das Verschwinden des kleinen Tad sehr zu Herzen.

»Große Glückslotterie«, erklärte Willow. »Jeder bringt etwas mit und dann wird verlost.« Sie wies auf das frische Hühnchen-Sandwich, das sie mitgebracht hatte, und auf Buffys Schale mit Obst und Gemüse.

»Hey, so was Ähnliches habe ich mir schon gedacht. Ich bin also bestens ausgerüstet!« Xander ließ sich auf einen Stuhl fallen und zog ein Snickers und eine Tüte Popcorn aus der Tasche. »Jetzt haben wir ja wohl ein erstklassiges Gourmet-Menu zusammen.«

»Popcorn?«, fragte Buffy zweifelnd.

Xander zuckte mit den Schultern. »Als Obst hatte ich eigentlich an Smarties gedacht, aber dann habe ich mich doch für Popcorn entschieden. So ist es ausgeglichener.«

»Ausgeglichener?«, wiederholte Willow. »Dieses Zeug hat noch nicht mal die entfernteste Ähnlichkeit mit einer ausgeglichenen Mahlzeit.«

Xander hielt das Snickers hoch und las die Inhaltsstoffe vor. »Hier drin sind Erdnüsse, auch bekannt als Eiweiß, cremiges Karamel-Nougat aus der Gruppe der Milchprodukte. Und irgendwo sind, glaube ich, auch Kohlehydrate vertreten. Ja, und das Popcorn ist mein Gemüse.«

»Lass mich mal die Packung sehen«, sagte Buffy skeptisch und Xander schob die Tüte zu ihr herüber.

Buffy unterzog die Packung einer gründlichen Untersuchung. »Das Einzige, was bei diesem Zeug an Gemüse erinnert, ist das Öl, in dem es gebacken wurde.«

»Auf der Packung steht Popcorn, also dachte ich, da ist Mais drin«, beharrte Xander. »Wer kann das schon ahnen? Ich sage ja immer, Werbung muss wieder ehrlich werden. Besinnung auf das Wesentliche, so was in der Art.« Er warf einen Blick auf das Sandwich und das Obst. »Okay, meine Sachen sind nicht ganz korrekt. Bin ich trotzdem noch im Rennen?«

Willow reichte ihm die Hälfte ihres Sandwiches. »Bist du!«

Buffy bot ihm die Dose mit dem klein geschnittenen und geschälten Obst an. »Bedien dich!«

»Klasse.« Xander riss erfreut die Tüte Popcorn auf. »Wer will die erste Handvoll?«

»Ich glaube niemand«, klärte ihn Buffy auf. »Wie hat Cordelia es verkraftet, dass die Frühjahrsparty abgesagt wurde?«

»Hast du schon einmal erlebt, wie Gäste in einer Talkshow zum Thema ›Deine beste Freundin hat dich mit deinem Freund betrogen‹ reagieren, wenn sie die Wahrheit erfahren?«

»Ja«, sagte Willow düster.

»Nun, es war noch schlimmer«, versicherte Xander ihr.

Buffy blickte auf den Flur und beobachtete ein paar Schüler, die eines der Plakate, die überall in der Schule die Frühlingsparty ankündigten, von der Wand rissen. Mr. Snyder, der Schuldirektor, beobachtete die Aktion mit einem zufriedenen Lächeln.

»Immerhin scheint einer glücklich zu sein.«

»Oh, ich glaube, ganz am Ende ist Cordelia noch nicht. Dass die Party jetzt abgesagt und sogar verboten wurde, macht es nur noch reizvoller. Sie hat sogar schon eine Band gefunden, die an dem Abend spielen will.«

»Ich dachte, Oz und seine Band sollten spielen?« Dingos Ate The Baby spielten regelmäßig im Bronze.

»Sie glaubt, Oz könnte dadurch in einen Interessenskonflikt geraten …«

Xander blickte Willow fragend an.

»Das ist einfach lächerlich«, fuhr Willow auf. »Ich bin gegen Gallivans Pläne, den Park in einen Freizeitpark zu verwandeln, nicht aber gegen die Frühlingsparty.«

»Das musst du mir nicht erklären. Sag es Cordy«, verteidigte sich Xander.

»Was genauso eine gute Idee ist, wie sich den eigenen Fuß abzuhakken, um sich aus einer Fußangel zu befreien«, philosophierte Buffy.

»Ich glaube, dann sitze ich lieber in der Fußangel fest«, gab Willow zu.

Buffy sah ihre Freundin mitfühlend an. Bei Willow lief im Augenblick wirklich alles schief. Doch wenn Buffy darüber nachdachte, war bei ihr auch nicht alles zum Besten bestellt. Sämtliche Vampire im Park aufzustöbern war schließlich auch nicht gerade ein Kinderspiel.

»Cordelia wird noch weniger erfreut sein, wenn sie erfährt, dass wir für heute wieder eine Demonstration im Park geplant haben«, prophezeite Willow. »Und diesmal wollen angeblich auch die Medien darüber berichten, vor allem nach den Vorfällen der letzten Nacht.«

»Habt ihr mitbekommen, wen sie geschnappt haben?«, erkundigte sich Buffy.

»Lance Torrance und Kelly Carruthers«, antwortete Willow.

»Unsere beiden Topkandidaten für bewaffneten Guerillakampf?«, fragte Xander erstaunt.

»Ich bin mir sicher, dass sie bei keinem der Proteste dabei gewesen sind, aber der Polizei gegenüber haben sie behauptet, an den Demonstrationen der letzten Woche teilgenommen zu haben.«

»So hatten sie einen guten Grund für das, was sie getan haben«, sagte Buffy, bei der langsam der Groschen fiel.

»Du meinst sicher einen guten Grund, um alles in die Luft zu jagen«, warf Xander ein. »Erinnert ihr euch, was sie letztes Jahr mit dem Chemielabor angestellt haben? Sie können von Glück reden, dass hier in der Gegend viele merkwürdige Dinge geschehen, sonst hätte man sie garantiert von der Schule verwiesen.«

»Buffy, ich würde heute noch gerne zu den Campbells gehen«, sagte Willow. »Vielleicht gibt es ja schon Neuigkeiten oder ich kann mich irgendwie nützlich machen. Ich hatte gehofft, du könntest mich begleiten.«

»Ich bin dabei«, versprach Buffy. Sie wollte auf keinen Fall, dass Willow den Eltern alleine gegenübertreten musste.

»Sie sind wieder da.«

Buffy und Willow gingen die Straße zum Wingspread-Wohnpark hinunter, dessen Eingang von Pförtnern bewacht wurde. Der Schultag war weniger aufregend verlaufen als befürchtet und die beiden Freundinnen hatten sich auf den Weg zu den Campbells gemacht.

»Was?«

»Die Visionen von dem Baby, von Tad«, sagte Willow mit leiser Stimme. »Ich hatte heute ein halbes Dutzend. In Fenstern. Im Spiegel des Waschraums. Auf Edelstahlflächen im Labor. Sogar eine in der Flamme des Bunsenbrenners.«

»Vielleicht ist es nur eine Art Erinnerung.«

Willow schüttelte den Kopf. »Erinnerungen sind anders. So wie wenn du nach langer Zeit wieder einmal ein Stück von deiner Lieblingsband hörst. Das hier ist eher wie die aktuelle Coverversion von einem 8oer-Jahre-Stück. Dasselbe und doch ganz anders.«

»Und was sollen deine Visionen bedeuten?« Buffy bemerkte die Autoschlange vor dem Eingang zum Wohnpark. Die Pförtner überprüften sorgfältig jeden Einzelnen.

»Ich weiß es nicht. Vielleicht bin ich irgendwie mit dem Baby verbunden. Weil ich mir die Schuld an der ganzen Sache gebe. Was mir dabei am meisten Angst macht, ist die Frage, ob mir diese Visionen nicht von den Feen geschickt werden.«

»Weil du die Auserwählte bist, die ihnen helfen soll, die Erdbasis wiederzuerobern?«

»Den Erdstein«, sagte Willow.

»Das könnte es sein.«

»Vielleicht.«

Buffy warf ihrer Freundin einen raschen Blick zu. Die Zeichen tiefer Müdigkeit, die sich in ihrem Gesicht zeigten, entgingen ihr nicht. »Vielleicht. Aber mach dir keine Sorgen. Wir werden den Dingen schon auf den Grund gehen und herausfinden, was hinter all dem steckt.«

»Ich muss nur immer an Tad denken«, sagte Willow bekümmert. »Ich stelle mir vor, wie verängstigt er sein muss, und frage mich, ob sie sich gut um ihn kümmern und ihn füttern. Oder ob sie ihn irgendwo allein gelassen haben ... oder ob er überhaupt noch ... am Leben ist.«

»Das sind ziemlich viele Gedanken für einen einzigen Kopf. Versuch positiv zu denken. Stell dir vor, dass er irgendwo da draußen ist, und vertrau darauf, dass wir alles tun, um ihn dahin zurückzubringen, wo er hingehört. Vielleicht finden wir ja hier schon ein paar Antworten auf unsere Fragen. Vor allem wenn wir Mrs. Campbell alleine erwischen. Sie machte gestern Abend den Eindruck, als wenn sie reden würde.«

Willow ging voraus und blieb bei dem Pförtner stehen.

»Hi«, sagte er und sah sie hinter seiner verspiegelten Sonnenbrille an. »Zu wem wollen Sie, bitte?«

»Zu Mr. und Mrs. Bryce Campbell.« Willow suchte nervös nach ihrem Personalausweis. »Ich kann Ihnen meinen Führerschein zeigen.«

»Das wird nicht nötig sein. Es tut mir Leid, aber ich muss sie bitten, das Gelände zu verlassen.«

»Warum?«, fragte Buffy. »Gibt es irgendwelche Schwierigkeiten?«

»Eigentlich nicht. Soweit ich weiß, wohnen die Campbells nicht mehr hier.«

»Sie sind *umgezogen*?«, fragte Willow.

»Heute Morgen«, sagte der Pförtner. »Als ich meinen Dienst antrat, habe ich gerade noch den letzten Umzugswagen gesehen.«

»Wissen Sie, wo sie hingezogen sind?«, fragte Buffy. Warum waren sie weggezogen? Wohin könnten sie gegangen sein? Hatten sie ihr Baby wiedergefunden und niemandem etwas davon gesagt?

»Nein. Aber selbst wenn ich das wüsste, dürfte ich Ihnen diese Informationen nicht weitergeben«

»Wissen Sie, warum sie umgezogen sind?«

»Nein«, antwortete der Pförtner. »Alles, was ich weiß, ist, dass *Gallivan Industries* den Umzug übernommen hat.«

»*Gallivan Industries?*«

»Genau. Ich denke, dass es sich um eine Versetzung in eine andere Firmenfiliale handelt. Das ist schon die vierte Familie in diesem Monat, deren Umzug von *Gallivan* übernommen wurde.«

Buffy starrte Willow an. »Wie wärs mit einem kleinen Ausflug in die Schulbibliothek?«

»Ich bin dabei.«

»Anfang dieses Monats hat *Gallivan Industries* die Pläne für die Bebauung des Weatherly Parks bekannt gegeben.«

Buffy saß in den Räumen der Schulbibliothek und sah Willow über die Schulter, während diese eine Datei nach der anderen aufrief. In weniger als einer Stunde hatten sie dank Willows Geschick bereits eine Menge an Informationen über *Gallivan Industries* zu Tage gefördert. Es war ungewöhnlich, dass sich Giles nicht wie üblich in der Bibliothek aufhielt, aber er war wohl seinen eigenen Geheimnissen auf der Spur.

»Wir können also davon ausgehen, dass die erste dieser Entführungen kurz nach der Bekanntgabe der Bebauungspläne stattfand«, überlegte Buffy.

»Wir nehmen das an, weil wir es annehmen wollen«, wandte Willow ein. »Aber es gibt bisher nichts, was diese Vermutung wirklich bestätigt.« In keinem der Dokumente, die sie durchgesehen hatten, war auch nur ein Wort über Kindesentführungen erwähnt, noch nicht einmal in denen, die nichts mit *Gallivan Industries* zu tun hatten.

»*Gallivan Industries* hat sich vor fast einem Jahr hier niedergelassen«, sagte Willow mit einem Blick auf ihre Notizen. »Die Muttergesellschaft sitzt in Houston, Texas. Sie sind auf Immobilienhandel und kommerzielle Erschließung von Gewerbegebieten spezialisiert.«

Tiefe Stille erfüllte die Bibliothek. Nur das Summen des Computers, vor dem Buffy und Willow saßen, war zu vernehmen.

»Handeln sie auch mit Privatgrundstücken?«, fragte Buffy.

Willow schüttelte den Kopf. »Die Homepages über ihre Aktivitäten sind wirklich trockener Lesestoff. Ich habe fast alle durch und trotzdem noch nichts darüber gefunden. Ich habe alle Dateien an meine eigene e-mail-Adresse geschickt. Heute Abend werde ich sie zu Hause noch einmal durchsehen.«

»Irgendjemand hat den Angestellten von *Gallivan Industries* Häuser in Wingspread verkauft«, grübelte Buffy. »Ich schwinge mich heute Abend ans Telefon. Ich werde so tun, als ob ich seit kurzem für *Gallivan Industries* arbeite und in der Gegend auf Haussuche bin.«

»Was bedeutet, dass du heute nicht zur Demonstration im Weatherly Park kommen kannst.«

Hoppla! »Ich kann nicht beides machen, Willow. Die meisten Immobilienbüros schließen um fünf oder sechs. Was ist jetzt wichtiger?«

»Ruf die Makler an«, entschied Willow. »Wenn es darum geht, den Park oder die Kinder zu retten, ist die Entscheidung wohl eindeutig! Sag mir sofort Bescheid, wenn du etwas herausgefunden hast!«

Buffy lief in der Küche auf und ab, während sie telefonierte. Sie und Willow hatten sich vor der Bibliothek getrennt und während Willow sich auf den Weg in den Weatherly Park gemacht hatte, war sie nach Hause gegangen, um die Immobilienmakler anzurufen. Als Erstes hatte sie mit dem Verwaltungsbüro des Wingspread-Wohnparks telefoniert. Sie hatte sich als eine potentielle Käuferin ausgegeben und gefragt, über welche Maklerbüros der Verkauf der Grundstücke in Wingspread lief. Glücklicherweise gab es nur vier davon.

Pierce Properties, das zweite Maklerbüro, bei dem sie anrief, erwies sich als ein Volltreffer.

»Ja, wir haben im Laufe des letzten Jahres acht Grundstücke in Wingspread an Angestellte von *Gallivan Industries* verkauft«, versicherte ihr eine auskunftsfreudige Dame am Telefon. »Alle unsere Kunden sind sehr zufrieden mit ihrem Kauf.«

Buffy lief noch immer unruhig auf und ab. Die Rolle als Privatdetektiv wurde ihr dadurch erleichtert, dass die Frau, von der sie sich Informationen erhoffte, ein mögliches Geschäft witterte. »Mein ... Mann ist noch nicht lange in dem Unternehmen beschäftigt und wir kennen hier in der Gegend noch niemanden. Er ist so eingespannt in seinem neuen Job und hat so viel ... Verantwortung zu tragen, dass er gar keine Zeit hat, mir die Gegend hier zu zeigen.« Das klang glaubwürdig, oder? So, jetzt erst mal ihren Eifer anfachen. »Sein Gehalt ist so hoch, dass er sich verpflichtet fühlt, ständig für seinen Arbeitgeber da zu sein, zu jeder Tages- und Nachtzeit. Sie wissen ja, wie das ist.«

»*Gallivan Industries* scheint ein sehr großzügiger Arbeitgeber zu sein«, stimmte die Frau eifrig zu.

»Kurz und gut, mein Mann hat mich gebeten, ein Haus für uns auszusuchen«, sagte Buffy. Sie fuhr fort, die Rolle des naiven Dummchens zu spielen. »Er kann es sich halt leisten, einfach zu sagen: Geh und kauf ein Haus. Außerdem meinte er, dass einige der Kollegen hier in Wingspread Häuser gekauft hätten.«

»Sie hätten gar keine bessere Wahl als den Wingspread-Wohnpark treffen können. Es handelt sich um eine überwachte Wohnanlage mit einem Rund-um-die-Uhr-Sicherheitssystem.«

»Gibt es denn viele Vorfälle in der Gegend?«

»Keine, soweit ich weiß. Es ist eine sehr sichere Wohngegend.«

»Das ist uns wichtig, wir haben nämlich zwei Kinder«, sagte Buffy. Zwei? Buffy zuckte innerlich zusammen. Hätte eines nicht gereicht? Sie wusste nicht, welcher Eingebung sie das zu verdanken hatte.

»Wirklich? Und wie heißen ihre kleinen Lieblinge?«, fragte die Frau in entzücktem Tonfall.

Das kam unerwartet. Für einen Moment hatte es ihr die Sprache verschlagen. Buffys Augen glitten Hilfe suchend über das Küchenregal. »Ginger«, stieß sie schließlich mit Blick auf die Gewürzgläser hervor. »Ginger und der kleine ... äh ... Ajax.« Das kam aus der Putzecke.

»Sie klingen sehr stolz und glücklich, wenn Sie von ihnen sprechen«, sagte die Frau.

»Das bin ich auch. Sie sind irgendwie immer ... da, wenn man sie braucht.«

»Ich kann ihnen gerne ein paar Grundstücke in Wingspread zeigen«, bot die Maklerin ihr an.

»Das wäre großartig, aber bevor Sie das tun, würde ich gerne mit ein paar anderen Frauen sprechen, die dort hingezogen sind. Nur um zu sehen, ob sie sich dort auch wohl fühlen. Haben Sie eine Liste mit zufriedenen Kunden oder so etwas?« Während sie sich selbst sprechen hörte, hatte Buffy das Gefühl, dass sie nur noch ihre Haare um die Finger wickeln musste, um ihre Rolle zu perfektionieren.

»Ja, das haben wir. Und wir haben auch die Einwilligung unserer Kunden, ihre Telefonnummern herauszugeben. Das ist eine Vereinbarung, die Wingspread mit den Neuzugezogenen und den Maklern getroffen hat. Wenn Sie in den Wohnpark einziehen sollten, müssten Sie uns auch Ihre Einwilligung dazu geben.«

»Das ist kein Problem für uns«, sagte Buffy. »Könnten Sie mir die Namen sagen?«

Die Maklerin gab ihr die Namen und die Adressen durch.

»Ich wiederhole, die Idee von Lance und Kelly war richtig! Wir sollten Gallivan und sein Arbeitsteam in die Luft jagen, bevor sie überhaupt erst anfangen können. Das ist unser Park und er war es schon, lange bevor sie beschlossen haben, ihn zu zerstören!«

Willow bahnte sich hastig einen Weg durch die Menge von Kids, die sich vor dem Karussell versammelt hatten, das sie als zentralen Treffpunkt im Weatherly Park ausgemacht hatte. Langsam und finster brach die Nacht über den Park herein. Einige Schüler hatten Taschenlampen mitgebracht, andere hatten kleine Laternen dabei. Fast alle waren um das Rednerpult versammelt.

»Entschuldigung. Kann ich mal vorbei?«

Glücklicherweise fand der Aufruf des Redners nur wenig Unterstützung in der Menge. Willow sprang auf das Karussell und gesellte sich zu Craig Jefferies.

Er war einer der größten und kräftigsten Typen der ganzen Schule, spielte im Footballteam und nervte ganz schön. Willow konnte sich nicht daran erinnern, dass er bei den anderen Aktionen zum Schutz des Parks dabei gewesen war. Er trug ein graues ROTC-T-Shirt, dazu Hosen im Tarnlook und hatte die Spitzen seines besonders kurz geschnittenen Haars saphirblau gefärbt.

»Weißt du, was ihr braucht?«, fragte Craig sie. »Eine PA-Anlage. Das würde den Leuten da draußen die Schuhe ausziehen.«

»Bloß nicht«, sagte Willow. »Das wäre falsch.« Absolut falsch! Sie dämpfte ihre Stimme und wusste, dass sie jetzt einen Streit riskierte. »Weißt du, Craig, was ich eigentlich erreichen möchte, ist eine … positive Atmosphäre zu schaffen, die zu positiven Ergebnissen führt.« Das Konzept war doch nicht allzu schwer zu verstehen, oder? »Ich will nicht, dass alle plötzlich scharf darauf sind, Frankensteins Schloss zu stürmen.«

Craig grinste und deutete auf den Übertragungswagen des lokalen Fernsehsenders, der gerade auf den Eingang des Parks zufuhr. »Ein paar Mistgabeln, ein paar Fackeln schwenken und du hast die Massen im Nu hinter dir, Rosenberg. Dann glauben die Leute an dich.«

»Ich will nicht, dass jemand an mich glaubt, ich will, dass die Leute begreifen, dass der Park wichtig ist und dass er erhalten bleiben muss«, korrigierte Willow.

»Menschen glauben an Personen, nicht an Bewegungen. Genau wie Soldaten an ihre Offiziere glauben«, sagte Craig.

»Hey, Craig!« Oz sprang zu ihnen auf das Karussell und versuchte die Balance zu wahren, während es sich langsam drehte. »Das klingt ganz so, als hättest zu oft *Small Soldiers* gesehen, oder haben dir die Rekrutierungstypen so zugesetzt?«

»Eine Bewegung, die ein korruptes Unternehmen zum Gegner hat, kann keine Weicheier gebrauchen«, sagte Craig herausfordernd.

»Entschuldige, Craig, aber das hier ist eine Initiative zur Rettung des Parks und keine Aufforderung zum Kampf«, sagte Willow seufzend.

»Über dieses Stadium bin ich schon längst hinaus, nachdem letzte Nacht zwei unserer besten Krieger durch den Feind gefallen sind!«, erwiderte Craig.

»Das Fernsehen«, flüsterte Oz Willow ins Ohr.

Willow blickte zur Straße hinüber und sah, wie das Fernsehteam aus dem Wagen stieg. An seinem dauergewellten schwarzen Haar, dem Spitzbart und seinem strahlenden Lächeln erkannte sie G.T. Rockett, einen Reporter, der oft in den Nachrichten zu sehen war und von den unterschiedlichsten Schauplätzen berichtete. Er trug einen dunkelblauen Anzug und gab dem Kameramann und den Tontechnikern einige Anweisungen.

»Auf letzte Nacht kommen wir noch zu sprechen«, sagte Willow zu Craig. »Ich bin gleich wieder da.«

Oz bahnte ihr einen Weg durch die Menge.

»Wieso habe ich immer das Gefühl, dass Craig wie ein Soldat aussieht?«, fragte Willow. »Wie einer von diesen Sondereinsatztypen mit einem Messer zwischen den Zähnen.«

Oz schüttelte den Kopf. »Das ist nicht irgend so ein Typ, das ist Craig. Er hätte mit Sicherheit kein Messer zwischen den Zähnen, sondern eine Stange Dynamit.«

Willow hatte das Bild sofort vor Augen. »Angezündet natürlich!«

»An beiden Enden.« Oz lächelte ihr aufmunternd zu.

»Sei bloß nicht zimperlich mit diesen Medienleuten, Rosenberg«, bellte Craig mit rauer Stimme hinter ihnen her. »Die brauchen nicht zu glauben, dass sie herkommen und brave Bürger daran hindern können, für ihre Rechte zu kämpfen. Nicht wenn wir in geschlossenen Reihen stehen!«

Einige bekräftigende Rufe und Pfiffe ertönten aus der Menge. Willow hoffte, dass sie der Ankunft des Nachrichtenteams und nicht Craigs Äußerungen galten. Die Situation hatte plötzlich eine aggressive Wendung genommen und sie hatte keine Ahnung, was sie dagegen unternehmen konnte. Wenn man überhaupt noch etwas dagegen tun konnte.

Willow ging auf den Reporter zu, der sich zu ihr umwandte, nachdem man ihn auf Willow aufmerksam gemacht hatte.

Eine Welle von Buh-Rufen ging plötzlich durch die Menge. Willow sah, wie vor dem Übertragungswagen eine große Limousine zum Stehen kam, aus der Hector Gallivan ausstieg. In dem Licht, das aus dem luxuriösen Wagen fiel, wirkte er groß und Furcht einflößend.

Das sieht ganz und gar nicht gut aus, dachte sie.

10

»Hallo, Ma«, begrüßte Buffy ihre Mutter, während sie über den Kühlschrank herfiel. Sie entdeckte einen Apfel im Gemüsefach, der gut, wenn nicht sogar ausgesprochen verführerisch aussah, und beschlagnahmte ihn. »Ich bin heute Abend wahrscheinlich länger unterwegs, also warte nicht auf mich, ja?«

»Du hast gar nicht gesagt, dass du heute Abend etwas vor hast.« Ihre Mutter saß am Esstisch und hatte Mappen mit Künstlerarbeiten um sich herum ausgebreitet.

»Das Übliche«, sagte Buffy und deutete auf die schwarze Regenjacke, die sie trug. Ihren Rucksack, aus dem ein Paar frisch gespitzter Holzpflöcke hervorsahen, hatte sie bereits umgehängt.

Ihre Mutter schien nicht glücklich darüber zu sein.

»Begleitet dich jemand?«

»Ja.« Dämonen, Vampire, die übliche Gesellschaft eben ...

»Sei bitte vorsichtig.«

»Ich bin wieder zu Hause, so schnell ich kann.« Buffy drehte sich um und verließ eilig die Küche. Sie wollte den Abschied nicht länger hinauszögern als nötig. Jedes Mal, wenn sie das Haus verließ, um zu jagen, konnte bedeuten, dass sie sich nie mehr wiedersahen. Das war beiden klar und dennoch wollten sie es voreinander nicht zeigen. Die emotionale Belastung wäre einfach zu groß gewesen. Buffy hätte im Grunde nichts dagegen, sich mit den traditionellen Mutter-Tochter-Problemen herumzuschlagen. Rocklängen, Jungs, Benehmen, Jungs, Schulnoten ...

Plötzlich spürte sie einen eisigen Windhauch in ihrem Rücken. Sie fuhr herum, wobei sie die Hände automatisch in Verteidigungsstellung hob.

»Wohin gehts?« Angel stand im tiefen Dunkel ihres Vorgartens. Er trug einen leichten Trenchcoat über seiner Kleidung, die wie immer dunkel war.

Buffy zuckte mit den Schultern. »Ich muss so eine Art Botengang erledigen.« Jedes Mal, wenn er in ihrer Nähe war, fühlte sie sich wie elektrisiert.

76

»Hat es irgendetwas mit dem zu tun, was im Weatherly Park vor sich geht?«

»Vielleicht. Was weißt du über den Park?«

»Nicht viel. Ich habe nur etwas reden hören. Ich gehöre ja nicht mehr zu den üblichen Verdächtigen.«

Buffy wusste, was er meinte. Angels Wege hatten sich schon lange von denen der anderen Vampire in Sunnydale getrennt. »Was hast du denn gehört?«

»Dass du letzte Nacht fast ein Dutzend Vampire gepfählt hast. Du und noch ein anderer Typ, von dem ich denke, dass es Giles war.« Er zuckte mit den Schultern. »Ich dachte, ich schaue mal, wie es dir geht. Du musst gegen ein paar wirklich scheussliche Hindernisse ankämpfen.«

»Das ist ja das Raffinierte an der ganzen Sache«, murmelte Buffy. »In jeder Generation gibt es nur eine Jägerin, erinnerst du dich? Die Einsame-Kämpferin-Nummer.«

»Nicht heute Nacht«, erwiderte Angel. »Heute Nacht bleibe ich bei dir und decke dir den Rücken.«

Dieser Gedanke gefiel Buffy besser, als sie es eigentlich wahrhaben wollte. Haben und doch nicht haben ... Es war einfach schrecklich. »Der erste Teil dieser Veranstaltung wird wahrscheinlich ziemlich langweilig werden ...«

»Nicht in deiner Gesellschaft.«

Buffy lächelte unwillkürlich über das Kompliment, aber gleichzeitig versetzte es ihr auch einen schmerzhaften Stich. Es würde zwischen ihnen nie wieder sein, wie es einmal gewesen war.

»Abgemacht«, sagte sie und verfiel in einen schnellen Schritt. »Ich erkläre dir alles unterwegs.«

Willow beobachtete, wie sich Hector Gallivan seinen Weg durch die Menge bahnte. Die meisten der versammelten Schüler wichen unwillkürlich vor ihm zurück und die vier Bodyguards, die ihn umgaben, sorgten dafür, dass niemand ihm nahe genug kommen konnte, um ihn auch nur zu berühren.

Gallivan, der einen dunklen Anzug trug, hatte sein schwarzes, an den Schläfen leicht ergrautes Haar glatt zurückgekämmt. Sein kantig geschnittenes Kinn fiel besonders ins Auge.

»Hallo, G.T.« Gallivan schüttelte dem Reporter die Hand.

»Guten Abend, Mr. Gallivan. Das nenne ich eine Überraschung«, erwiderte der Reporter.

»Es gibt eine Menge Überraschungen in letzter Zeit«, sagte der Unternehmer und wandte seine Aufmerksamkeit Willow zu.

Sie hatte das Gefühl, unter dem durchdringenden Blick des Mannes zusammenzusinken. Oz trat von hinten neben sie und ergriff unauffällig ihre Hand. Schon allein die Tatsache, dass er neben ihr stand, gab ihr ihr Selbstbewusstsein zurück.

Die anderen Schüler wichen zurück und bildeten mit ihren Taschenlampen und Laternen eine Art Kreis um sie herum. Die Bodyguards, alles kräftige und große Männer mit militärischen Kurzhaarschnitten, verteilten sich um Willow, Oz, Rockett und Gallivan und bildeten so eine abgeschirmte Insel inmitten der Menge.

»Wir hatten keine Ahnung, dass sie heute Abend hier sein würden, Mr. Gallivan«, sagte der Reporter und gestikulierte hektisch in Richtung seines Kameramanns. »So können wir natürlich beide Parteien in dem Konflikt zu Wort kommen lassen. Das gibt ein objektiveres Bild.«

»Eigentlich«, sagte Gallivan, ohne seinen Blick von Willow abzuwenden, »bin ich nicht gekommen, um dieses Thema in der Öffentlichkeit zu diskutieren.«

Das überraschte Willow, die gedachte hatte, dass er ihnen mit seinem Auftritt die Show stehlen wollte. Wahrscheinlich hat er uns schon allein dadurch die Show gestohlen, dass er einfach hier aufgetaucht ist, musste sie sich eingestehen. Die Vorstellung, dass er versuchte, sie auszutricksen und zu manipulieren, erfüllte sie mit mehr Entschlossenheit und sie straffte ihren Rücken.

»Vielleicht können sie uns sagen, weshalb Sie gekommen sind?«, fragte Rockett.

Wie zufällig trat einer der Bodyguards zwischen Gallivan und den Reporter. Rockett wich widerstrebend zurück.

»Nein, ich bin nicht hier, um einen öffentlichen Kommentar abzugeben«, sagte Gallivan. Er nickte Willow zu. »Sie sind Miss Rosenberg, hat man mir gesagt.«

Willow nickte bestätigend. Noch niemals zuvor hatte jemand ihren Namen so ausgesprochen.

»Wenn Sie für einen Augenblick Zeit haben, würde ich gerne mit Ihnen sprechen.« Er betrachtete sie für einen Moment mit seinen dunklen Augen. »Vielleicht möchten Sie mich ein Stück in meinem Wagen begleiten?«

»Nein«, fuhr Oz rasch dazwischen.

Gallivan warf ihm einen raschen Blick zu und sah dann wieder Willow an.

»Ich glaube nicht«, sagte Willow. Das klingt etwas besser als einfach nur nein. Gallivan ist es bestimmt nicht gewöhnt, eine glatte Absage zu erhalten, und er scheint auch nicht der Typ Mann zu sein, der so eine

Antwort akzeptiert, sagte sie sich. Aber sie würde auf gar keinen Fall alleine mit ihm irgendwo hinfahren.

Gallivan dämpfte seine Stimme. »Auch dann nicht, wenn wir über das sprechen, was Sie in dem Haus der Campbells gesehen haben?«

Buffy klingelte an der Tür und wartete mit Angel auf der Veranda des Hauses. Es sah aus wie alle anderen Häuser im Wingspread-Wohnpark, mit dem einen Unterschied, dass der Rasen des Vorgartens gelb verdorrt und die Blumenbeete vertrocknet waren.

Angel stand an ihrer Seite. Auf dem Weg hierher hatte sie ihm alles über den Park und jenes Wesen erzählt, das Willow gesehen hatte. Auch er hatte keine Antworten auf all die Fragen gewusst, aber Buffy gefiel es, dass sie in ihre alte Gewohnheit zurückfielen und wie früher miteinander sprachen.

Gerade als sie ein zweites Mal klingeln wollte, öffnete sich die Tür. Die Frau, die im Türrahmen erschien, trug einen Hausmantel und Pantoffeln. Die sieht ja todkrank aus, dachte Buffy und versuchte ihren Schreck zu verbergen.

»Sind Sie die Frau, die mich angerufen hat? Weil Sie ein Grundstück in der Wohnsiedlung kaufen wollen?«

Buffy nickte. »Wenn wir ungelegen kommen, können wir vielleicht zu einem besseren Zeitpunkt ...«

»Nein«, sagte die Frau müde. Sie musste ungefähr Ende zwanzig sein, sah aber zehn Jahre älter aus. »Es wird keinen besseren Zeitpunkt geben, einfach weil es keine guten Zeiten mehr gibt.« Sie bedeutete ihnen mit einer Geste einzutreten.

Buffy folgte ihr ins Haus, aber Angel wusste nicht, wie er die Schwelle übertreten sollte. Als Vampir konnte er ein Haus nur dann betreten, wenn er eingeladen wurde. Er stand regungslos auf der Veranda und wartete auf ein Zeichen. Buffy zögerte und wusste nicht, was sie tun sollte.

»Wollen Sie nicht hereinkommen?«, fragte die Frau.

Buffy sah, wie der Widerstand von Angel abfiel. Er trat ein. »Er ist manchmal ein bisschen schüchtern«, sagte sie erklärend und nahm seine Hand.

»Das ist ungewöhnlich«, bemerkte die Frau. »Gallivan stellt normalerweise nur Leute ein, die sich durch Selbstbewusstsein auszeichnen. Ich bin Maggie Chapin.« Sie führte sie in das Wohnzimmer, das mit Kisten und Kleidern übersät war. Sie räumte einen Teil des Sofas frei und lud sie ein, darauf Platz zu nehmen.

»Sie sind noch nicht fertig eingezogen?«, fragte Buffy. »Die Maklerin sagte mir, Sie hätten das Haus vor ein paar Monaten gekauft.«

»Das ist richtig.« Maggie ließ sich auf einem altmodischen Schaukelstuhl nieder und zog ihre Füße auf den Sitz. »Philip zieht wieder aus, aber ich werde hier bleiben, bis der Richter einen Räumungsbefehl schickt. Oder bis die Polizei kommt und mich rauswirft.«

»Es tut mir Leid«, sagte Buffy. Sie sah sich im Raum um und bemerkte die Unordnung, in der sich alles befand, was aber die luxuriöse Einrichtung nicht völlig verdecken konnte. Das Zimmer hatte große Fenster, einen schweren Kamin und war mit hellem Teppichboden ausgelegt. Überall standen Umzugskartons herum. Die Kisten erinnerten sie an die Zeit, als ihr eigener Vater ausgezogen war.

»Es muss Ihnen nicht Leid tun. Ich wünschte zwar, unsere Ehe wäre nicht am Ende. Aber im Gegensatz zu meinem Mann glaube ich Gallivan einfach nicht.«

»Was glauben Sie ihm nicht?«, fragte Angel. Seine Stimme war ruhig und fest.

Maggies Augen füllten sich mit Tränen und ihre Stimme begann zu zittern. »Das, was er über ... über Cory gesagt hat.«

»Über Ihren Sohn?«, fragte Buffy.

Die Frau warf ihr einen schnellen Blick zu. »Ich habe Ihnen gegenüber nicht erwähnt, dass ich einen Sohn habe.«

»Die Immobilienmaklerin hat es mir gesagt«, erklärte Buffy, »als ich ihr von unseren beiden Kindern erzählt habe.« Sie wich dem Blick aus, den Angel ihr zuwarf. Hoppla, da habe ich doch glatt vergessen, Angel über unsere Under-Cover-Rolle aufzuklären.

»Ich weiß. Als Sie mir gesagt haben, dass Sie Kinder haben, war mir sofort klar, dass ich mit Ihnen sprechen muss. Gallivans Leute haben Ihnen doch sicher nichts über die Kinder gesagt, die entführt worden sind.«

Willow folgte Gallivan auf einem der kleinen Pfade, die durch den Weatherly Park führten. Oz ging dicht hinter ihnen, um jederzeit in das Gespräch eingreifen zu können. Doch zunächst überließ er Willow die Konversation.

Gallivans Bodyguards waren ständig auf der Hut und blickten wachsam in die Dunkelheit. Willow zweifelte nicht daran, dass sie unter ihren Jacketts Waffen trugen. Sie fragte sich nur, ob sie auch etwas Wirkungsvolles gegen Vampire dabei hatten. Da sie sich nur allzu gut an Buffys Berichte erinnern konnte, behielt sie die Schatten um sich herum im Auge.

Rockett und sein Kamerateam hatten sie begleiten wollen, aber Gallivans Sicherheitsleute hatten das vereitelt. Die Bodyguards hatten auch

80

Craig und seinen paramilitärischen Wannabee-Kämpfern davon abgeraten, ihnen zu folgen.

»Der Wachmann, der an dem Abend zu den Campbells kam, schien zu glauben, dass ich mir alles nur eingebildet habe«, erzählte Willow. »Aber ich weiß, was ich . . .«

»Es gibt sie wirklich«, unterbrach Gallivan sie. »Nach all dem, was ich bisher gehört habe, scheinen sie immer nur einzeln aufzutauchen. Es sei denn, Sie hätten mehrere davon gesehen.«

Er glaubt mir, dachte Willow. Er glaubt mir die Geschichte!

»Nein.«

Der Unternehmer zögerte für einen Moment, was Willow merkwürdig vorkam, weil er auf sie den Eindruck eines Menschen machte, der niemals zögert. »Was wissen Sie über die Laterne?«, fragte er sie schließlich.

»Laterne?« Willow schüttelte den Kopf. »Ich weiß überhaupt nichts von einer Laterne.«

»Ich verstehe. Und Sie sagen, dass Sie nur eines von diesen Wesen gesehen haben.« Gallivans Stimme klang erleichtert. »Dann gibt es vielleicht noch eine Möglichkeit, die ganze Sache unter Kontrolle zu bringen.«

»Wie meinen Sie das?«, fragte Oz.

Gallivan warf ihm einen abschätzenden Blick zu. »Der schlechten Publicity ein Ende bereiten.«

Oz' Miene verdüsterte sich.

»Wissen Sie, was dieses Wesen ist?«, fragte Willow.

»Nein.«

»Hatten Sie jemals zuvor mit so einem Wesen zu tun?«, versuchte es Oz.

»Nein«, erwiderte Gallivan. »Nicht im Entferntesten.«

»Und immer mehr Babys verschwinden?«, fragte Willow und bei dem Gedanken, dass es vielleicht viel mehr Opfer als nur Tad gab, lief ihr ein Schauer über den Rücken.

»Es sieht so aus.«

»Warum gehen Sie dann nicht zur Polizei?«, fragte Oz.

»Sie haben ja gehört, um was für ein Phänomen es sich handelt«, erwiderte Gallivan. »Was könnte die Polizei in einem solchen Fall wohl ausrichten?«

Willow und Oz hielten jeden Kommentar zurück. Konnte die Polizei in Sunnydale überhaupt jemals etwas ausrichten?

»Wenn es darum geht, Knöllchen zu verteilen, jugendliche Kleinkriminelle einzubuchten und Doughnuts zu essen, macht die Polizei ihre

Arbeit wahrscheinlich großartig«, sagte Gallivan. »Aber ich möchte in einer ernsthaften Sache nicht auf sie angewiesen sein. Da verlasse ich mich lieber auf meine eigenen Leute.«

»Was ist mit den Babys passiert?«, fragte Willow hartnäckig nach. Sie sah den kleinen Tad immer noch vor sich.

»Ich weiß es nicht. Meine Leute sind dabei, Nachforschungen anzustellen. Deshalb wollte ich mit Ihnen sprechen.«

»Mit mir?«

Gallivan hielt mitten auf dem schmalen Joggingpfad an. Seine Haltung erinnerte Willow an die eines Revolverhelden aus alten Filmen. »Sie sind die erste konkrete Verbindung zwischen dem Verschwinden der Kinder und der Protestbewegung gegen den Freizeitpark, den ich hier bauen will.«

Willow traute ihren Ohren nicht. »Sie glauben, ich hätte irgendetwas damit zu tun?«

»Ich weiß es nicht«, antwortete Gallivan. »Genau das wollte ich Sie fragen.«

Willow war fassungslos vor Empörung. Sie konnte es einfach nicht glauben, dass Gallivan dachte, sie hätte etwas mit dem Verschwinden der Kinder zu tun. Anstelle der Unsicherheit, die sie zunächst dem Unternehmer gegenüber empfunden hatte, machten sich nun Wut und Enttäuschung in ihr breit. »Ich habe nicht das Geringste damit zu tun!«

»Das Baby verschwand, während Sie mit ihm alleine im Haus waren. Mrs. Campbell hat mir gesagt, dass sie es selbst zu Bett gebracht hat, bevor sie ausging.«

»Wenn es überhaupt das echte Baby war«, räumte Willow ein. »Als ich dieses ... Ding fand, sah es nur so aus wie Tad.«

Gallivan schien kein Wort zu verstehen. »Wovon reden Sie eigentlich?«

»Dieses Ding hat den Platz von Tad eingenommen«, versuchte Willow ihm zu erklären. »Es sah genauso aus wie er, bis zu dem Moment, als es mir vorwarf, dass meine Versuche, Sie aufzuhalten, nicht ausreichend seien.«

Gallivans Gesicht drückte leisen Zweifel aus. »Warum wollte es, dass Sie mich aufhalten?«

»Ich weiß es nicht.«

»Und warum hat es ausgerechnet Sie als seinen Boten ausgewählt?«

Weil ich eine Hexe bin. »Ich habe keine Ahnung«, sagte sie laut.

»Sie haben dieses Wesen deutlich sehen können?«

»Ja.«

»Was ist es für eine Kreatur?«

»Das Einzige, was ich mit Sicherheit weiß, ist, dass es böse ist.«

»Dann kämpfe ich also gegen etwas, das schlecht ist«, sagte Gallivan. »Lässt mich das nicht auf der Seite der Guten stehen?«

Dieser Gedanke machte Willow einen Moment nachdenklich. Gut und Böse waren zwei Pole, zwischen denen sich ihr Leben hin- und herbewegte. Sie war sich dessen bewusst, dass sich die Welt nicht eindeutig in diese beiden Lager aufspalten ließ, obwohl es manchmal ganz den Anschein hatte.

»Eigentlich«, mischte sich Oz mit leiser, nachdenklicher Stimme ein, »erinnert mich das eher an das Sprichwort, dass man zwischen zwei Übeln das kleinere wählen muss. Ich glaube nicht, dass Sie in der ganzen Angelegenheit völlig schuldlos sind. Wie viele Kinder sind denn mittlerweile verschwunden?«

Willow bewunderte Oz' Fähigkeit, die Dinge auf den Punkt zu bringen.

Gallivans Gesicht verhärtete sich. »Das sind geheime Informationen.«

»Ja, aber wer profitiert davon, dass sie geheim gehalten werden? Familien verlieren ihre Kids und sind dabei ganz offensichtlich auf Ihre Hilfe angewiesen. Doch Sie interessieren sich mehr dafür, die Pläne für Ihren Freizeitpark voranzutreiben«, sagte Oz.

»Wir müssen alle Prioritäten setzen«, antwortete Gallivan kurz angebunden.

Willow bemerkte, dass Oz kurz davor stand, seine berühmte Gelassenheit zu verlieren, und mischte sich deshalb in das Gespräch ein. »Warum wollten Sie mit mir sprechen?«

»Ich habe gehofft, dass wir zu einer Einigung kommen könnten.« Gallivan lächelte. »Diese Gegend hier ist der ideale Ort für den Freizeitpark, den mein Planungskomitee entworfen hat. Es gibt in Sunnydale keinen Ort, der so zentral gelegen und außerdem noch an die Autobahn angebunden ist. Zusätzlich habe ich die Möglichkeit, ein anderes Stück Land zu kaufen, das für einen öffentlichen Park geradezu ideal wäre. Dadurch ließe sich dieser hier ersetzen. Ich will den Freizeitpark hier bauen, aber ich bin bereit, dort einen neuen Park als Ersatz zu finanzieren.«

»Also versuchen Sie nur, uns zu kaufen«, stellte Willow fest.

Gallivan hob abwehrend die Hände, während das Lächeln auf seinem Gesicht wie eingemeißelt schien. »Darum geht es schließlich bei Geschäften.«

»Dieser Park hat nichts mit Geschäften zu tun«, erwiderte Willow. »Wir verbinden die unterschiedlichsten Erinnerungen mit ihm und außerdem ist er einer der schönsten Orte in ganz Sunnydale.« Wenn man mal von den Vampiren absieht ...

»Ich könnte Ihnen einen anderen genauso schönen Park geben«, bot ihnen der Unternehmer an.

»Nein. Wir werden hier bleiben und den Leuten klar zu machen versuchen, was sie mit dem Park verlieren«, sagte Willow entschieden.

Gallivan gab seinen Sicherheitsleuten ein Zeichen. »Ich glaube, wir sind fertig hier.« Dann wandte er seine Aufmerksamkeit wieder Willow zu. »Ich wünschte, wir hätten zu einer Einigung kommen können, Miss Rosenberg, denn ich werde mich nicht aufhalten lassen. Weder durch Ihre Aktionen und Proteste, noch durch dieses Wesen, wie Sie es nennen. Mit den Leuten, die meine Wachen letzte Nacht aufgegriffen haben, werde ich den Anfang machen. Und wenn ich genügend Beweise zusammenhabe, werde ich Sie als Anstifterin vor Gericht bringen.«

Angst krallte sich wie die Klauen einer Katze in Willows Nacken fest und lief ihr kalt den Rücken hinunter. Sie konnte dem Blick des Unternehmers kaum noch standhalten: Doch dass Oz bei ihr war, dass er an sie glaubte, gab ihr neue Kraft.

Gallivan drehte sich um und machte sich, flankiert von seinen Bodyguards, auf den Rückweg.

»Was wird aus den verschwundenen Kindern?«, rief ihm Willow hinterher und versuchte ihn mit schnellen Schritten einzuholen.

»Wir werden sie finden. Und wer auch immer sie entführt hat, wird dafür bezahlen«, sagte Gallivan drohend.

»Da gibt es noch etwas, was sie bedenken sollten«, sagte Oz und versuchte mit Gallivan Schritt zu halten. »Irgendjemand versucht Ihnen eine Botschaft zu übermitteln. Wenn Sie den Sinn der Botschaft nicht bald begreifen, dann werden Sie das nächste Opfer sein.«

Gallivan blieb abrupt stehen und warf ihm einen kalten Blick zu. »Soll das eine Drohung sein?«

»Nein«, erwiderte Oz. »Ich versuche nur, Sie zu warnen und Ihnen zu sagen, dass Sie auf sich aufpassen sollten.«

»Dafür bezahle ich meine Leute. Und glauben Sie mir, ich bin wesentlich besser geschützt als Sie und Ihre ganze Gruppe.«

11

»Hector Gallivans Sicherheitsleute halten die Entführungen geheim«, sagte Maggie Chapin.

Buffy lauschte aufmerksam den Informationen, die sie vorher nur vermutet hatte. »Wie viele Kinder sind genau entführt worden?«

»Sechs, soweit ich weiß«, antwortete Maggie. »Wir haben Cory verloren. Ich habe gehört, dass gestern Nacht der Sohn der Campbells verschwunden ist. Die Englands vermissen ihre beiden Söhne, die Moltons und die Dixons ihre Töchter.«

»Die Englands haben zwei Kinder verloren?«, fragte Buffy.

»Ja, es sind Zwillinge.«

»Wie alt sind sie?«

»Zehn, elf Monate. Ich weiß es nicht genau.«

»Aber auf jeden Fall nicht älter als ein Jahr?«, fragte Angel. Buffy spürte, wie sich der Druck seiner Hand, mit der er ihren Arm ergriffen hatte, verstärkte.

Maggie nickte. Ihre Augen füllten sich mit Tränen und ihre Stimme klang erstickt. »Es sind alles noch Babys. Kleine Babys.«

Vielleicht ist das ein Hinweis, dachte Buffy. Die Legenden von den Feen und Elfen, von denen Giles und Willow in der Bibliothek erzählt hatten, besagten schließlich, dass diese bösen Geister- und Feenvölker immer nur Babys vertauschten. Weil sie nur Macht über Babys hatten? Waren ihre Kräfte derartig begrenzt?

»Das muss schrecklich für Sie sein«, sagte Buffy mitfühlend und versuchte die Rolle einer besorgten Mutter zu spielen. Was nicht allzu schwierig war, denn die Entführungen waren in der Tat grauenvoll.

»Sie sehen viel zu jung aus, um schon zwei Kinder zu haben. Wie alt sind sie?« Maggie erhob sich von dem Schaukelstuhl und ging hinüber zu dem Kamin, um ein Bild vom Kaminsims zu nehmen.

»Vier und zwei«, antwortete Buffy. »Wir haben sie adoptiert.« Es fiel ihr schwer, Maggie, die ihnen so viel Vertrauen schenkte, anzulügen.

»Vielleicht brauchen Sie sich keine Sorgen zu machen. Ich glaube, dass keines der verschwundenen Kinder älter als ein Jahr war.« Maggie reichte Buffy das gerahmte Bild. »Das ist Cory.«

Buffy betrachtete das Foto und versuchte sich vorzustellen, wie schwer es für die Eltern sein musste, dieses Gesicht und sein Lachen nie mehr wiederzusehen. »Er ist sehr niedlich.« Sie gab ihr das Bild zurück. »Es tut mir so Leid für Sie.«

Maggie nahm das Bild und betrachtete es. »Er lebt noch. Eine Mutter spürt das, wissen Sie.«

Buffy nickte verständnisvoll und versuchte nicht daran zu denken, wie viele Sorgen sie ihrer eigenen Mutter Nacht für Nacht bereitete. »Was unternimmt Gallivan eigentlich in dieser Sache?«

»Er behauptet, dass er jede Menge Leute auf den Fall angesetzt hat. Alles Privatdetektive. Und das stimmt wahrscheinlich auch. Ich habe selber mit drei von ihnen gesprochen. Gallivan glaubt, dass die Kinder entführt werden, um ihn zu erpressen. Er ist sehr reich, wissen Sie.«

»Aber einige Eltern sind da anderer Meinung?«, forschte Buffy weiter.

»Ich jedenfalls«, erwiderte Maggie. »Mag sein, dass ich die Einzige bin. Mein Mann Philip glaubt Gallivan, genau wie alle anderen, die für ihn arbeiten.«

»Weil der Job so gut ist, dass sie ihn nicht verlieren wollen«, mutmaßte Angel.

»Richtig. Ohne ihre Stelle wären sie aufgeschmissen. Und die ersten Kinder sind ja erst vor ungefähr zwei Wochen verschwunden.«

Vor zwei Wochen? Das war dann genau zu dem Zeitpunkt, als sie angefangen haben, mit den großen Maschinen den Boden im Weatherly Park auszuheben. Buffy rutschte unbehaglich auf dem Sofa hin und her. »Wann genau ist Cory verschwunden?«

Maggies Stimme zitterte. »Vor acht Tagen.«

»Sind Sie zur Polizei gegangen?«

Sie nickte. »Natürlich. Ich war vollkommen hysterisch. Während ich die Polizei angerufen habe, hat Philip mit Gallivan gesprochen. Wir hatten bereits gehört, dass ein anderes Baby vermisst wurde, vielleicht sogar zwei. Gallivan sagte Philip, dass er sich um alles kümmern würde, und wollte unbedingt, dass Philip mich daran hindert, die Polizei zu verständigen.«

»Aber Sie haben es trotzdem getan«, sagte Angel, »und das war auch das Vernünftigste, was Sie tun konnten.« Er versuchte offensichtlich, sie in ihrer Entscheidung zu bekräftigen, was der Frau, wie Buffy bemerkte, sichtlich gut tat. Angel konnte wirklich gut mit Menschen umgehen.

»Philip versuchte mich die ganze Zeit umzustimmen. Als die Polizei dann vor unserem Haus hielt, lief ich ihnen im Vorgarten entgegen. Ich habe wahrscheinlich keinen guten Eindruck auf sie gemacht, so, wie ich geweint und Philip angeschrien habe. Er hat den Polizisten dann einfach erzählt, ich hätte auf einer Betriebsfeier zu viel getrunken.«

»Und, hatten Sie etwas getrunken?«, fragte Angel.

»Nein. Aber Gallivan hatte an diesem Abend auf seinem Landsitz eine Party für seine leitenden Angestellten gegeben. Ich war nicht hingegangen, aber Philip behauptete gegenüber den Polizisten, ich sei dort gewesen.«

»Also waren Sie an dem Abend, als Cory verschwand, bei ihm oder hatten Sie einen Babysitter?«

»Nein, ich war zu Hause.«

Buffy beugte sich gespannt vor und wusste, dass sie das gerade erst gewonnene Vertrauen der Frau mit der nächsten Frage aufs Spiel setzen würde. »Sie haben es gesehen, nicht wahr? Das Ding, das Ihnen Cory weggenommen hat?«

Tränen rannen über Maggies erstauntes Gesicht. »Woher wissen Sie etwas davon?«

»Ich bin Ihnen gegenüber nicht ganz ehrlich gewesen«, gab Buffy zu und fühlte sich erleichtert, endlich die Wahrheit sagen zu können. »Eine Freundin von mir hat gestern Abend bei den Campbells auf Tad aufgepasst, als er verschwand.«

»Sie hat das ... *Ding* gesehen?«

»Ja.«

»Was haben Sie gesehen?«, fragte Angel sanft.

Maggie sah die beiden mit einem verwirrten Blick an. »Warum sollte ich Ihnen das erzählen?«, fragte sie misstrauisch.

Angel sah der verstörten Frau in die Augen. Buffy wusste nur zu gut, wie intensiv sein dunkler Blick wirkte. Niemand außer Angel konnte einen so ansehen.

»Weil ich weiß, was es heißt, etwas zu verlieren«, antwortete er leise. »Und weil ich weiß, was Schmerz bedeutet. Und weil ich anderen Menschen all das ersparen möchte, was Sie durchmachen mussten.« Er schwieg für einen Moment, um seine ernsthaften Worte auf sie wirken zu lassen. »Wir versuchen herauszufinden, was mit den Kindern passiert ist. Und wenn wir das wissen, werden wir versuchen, sie zurückzubringen.«

»Glauben Sie, dass Sie das können?« Die Hoffnung, die in der Stimme der Frau zum Ausdruck kam, brach Buffy fast das Herz und ein Kloß bildete sich in ihrem Hals.

87

Angel zögerte einen Moment, bevor er antwortete. »Ich weiß es nicht«, sagte er dann ehrlich. »Aber wir werden es versuchen.«

Maggie wollte etwas sagen, brachte aber kein Wort hervor. Sie unternahm einen erneuten Versuch. »Es war dieses kleine, schreckliche ... *Ding*. Ich weiß nicht, wie ich es sonst nennen soll. Zuerst dachte ich, es sei Cory.«

»Aber es verwandelte sich«, forschte Angel. »Ist das richtig?«

»Ja. Und es wurde zu etwas Bösartigem mit Flügeln, langen Zähnen und Krallen wie ein Tier.«

»Hat es zu Ihnen gesprochen?«, fragte Buffy und beugte sich zu der Frau vor.

»Ja. Ich glaube, das ist auch der Grund, warum Philip geglaubt hat, ich hätte den Verstand verloren, als ich ihm davon erzählte. Aber es hat gesprochen. Es hat mir den Auftrag erteilt, Gallivan zu sagen, dass er den Wald nicht zerstören soll. Und dass der Wald unter dem Schutz der Schattenwesen steht.«

»Was passierte dann mit diesem Ding?«, fragte Buffy weiter.

»Es flog davon. Ich bin losgelaufen, um Philip zu holen und kurz darauf habe ich die Polizei angerufen. Ich habe ihnen die Geschichte auch erzählt. Spätestens dann haben sie Philips Erklärung Glauben geschenkt, dass ich zu viel getrunken hätte. Mein Mann konnte schon immer mit Stress und Aufregung besser umgehen als ich. Er blieb vollkommen ruhig.«

»Was Ihre Version nur umso unwahrscheinlicher klingen ließ«, sagte Angel.

Buffy empfand Mitleid für die Frau und fragte sich, wie sie die ganze Sache bloß aushalten konnte. Aber das muss man wohl, wenn man für die eigenen Kinder da sein will. Das ist wohl auch der Grund, weshalb es ihre Mutter schaffte, mit all dem fertig zu werden, was sie wusste.

Maggie nickte. »Philip hat ihnen erzählt, dass Cory bei einem Babysitter war, den *Gallivan Industries* für die Party bereitgestellt hatte. Sie haben bei der Adresse angerufen, die er ihnen gegeben hat, und irgendjemand hat ihnen dann bestätigt, dass Cory da sei.«

»Aber das war er nicht?«, fragte Buffy.

»Nein, aber die Polizei hat das nicht weiter überprüft.« Maggie sah sie hoffnungsvoll an. »Glauben Sie wirklich, dass Sie in dieser Sache etwas tun können?« Ihre Augen ruhten unverwandt auf Angel.

»Ja«, antwortete er. »Wir haben Erfahrung mit solchen Sachen.« Er beugte sich vor und nahm ihre Hand in die seine. »Und wir glauben Ihnen, Maggie!«

Buffy ging auf die lange, dunkle Straße hinaus, die aus dem Wingspread-Wohnpark herausführte. In ihr kämpften die widersprüchlichsten Gefühle gegeneinander. Die Straßenbeleuchtung warf ihre Schatten lang und schmal vor ihr auf den Boden und sie spürte eine solche Kälte in sich, dass sie am liebsten die Arme um sich geschlungen hätte.

»Alles in Ordnung?«, fragte Angel.

»Nein«, antwortete sie ehrlich.

»Das war ganz schön anstrengend.«

Sie atmete tief aus, warf einen Blick zurück und starrte auf die dunkle Silhouette in einem Fenster über den vertrockneten Blumenbeeten.

»Ja.«

»Und wohin jetzt?«

»Zum Weatherly Park«, entschied Buffy. »Solange Giles oder Willow keine andere Spur finden, die wir verfolgen können, scheint die Antwort auf alle Fragen dort zu liegen.« Sie beschleunigte ihren Schritt, als könnte sie mit dieser zusätzlichen Anstrengung ihre Verwirrung und ihr Mitleid verjagen. »Und wenn wir nicht gleich eine Antwort auf dieses Rätsel finden, können wir uns in der Zwischenzeit mit den Vampiren die Zeit vertreiben.«

»Drei Cheeseburger, eine doppelte Fritten, einen Riesen Schokoladen-Shake und zwei von diesen Applepie-Pasteten.« Hutch stand an der Theke von *Paco's Pastries* in der Galerie des Einkaufscenters und sah sich nach Xander um. »Was möchtest du, Xander? Ich lade dich ein.«

In Anbetracht der Bestellung seines Freundes hatte Xander da so seine Zweifel. »Bist du sicher, dass du es dir leisten kannst, uns beide durchzufüttern?«

»Yep, heute schon«, erwiderte Hutch. Er zerknüllte den Kassenbon in seiner Hand. »Ich hatte zwei gute Wochen im Comicladen. Da kam doch so ein Typ und hat mir seine ganze *X-Man*-Sammlung verkauft, weil er jetzt heiratet. Mann, Comics und Frauen, das geht eben nicht zusammen. Ich kann schon gar nicht mehr zählen, wie viele Typen ich erlebt habe, die ihre Sammlungen aufgeben, nur weil sie heiraten.«

Xander stellte sich vor, was für ein Alptraum es sein würde, gemeinsam mit Cordelia in einem Haus zu leben. Wie viel von seinem Kram müsste er loswerden, um sie zufrieden zu stellen? Was wäre mit seiner Sammlung ... Er bremste sich, bevor er diesen Gedanken zu Ende brachte. Teile seines Lebens würden jedenfalls nie wegen irgendjemand anderes auf dem Sperrmüll landen! »Einen Cheeseburger und einen Schokoladen-Shake«, bestellte Xander.

Hutch schüttelte den Kopf. »Ich verstehe nicht, wie du dich damit am Leben erhalten kannst«, sagte er. »Hey«, wandte er sich an den Typ, der hinter der Theke arbeitete. »Wo gibt es denn diese Papierhüte? Das nenn ich mal ein Styling!«

Der Kellner warf ihm einen vernichtenden Blick zu, erntete jedoch nur Hutchs Gelächter. Hutch bezahlte und nahm das Tablett mit der Bestellung.

»Mir ist unbegreiflich, wo du das alles hinpackst«, sagte Xander und griff nach den Milchshakes. Es war ihm unangenehm, dass Hutch den Typ an der Theke angemacht hatte. Der konnte schließlich auch nichts dafür, dass er einen miesen Job mit einer Kleidervorschrift hatte, die megapeinlich war.

Sie gingen in den hinteren Teil der Snackbar und setzten sich an einen freien Tisch zwischen Plastikpalmen in olivgrünen Kübeln. Irgendein aufmerksamer Mensch hatte die Plastikblätter fürsorglich mit Ananasraumspray besprüht, was die unterschiedlichsten Erwartungen auslöste.

»Nur noch ein paar Blumenkränze und schon fühlen wir uns wie zu Hause, hm?«, fragte Hutch und lachte lauthals.

Sie machten sich beide mit großem Appetit über ihr Essen her. Hutch war bereits mit seinem ersten Cheeseburger fertig, bevor Xander in seinen auch nur einmal hineingebissen hatte. »Zählst du eigentlich deine Finger nach, wenn du mit dem Essen fertig bist?«, fragte Xander nicht nur zum Scherz.

Hutch grinste ihn an und beobachtete die Leute, die in dem Center ihre Einkäufe erledigten. »Es sieht so aus, als wäre hier das Wunschdenken so ziemlich in die Hose gegangen.« Er nickte in Richtung eines Mädchens, das eine Stretchhose trug, die ihr mindestens zwei Nummern zu klein war.

Obwohl er und Hutch denselben Sinn für schrägen Humor hatten, versuchte Xander doch immer, die Grenze zu purer Gehässigkeit nicht zu überschreiten. Deshalb schwieg er auch jetzt.

Das Leben im Einkaufszentrum war in vollem Gang, Stimmengewirr drang wie gleichmäßiges Summen aus den Geschäften, über denen Leuchtreklamen aufflackerten. Jogger liefen zügig vorbei und überprüften ihren Blutdruck mit fachmännischer Miene, während die Teenies in Gruppen zusammenhingen und über ihre Träume sprachen. Für Xander war das Center immer ein Ort gewesen, an dem Himmel und Hölle dicht beieinander lagen. Traum und Alptraum, Gut und Böse, Erfolg und Misserfolg – es war alles da, man brauchte nur zuzugreifen.

Die Zeit verstrich und das Gespräch drehte sich um Comics und Verschwörungstheorien und bleib schließlich bei den neuesten Scherzartikeln hängen, die sie in dem Geschenkeladen in der oberen Etage gesehen hatten. Xanders Aufmerksamkeit schweifte ab und wanderte zwischen Hutch, dem Fernseher über der Theke von *Paco's Pastries* und seinem Essen hin und her. Trotz des nicht unerheblichen Mengenunterschieds beendete Hutch bereits sein Menü mit den Applepie-Pasteten, als Xander gerade mal bei seinen Fritten angekommen war.

»Hey«, rief Hutch plötzlich. »Ist das nicht Willow?«

Xander folgte Hutchs Blick auf den Fernsehbildschirm über der Theke. Der regionale Nachrichtensender brachte eine Livereportage aus dem Weatherly Park. »Das ist Willow!«, bestätigte Xander.

Der Bericht war kurz und knapp und hob Willows Rolle als Anführerin des Protestes gegen die Pläne von *Gallivan Industries* hervor, einen Freizeitpark in Sunnydale zu bauen.

»Weißt du«, sagte Hutch, »Willow ist ein ziemlich steiler Zahn. Ist mir gestern Abend schon aufgefallen, als wir zum Haus der Campbells gefahren sind, um ihr zu helfen.«

Xander überkam eine dunkle Befürchtung. »Vielleicht solltest du dir lieber gleich abgewöhnen, so über Willow zu reden.«

»Warum? Hab ich einen wunden Punkt getroffen?«

»Sie ist eine Freundin von mir«, sagte Xander mit ungewohnter Schärfe in der Stimme. »Okay?«

Hutch zuckte mit den Schultern. »Alles klar. Ist mir so oder so ziemlich egal.«

Das wollte Xander nun auch wieder nicht hören. Er versuchte sich wieder auf sein Essen zu konzentrieren.

Im Fernsehen folgten weitere Berichte, unter anderem über die beiden Sicherheitsleute von *Gallivan Industries*, die zwei Schüler der Sunnydale High School bei dem Versuch überrascht hatten, die Bulldozer auf der Baustelle zu beschädigen. Gallivan erschien ein paar Mal auf dem Bildschirm und die Reporter äußerten die Vermutung, dass es vielleicht eine Einigung zwischen den beiden Parteien geben könnte.

»Glaubst du, dass Willow vor diesem Typen kuscht?«, fragte Hutch, nachdem der Bericht vorbei war.

Xander schüttelte entschieden den Kopf. »Niemals.«

»Ich weiß nicht so recht, Mann«, sagte Hutch zweifelnd. »Willow macht nicht gerade den Eindruck, als wäre sie ein Kämpfertyp.«

»Ist sie auch nicht«, erwiderte Xander. »Aber sie ist hartnäckig. Du kennst sie einfach nicht. Sie hat ihre Überzeugungen und wenn sie an irgendetwas oder irgendjemand glaubt, kann sie unnachgiebiger sein als alle Menschen, die ich sonst kenne.«

»Schon möglich«, sagte Hutch, nicht ganz überzeugt. »Aber du kannst darauf wetten, dass Gallivan nicht so einfach nachgibt.« Er machte eine Pause und fragte dann: »Warum bist du eigentlich nicht mit ihr da draußen?«

»Hast du Cordelia kennen gelernt?«

Hutch nickte. »Ist sie mit Willows Aktionen zur Rettung des Parks nicht einverstanden?«

»Der Park gehört nicht zu Cordelias Welt«, erklärte Xander, der trotz allem ein schlechtes Gewissen hatte, weil er nicht bei Willow im Park war. Er fragte sich, warum Cordelia ihm immer das Gefühl gab, sich zwischen ihnen entscheiden zu müssen. Willow verlangte das nie von ihm. »Bei einem Kind könnte man so eine Einstellung noch entschuldigen, aber Cordelia ist schließlich kein Kind mehr.«

Hutch grinste. »Das war nicht zu übersehen.«

»Sieh nur ja nicht zu genau hin«, grollte Xander. Mein Gott, hat dieser Typ eigentlich auf alles Appetit?

»Reg dich ab, Junge.«

»Cordelia befürchtet, dass Willows Protestaktionen die Pläne für die Frühlingsparty durchkreuzen könnten. Und das Party-Boot ist ja auch schon fast abgesoffen.«

»Gut zu wissen, was bei Cordelia an erster Stelle steht«, bemerkte Hutch.

»Hey, kannst du es nicht mal für einen Moment gut sein lassen?«, wies Xander seinen Freund genervt zurecht.

»Ich sage ja nur, dass Willow höhere moralische Grundsätze zu vertreten scheint.«

»Ausgerechnet du redest von moralischen Grundsätzen«, gab Xander zurück, »aber das ist schließlich auch nicht jedermanns Sache. Du scheinst dich auf dem Gebiet auch nicht besonders gut auszukennen. Wie war das vorhin mit dem Wunschdenken und der Hose?«

»Ich habe nie behauptet, vollkommen zu sein.«

»Und ich habe in den letzten Wochen nicht einmal gehört, daß du für den Park Partei ergreifst.«

»Ich bin auch dort aufgewachsen«, sagte Hutch mit leiser Stimme.

»Das wusste ich nicht.«

»Es gibt vieles, was du nicht über mich weißt, Xander.«

Hutch schwieg für einen Moment, während sein Blick auf die Speisekarte über der Snackbar gerichtet war. »Gallivan hat wahrscheinlich noch ganz andere Gründe, sich über den Widerstand in der Bevölkerung zu ärgern.«

»Was meinst du damit?«

Hutch warf ihm einen Blick zu. Seine Augen hatten plötzlich einen harten Ausdruck angenommen. »Willow lenkt mit ihren Protestaktionen eine Menge Aufmerksamkeit auf diesen Bebauungsplan. Normalerweise unterliegen Grundstücke, die für Parks und andere öffentliche Einrichtungen bestimmt sind, einem besonderen Schutz. Welches Gesetz oder welche Vorschriften auch immer für den Park einmal gegolten haben mögen, sie sind offensichtlich über all diesen Diskussionen so ziemlich in Vergessenheit geraten.«

»Kein schöner Gedanke«, sagte Xander.

»Sollte es auch nicht sein. Ich denke, es wird langsam Zeit, darüber nachzudenken, mit was für schmutzigen Tricks es Gallivan gelungen ist, seine Pläne durchzubringen.« Hutch machte eine wirkungsvolle Pause. »Und wie weit Gallivan gehen wird, um seine Pläne durchzusetzen. Er hält immerhin das Verschwinden von all diesen Kindern geheim.«

»Und was hat plötzlich den Detektiv in dir zum Leben erweckt?«

»Ich habe nur ein bisschen nachgedacht«, antwortete Hutch. »Und dabei ist mir aufgefallen, dass es sicherlich gut wäre, mehr über Gallivans Geschäfte herauszubekommen.«

»Dieser Gedanke macht mich irgendwie ziemlich nervös«, sagte Xander.

Hutch grinste und trommelte mit den Fingern auf die Tischplatte. »Mich auch. Ganz schön aufregend, nicht wahr?«

»Das kannst du wohl sagen. Also, was hast du vor?«

Hutch lehnte sich auf dem Stuhl zurück und streckte seine langen Beine aus. »Einer unserer Stammkunden im Comicshop ist ein Wachmann, der hier im Einkaufscenter arbeitet. Die Wachgesellschaft, für die er arbeitet, soll für *Gallivan Industries* einige der Nachtschichten im Park übernehmen.«

»Ich dachte, dass Gallivan das Gelände nur von seinen eigenen Leuten bewachen lässt.«

»Nicht bei allen Schichten. Nur die Oberaufsicht und die Sondereinsätze werden ausschließlich von seinen eigenen Leuten übernommen. Der Typ hat mir erzählt, dass *Gallivan Industries* wegen der ganzen Proteste die Sicherheitsmaßnahmen verstärken wollte und dass es ihm vielleicht eine Beförderung einbringen würde.«

»Kriegt er dann ein schöneres Abzeichen, oder was?«

»Er hofft, dass er dann einen Waffenschein bekommt.«

»Na, das sind doch erfreuliche Aussichten.«

»Yeah«, sagte Hutch in einem Tonfall, der ganz und gar nicht erfreut klang. »Der Typ steht auf *Sec Force*, *Full Auto* und *The Penalizer*. Er wartet nur auf den richtigen Moment, um zu einer todbringenden Gefahr zu werden. Ich dachte, es sei vielleicht eine gute Idee herauszufinden, was Gallivan so alles verheimlicht.«

»Wie?«, fragte Xander atemlos. Er genoss den Klang von Gefahr und Illegalität, der in Hutchs Worten lag.

Wie durch Zauberkraft hielt Hutch plötzlich einen kleinen Schlüsselbund in der geöffneten Hand. »Während mein Sicherheitstyp sich durch die Kartons mit den Back Issues wühlte, weil ich ihm ein gutes Angebot gemacht hatte, hab ich ihm die Schlüssel gemopst. Die Wach- und Schließgesellschaft, für die er arbeitet, hat ein kleines Büro nicht weit von hier. Ich nehme mal an, dass Gallivan so ein Kontroll-Freak ist, dass der Computer dieser Firma mit seinem eigenen vernetzt ist. Da das gesamte Wachpersonal auf der Baustelle eingesetzt ist und der Einsatzleiter das Ganze von seinem Auto aus überwacht, wird niemand im Büro sein!«

Da hat aber jemand fleißig recherchiert, dachte Xander. »Wie sieht also dein Plan aus?«

»Ich versuche irgendwie in das Büro hereinzukommen und mir das Computersystem näher anzusehen. Damit kenn ich mich aus.« Hutch schloss seine Hand über dem Schlüsselbund. »Was ist, bist du dabei oder nicht?«

Xander dachte einen Moment nach. Dafür sprach der Adrenalinausstoß, der auch die Ausflüge mit Buffy so aufregend machte. Ein weiterer Punkt dafür war die Möglichkeit, das Unternehmen auszuspionieren, gegen das Willow kämpfte. So konnte er vielleicht genau an die Informationen herankommen, nach denen sie alle suchten.

»Ich bin dabei«, sagte er.

»Dann sind wir ja wie Butch Cassidy und Sundance Kid«, sagte Hutch grinsend.

»Vielleicht sollten wir lieber einen Vergleich mit einem Happyend heranziehen«, schlug Xander vor. »Wir wollen den kleinen Ausflug ja nicht schon zum Scheitern verurteilen, bevor wir überhaupt ans Werk gehen.«

»*Pinky and the Brain*?«, fragte Hutch, während sie vom Tisch aufstanden.

»Auf keinen Fall!« Xander folgte seinem Freund Richtung Ausgang. »Yogi und Boo-Boo?«

»Die hatten aber nie einen Picknickkorb dabei, oder?«

Hutch grinste.

12

»Das ist ja noch einmal gut gegangen«, sagte Willow mit einem Seufzer der Erleichterung, nachdem die Protestveranstaltung zu Ende war. Sie sah Oz fragend an, als von ihm keine Bestätigung kam. »Findest du nicht?«

Er erwiderte ihren Blick. »Was meinst du denn? Die allgemeine Verbrüderung zur Rettung des Weatherly-Parks oder den Beschluss, die Baumaschinen nun doch nicht in Brand zu setzen, weil das vielleicht doch keine so gute Idee war?«

Willow zog eine Grimasse. »Okay. Vielleicht es ist nicht ganz so gut gelaufen, wie es hätte laufen sollen.« Sie und Oz gingen Seite an Seite auf den Parkplatz des Parks zu.

Die Demonstration löste sich allmählich auf. Die meisten der Teilnehmer waren Schüler, aber an diesem Abend waren auch zum ersten Mal einige Eltern dabei gewesen.

»Warum wohl sind heute so viele Eltern mitgekommen?«, fragte Willow.

Oz öffnete die Beifahrertür seines Minibusses. »Sie hatten wahrscheinlich Angst, dass das Telefon bei der Polizei ständig besetzt sein könnte und sie deshalb mit ihren Kautionen nicht rechtzeitig kommen würden, um zu verhindern, dass ihre Kids mit echten Verbrechern eingesperrt werden.«

»Du machst Witze, oder?«

»Nee. Zumindest habe ich gehört, dass Jeannie Whitmans Eltern aus diesem Grund hier waren«, sagte Oz.

»Jeannie würde niemals etwas Verbotenes tun.« Willow stieg ein.

Oz schloss die Tür hinter ihr und sah durch das offene Fenster. »Wenn ich mich recht entsinne, war Jeannie diejenige, die angeboten hat, Flaschen für die Molotowcocktails mitzubringen.«

»Oh!«

»Ich dachte, du hättest das mitbekommen.« Oz ging um den Bus herum und stieg ein.

»Irgendwie nicht.«

Oz setzte sich hinter das Steuer und steckte den Zündschlüssel ein. »Du warst gerade damit beschäftigt, Craig unter Kontrolle zu bringen.«

»Oh Gott, ja.« Craig hatte die Konstruktionspläne der verschiedenen Bau- und Räumungsmaschinen mitgebracht, die er sich vom Internet heruntergeladen hatte. Die Stellen, wo man die Schläuche mit der Hydraulikflüssigkeit durchschneiden und die Fahrzeuge somit betriebsunfähig machen konnte, hatte er sorgfältig markiert und die Kopien eifrig verteilt. »Ich tu hier doch nichts Falsches, oder?«, fragte sie sich laut. Unschlüssigkeit und Unsicherheit hatten ihren Glauben an die Sache erschüttert.

Oz schüttelte den Kopf, während er sich aufs Fahren konzentrierte.

»Nein, Will, ich glaube, wenn du daran glaubst, was du tust, kannst du gar nichts Falsches tun. Solange du nicht die Grenzen überschreitest. Und das hast du bisher nicht.«

Willow nagte an ihrer Unterlippe. »Aber andere Leute haben das getan, und zwar im Namen dieser Sache.«

»Es wird immer solche Leute geben. Aber es ist nicht dein Job, auf sie aufzupassen. Es reicht voll und ganz, wenn du für deine eigenen Handlungen verantwortlich bist.«

»Auch dann, wenn sie jemand anderes dazu verleiten, zu weit zu gehen?«

Wo war die Grenze für persönliche Verantwortung zu ziehen?

»Lance und Kelly suchen förmlich nach Gelegenheiten, zu weit zu gehen!«

»Aber Craig nicht.«

»Craig ist auf seine erste Auszeichnung für Tapferkeit im Kampf aus.«

Völlig unerwartet bekam Willow eine ihrer Visionen. Sie sah Tad, der auf der Straße vor ihnen stand. Er trug seinen Mickey-Mouse-Schlafanzug. »Stopp!«

Oz trat sofort auf die Bremse. Der Bus schlitterte mit quietschenden Reifen seitwärts. Er starrte sie besorgt an. »Was ist los?«

Willow blinzelte mit den Augen. Das Bild von Tad verschwamm langsam und löste sich schließlich auf. »Ich habe Tad wieder gesehen.«

»Wo?«

Willow deutete auf die Straße. »Er war dort, auf der Straße.« Ihre Hand fuhr zum Türgriff und sie öffnete den Wagen. Bevor Oz sie aufhalten konnte, stieg sie aus dem Bus. Die Intensität der Vision zog sie mit magischer Anziehungskraft nach draußen. Was bedeutete das alles bloß? Warum hatte sie diese Visionen?

An der Stelle, an der sie das Baby gesehen hatte, war nichts als eine unebene Asphaltdecke.

»Ist alles in Ordnung?«, fragte Oz.

Willow zitterte und fühlte, wie ihre Knie unter ihr nachgaben. »Ja, ich glaube schon. Aber ich frage mich, ob ich nicht langsam den Verstand verliere.«

»Solange du dich das noch fragst, bis du wohl nicht ernsthaft gefährdet.«

»Das sollte jetzt wohl komisch sein, ja?«

Er zuckte mit den Schultern und lächelte schief. »Das wars wohl nicht, hm?« Er berührte zärtlich ihr Gesicht. »Es wird schon alles gut werden, Willow. Alles andere werde ich zu verhindern wissen!«

»Ich muss Tad finden!«, sagte sie und hoffte, dass sie ihm begreiflich machen konnte, wie wichtig das für sie war.

»Ich weiß«, antwortete er. »Ich weiß, dass du das musst. Und du wirst ihn finden. Ich werde dir helfen.« Er führte sie sanft, aber nachdrücklich wieder zum Wagen zurück. Sie waren ganz alleine auf der Straße, sodass das Rauschen, das plötzlich über ihnen erklang, umso deutlicher zu hören war.

Willow blickte nach oben und sah drei geflügelte Wesen auf den Bäumen über ihnen landen. Obwohl sie sie nicht deutlich erkennen konnte, wusste sie sofort Bescheid. Sie packte Oz' Arm. Jetzt war sie es, die ihn führte. Sie stieß ihn in Richtung des Busses. »Lauf!« befahl sie. »Lauf so schnell du kannst!«

Hinter ihr hörte sie das Summen der Flügel, als sich die Elfen von den Bäumen herabließen.

»Hey, Buffy.«

Buffy duckte sich in die teuflischen Schatten, die jeden einzelnen Winkel des Parks verfinsterten. Der lässige Ton und die Stimme klangen irgendwie vertraut. Sie spähte vorsichtig um den Baumstamm herum, hinter dem sie sich versteckt hatte.

Ein Typ in einer Sunnydale College-Jacke und Khakis trat auf die Lichtung, die sich vor ihr ausbreitete. Seine Kopf war fast kahl rasiert, sodass nur noch kurze Stoppeln zu sehen waren. Er sah sehr jung aus, trotz seiner tief liegenden Augen.

»Du bist doch Buffy, oder nicht?«, fragte er und kam langsam auf sie zu. »Buffy Summers. Ich fand immer, dass du ziemlich scharf aussiehst. Aber das ist nach so langer Zeit wohl keine coole Anmache.«

»Nach so langer Zeit?«, wiederholte Buffy. Sie bedauerte es, ihn in der Nacht an diesem Ort zu treffen. Sie erhob sich und versuchte den rauen

Holzpflock hinter ihrem Bein zu verstecken. »Du warst doch gestern noch in der Schule, Gary. Findest du denn, dass das schon so lange her ist?«

Angel glitt auf ihrer rechten Seite durch die Bäume. Er umkreiste sie im Hintergrund, um ihr Deckung zu geben. Sie hatten bereits drei Vampire aufgestöbert und gepfählt.

Gary trug eine Schaufel in der Hand, aber mit der freien Hand schlug er sich leicht an die Brust. »Erinnerst du dich an mich?«

»Du warst in der Mittelstufe«, sagte Buffy. »Du meintest immer den Klassenclown spielen zu müssen. Du warst schwer zu übersehen.«

Er lachte hysterisch, als hätte Buffy etwas wahnsinnig Komisches gesagt. »Ich hab den Leuten immer gesagt, dass du Humor hast, wenn man dich mal näher kennen lernt.«

Buffy blieb regungslos stehen und wartete. »Jetzt im Augenblick ist mir aber gar nicht zum Lachen zumute.«

»Vielleicht verstehst du den Witz nicht?« In dem kalten Mondlicht sah er wachsbleich und sehr hager aus.

»Was für einen Witz?«

»Klopf, klopf.«

»Wer ist da?«, fragte Buffy und ließ ihn näher auf sich zukommen.

»Dwayne.«

»Dwayne wer?«

Gary grinste. »Dwayne, der Blutbeutel. Ich verhungere fast.« Er brach in lautes Gelächter aus.

»Dein Vampirdasein scheint dir ja zu gefallen«, stellte Buffy fest. Ihre Sympathie für den Typ schmolz dahin.

»Ich würde mal sagen, es ist ganz in Ordnung«, entgegnete Gary. »Nur dass wir halt zu viel trinken.« Er entblößte seine Fangzähne. »Alles, was wir kriegen können.«

Bevor sie eine Bewegung machen konnte, hörte Buffy über sich ein Knacken und Rascheln in den Ästen. Sie trat einen Schritt zurück und blickt nach oben, wo sie zwei Vampire entdeckte, die sich kopfüber von den Ästen herabhängen ließen. Sie zischten wie Raketen auf sie los, wobei ihre spitzen, langen Eckzähne nur so glitzerten.

Buffy machte einen großen Satz rückwärts und vollführte einen kompletten Überschlag in der Luft, um möglichst viel Distanz zwischen sich und die Vampire zu bringen. Der eine verfehlte sie, aber der andere fiel geradewegs auf sie und riss sie in seinem Fall mit zu Boden.

Der Vampir war ein älterer, schwer gebauter Mann, der wie ein Lastwagenfahrer aussah. Zumindest trug er eine Peterbilt-Kappe und stank mindestens so sehr nach Diesel wie nach Grab. Er knurrte sie an und sein Gesicht verzerrte sich zu einem Zwischending zwischen Mensch und wildem Tier. Er schnappte nach ihr und seine Zähne verpassten ihren Hals nur um Millimeter.

Buffy rollte sich zur Seite und versuchte sich zu befreien. Sie schlug dem Vampir mit der Handkante ins Gesicht, wobei sie versuchte, so viel Kraft in den Schlag zu legen, wie sie nur konnte. Sein Kopf flog zurück, während seine kalte Hand ihren Hals umklammerte und ihr den Atem abschnürte. Gefangen unter seinem Gewicht war es fast unmöglich für sie, sich freizukämpfen.

»Du bist hier draußen, weil du auch danach suchst, stimmts?«, fragte der Trucker-Vampir sie. »Du hast doch auch davon gehört?«

Buffy gelang es endlich, eine ihrer Hände zu befreien, und rammte ihm ihre Finger in die Augen.

Er heulte vor Schmerz auf und fuhr zurück, wobei er eine Hand schützend vor die Augen hielt.

Diesen Moment nutzte Buffy. Sie stieß ihn mit Wucht und konnte sich endlich unter ihm befreien. In dem Augenblick schnitt der andere Vampir Gary den Weg ab und kam auf sie zu.

Er war sich seiner selbst einfach zu sicher. Buffy baute sich mit erhobenem Holzpflock vor ihm auf. Sie holte aus, der Pflock grub sich knirschend in seine Brustplatte und mit ein paar kräftigen Stößen trieb sie ihn dem Vampir mitten ins Herz. Er zerfiel zu Asche, die sofort verwehte.

Der Trucker-Vampir brüllte wütend auf und erhob sich mühsam. Er sah sich zwischen seinen gespreizten Fingern nach ihr um und schrie: »Schnapp sie dir! Schnapp sie dir!«

Gary sprang mit unglaublicher Geschwindigkeit auf sie zu. Seine Gesichtszüge verschwammen, als er mit der Schaufel weit ausholte. Sein Angriff war schnell und die scharfe Kante zischte nur knapp an Buffys Gesicht vorbei.

Buffy reagierte sofort, denn sie hatte bemerkt, dass Angel zwischen den Bäumen hinter der Lichtung auf weitere Vampire gestoßen war. Sie trat mit aller Kraft auf den Holzgriff der Schaufel. Das Holz zerbrach mit einem lauten Krachen und der Kopf der Schaufel flog in hohem Bogen in die Luft.

Vollkommen überrascht sah Gary auf das abgebrochene Ende des Holzstiels. »Wow! Wer hätte das gedacht?«

»Ich. Und um dir die Wahrheit zu sagen, finde ich, dass deine Witze seit damals ganz schön lahm geworden sind.« Buffy packte den abgebrochenen Stiel und entriss ihn dem Vampir mit einem schnellen Ruck. Sie drehte den Holzstiel in einer Hand, wobei sie ihn so mühelos und leicht wie einen Jonglierstab handhabte, und rammte ihn dann mit einem festen Stoß in Garys Herz.

Er packte mit beiden Händen den Holzgriff, der aus seiner Brust ragte, und starrte fassungslos darauf nieder. »Oh, wow, das war ein fataler Zug!« Ohne jedes weitere Wort explodierte er zu Staub.

Der Lastwagenfahrer hatte mittlerweile versucht, wieder auf die Beine zu kommen. Buffy versetzte ihm einen Tritt mitten ins Gesicht, der ihn zurück auf den Boden schickte. Er wälzte sich spuckend und knurrend auf dem Boden hin und her und seine Krallen gruben sich in die Erde unter ihm.

Buffy holte zu einem zweiten Tritt aus, verfehlte ihn aber. Bevor sie wieder in Stellung gehen konnte, stand der Vampir bereits wieder auf den Beinen und versetzte ihr einen Schwinger mit der bloßen Faust. Sie taumelte wie vom Blitz getroffen zurück und fiel zu Boden. Als sie sich wieder hochrappelte, rannte der Vampir mit weit ausgebreiteten Armen auf sie zu und stieß dabei einen lang gezogenen Kampfschrei aus.

Buffy positionierte sich neu und packte ihn am Kragen seines Jeanshemdes. Sie unterbrach seinen Kopfüber-Angriff, indem sie ihn in den Magen trat, sodass er nach vorne kippte. Dann ließ sie dreimal hintereinander blitzschnell ihre Knie in sein Gesicht fahren.

Als er zurücktaumelte, zog ihn Buffy mit einer Hand nach vorne. Mit der anderen Hand griff sie in ihren Rucksack und holte einen Pfahl hervor. Dabei stieß sie ihn unaufhörlich vor sich her, bis er mit dem Rücken gegen einen Baum stieß. Sie setzte ihm die Spitze des Holzpflocks auf die Brust und starrte geradewegs in seine toten Augen.

»Na, wie fühlst du dich jetzt, mein Schöner?«, fragte sie ihn. »Sieht so aus, als wenn das Glück gegen dich ist, hm?«

Er starrte sie in dumpfer Wut an.

Buffy bemerkte, dass die Kampfgeräusche in den nahe gelegenen Büschen verstummt waren. »Angel?«, rief sie mit erhobener Stimme.

»Ich bin hier.« Angel kam aus dem Gebüsch hervor und trat auf die Lichtung. Er fegte ein paar Zweige von seiner Kleidung. »Die beiden anderen sind erledigt.«

»Verräter«, zischte der Trucker-Vampir ihn an.

»Bewahrst du den aus irgendeinem besonderen Grund auf?«, fragte Angel ungerührt.

»Ich glaube, er weiß, wonach sie suchen«, erwiderte Buffy. Sie sah dem Vampir wieder in die Augen. »Oder etwa nicht?«

»Vielleicht.«

»Und du wirst es uns verraten«, drohte Buffy ihm.

»Lässt du mich gehen, wenn ich es dir sage?«

»Hm, lass mich mal nachdenken, nein, ich glaube nicht.«

Der Lastwagenfahrer schien von dieser Antwort nicht sonderlich überrascht zu sein. »Dann gibt es ja wohl keinen Grund, warum ich es dir verraten sollte.«

Buffy runzelte die Augenbrauen, als wenn sie versuchte, eine Entscheidung zu treffen. »Gepfählt oder im Morgengrauen angebraten? Gepfählt oder geschmort?« Sie schüttelte den Kopf. »Egal, wie man es sagt, es klingt alles nicht besonders nett.«

»Das würdest du nicht tun.«

»Sicher würde ich das tun«, log Buffy.

Angel zog eine kleine Flasche aus der Tasche seiner Jacke hervor. »Weihwasser«, sagte er ruhig. »Es wäre interessant zu wissen, wie schnell deine Zehen verbrennen.« Er schüttelte die Flasche drohend in der Hand. »Und wenn du auch nur ein bisschen von mir gehört hast, weißt du, dass ich tue, was ich sage!«

Der Gesichtsausdruck des Vampirs zeigte, dass er sich geschlagen gab. »Es geht das Gerücht, dass so eine Art Elfen- oder Feenvolk im Wald leben soll. Alle diese Ausgrabungen und Bauarbeiten haben sie wieder freigesetzt. Wir wussten vorher nicht, das sie existieren.«

»Und was haben die Vampire damit zu tun?«, fragte Buffy.

»Die Legenden besagen, dass ein Vampir, der den Wohnsitz der Feen findet, einen Wunsch frei hat.«

»Davon habe ich noch nie etwas gehört«, sagte Angel.

Der Trucker-Vampir zuckte mit den Schultern. »Du bist nicht von hier, Junge, nicht wahr? Zumindest nicht ursprünglich.«

»Nein.« In Angels Stimme schwang immer noch Ungläubigkeit mit.

»Diese Legende tauchte vor ungefähr 150 Jahren das erste Mal auf. Ich muss es wissen, denn ich habe jedes dieser Jahre auf dem Buckel. Und ich glaube, ich habe auch noch ein paar vor mir!« Kaum hatte er diesen Satz ausgesprochen, da befreite er sich aus Buffys Griff. Schnell und wendig, wie er war, und mit dem Mut der Verzweiflung gelang es im fast, die Sicherheit des Unterholzes zu erreichen.

Buffy flog herum, wirbelte den Holzpflock in der Hand und warf ihn dann geschickt dem Vampir hinterher. Der Pflock vollführte ein paar Umdrehungen in der Luft und bohrte sich dann mit der Spitze zwischen die Schulterblätter des fliehenden Vampirs. Mitten in einem Sprung ins rettende Unterholz zerfiel der Vampir zu Staub.

»Sie sind hier, weil sie abergläubisch sind«, sagte Angel.

»Du glaubst, das ist alles, was dahinter steckt?«, fragte Buffy.

»Komm schon«, gab Angel zurück, »du wirst diesen Quatsch doch nicht glauben?«

Buffy sah zu ihm auf und bemerkte, wie das Schattenspiel der Bäume sein Gesicht veränderte. Nur mit Mühe gelang es ihr zu ignorieren, wie gut aussehend er war. »Es gibt auch immer noch Menschen, die glauben, dass Vampire nur Mythen sind. Ebenso wie Zombies, Werwölfe und Geister. Wenn man mir vor ein paar Jahren von der Jägerin erzählt hätte, hätte ich es selbst nicht geglaubt. Wir leben in einer Welt des Aberglaubens und der Legenden, wo alles möglich ist. Vielleicht irren sich die Vampire ja, aber immerhin wissen wir jetzt, was sie hier wollen.«

»Wir haben heute Nacht zwar acht Vampire gepfählt«, sagte Angel, »aber du weißt ganz genau, dass wir sicherlich ein gutes Dutzend mehr gesehen haben. Es wird nicht einfach sein, die vor der Frühjahrsparty alle loszuwerden.« Er blickte in das Dickicht, aus dem sie gekommen waren. »Zwei von diesen Typen waren Sicherheitsleute, die in den letzten Tagen gebissen worden sind.«

»Auch das hat Gallivan verheimlicht.«

»Was für eine Überraschung!«, stellte Angel fest.

»Nicht wahr?«, stimmte Buffy zu. »Gary war gestern noch in der Schule und heute Nacht ist er schon ein Vampir. Die Dinge fangen langsam an, etwas außer Kontrolle zu geraten.« Sie hob ihren Rucksack auf und warf ihn sich über die Schulter.

»Es gibt nur eine Möglichkeit, sie von hier wegzubekommen«, sagte Angel.

»Wir müssen herausbekommen, wie wir diese Elfen hier rausekeln, ich weiß«, antwortete Buffy. »Giles arbeitet bereits daran und Willow ist ihnen schon näher gekommen, als man sich überhaupt vorstellen kann.«

Ein schriller Schrei gellte plötzlich durch die Stille des Waldes um sie herum.

Instinktiv wusste Buffy, aus welcher Richtung der Schrei gekommen war, und drehte sich jäh herum. Dann begriff sie plötzlich, dass sie die Stimme kannte. »Das war Willow!«

Angel nickte und begann mit der übermenschlichen Geschwindigkeit, die ihm seine Vampirkräfte verliehen, in die Richtung zu laufen, aus der der Schrei gekommen war. Buffy blieb dicht an seiner Seite, denn als Jägerin war sie fast genauso schnell. Sie hetzten durch den Wald und brachen krachend durch das Unterholz.

Buffy hoffte inständig, dass sie nicht zu spät kamen ...

Es stellte sich heraus, dass es relativ leicht war, sich zum Bürogebäude von *Baxter Security* Zutritt zu verschaffen. Xander hielt sich dicht hinter Hutch und war überrascht, wie lautlos und geschickt sich sein groß gewachsener Freund bewegen konnte.

Baxter Security saßen auf der dritten Etage, in der Suite Nr. 310. Der Teppich war abgewetzt, ein Indiz, dass die Geschäfte nicht besonders gut gingen. Lag es etwa daran, dass die Sicherheitstypen in Sunnydale so einen schlechten Ruf haben, oder war das Dienstleistungsgewerbe nicht besonders zukunftsträchtig? Bei all den mysteriösen Sachen hier in Sunnydale hatten sie ungefähr dieselben Überlebenschancen wie ein Eisbär in der Sahara.

Hutch blieb auf dem nur schwach erhellten Flur vor der Tür mit der Nr. 310 stehen. Auf dem Glasfenster in der Tür waren die Geschäftszeiten und zwei Telefonnummern angegeben.

Xander spähte durch das Fenster in den Raum und sah einen einfachen Schreibtisch mit einem Telefon und ein halbes Dutzend bunt zusammengewürfelter Stühle, die an der Wand entlang aufgestellt waren. Auf der Rückseite des Büros führte eine bronzefarbene Tür mit einem Namensschild in einen weiteren Raum. Xander griff nach dem Türknauf und versuchte ihn zu drehen, doch die Tür war verschlossen.

»Sei vorsichtig«, wies ihn Hutch an. »Wir wollen ja nicht die Alarmanlage auslösen!«

Xander nickte und trat einen Schritt zurück. Im Einkaufszentrum hatte die Idee, in die Büroräume von *Baxter Security* einzudringen und sich in Gallivans Computersystem zu hacken, nahezu unwiderstehlich geklungen. Jetzt, da er im dämmerigen Flur stand und wusste, dass sie jederzeit festgenommen werden konnten, sah die Sache schon etwas anders aus. Nicht nur, dass sie viel von ihrem Reiz verloren hatte, sie jagte ihm auch einen kalten Schauder über den Rücken. Man traf nicht gerade die nettesten Leute im Knast.

»Vielleicht ist die Idee doch nicht so gut«, bemerkte Xander so beiläufig und cool wie möglich.

»Gibst du jetzt das Weichei?«, zog ihn Hutch auf. Er kniete vor der Tür nieder, griff in seine Jackentasche und brachte eine Spraydose zum Vorschein.

»Nein«, gab Xander zurück. Aber ehrlich gesagt fehlte nicht mehr viel. Je mehr er darüber nachdachte, desto schlechter fand er die Idee. »Willst du dich jetzt mit ein paar ätzenden Graffiti begnügen, weil die Tür nicht aufgeht?«

»Wir kommen schon rein.« sagte Hutch. Er setzte ein kleines Röhrchen auf den Sprühkopf der Dose. Dann steckte er das Röhrchen in das Schloss und drückte auf die Düse. Die Spraydose klang, als wenn eine Boing 727 im Flur abheben würde.

Xander sah sich nervös um. Er war sich sicher, dass jeden Augenblick jemand um die Ecke kommen musste, um der Ursache dieses Lärms auf den Grund zu gehen. Aber es kam niemand und eine Minute später stieß Hutch auch schon die Tür auf.

»Kommst du?«, fragte Hutch und machte eine Geste in Richtung der offenen Tür.

»Yep.«

Xander betrat zögernd den Raum und sah sich dabei nach allen Seiten um. »Was war in der Spraydose?«

»Graphit. Lässt billige Türschlösser im Handumdrehen durchs Schlüsselloch verschwinden.«

»Und woher weißt du so was?« Xander ging weiter in den Raum hinein und wurde langsam mutiger, da es so aussah, als wenn ihr Plan wirklich funktionierte.

»Aus dem letzten *ArachniKid*-Heft. Hältst du dich denn gar nicht auf dem Laufenden?«

»Ein Typ mit acht Beinen und ohne gesellschaftliches Leben steht nicht gerade oben auf meiner Leseliste«, musste Xander zugeben. Acht Beine wären zwar mal was anderes, aber »kein Gesellschaftsleben« erinnerte ihn viel zu sehr an zu Hause.

Nachdem Hutch seine Werkzeuge eingesammelt hatte, betrat auch er den Büroraum und schloss die Tür hinter sich.

»Da steht der Computer«, sagte Xander und zeigte in Richtung Schreibtisch.

Hutch schüttelte den Kopf. »Die haben die Dateien bestimmt nicht hier drin. Der Typ, der immer in den Laden kommt, meint, sein Chef sei einer von denen, die sich unheimlich wichtig nehmen. Also wird er bestimmt die Dateien in seinem Büro aufbewahren.« Er ging zu der Tür, die in das hintere Bürozimmer führte, und riss das Schloss mit einem kräftigen Ruck heraus. Es gab ein kreischendes Geräusch von sich.

»Ich nehme an, du hast deine Gründe, diesmal kein Graphit zu verwenden«, bemerkte Xander. Hutch hatte seiner Meinung nach etwas zu viel Spaß an dieser ganzen Sache.

»Aber sicher!«, versicherte ihm Hutch. »Es macht doch keinen Spaß, irgendwo einzubrechen, wenn die Leute nicht merken, dass man da war!«

»Da wäre ich mir nicht so sicher.«

»Glaub mir«, sagte Hutch. »Es ist einfach nicht dasselbe!« Er stieß die Tür auf und betrat den Raum dahinter. »Oh, Mann, wo sind wir denn hier gelandet?«

Xander folgte ihm in das Zimmer und sah, dass die Wände mit Fotos von den unterschiedlichsten Verbrechensarten bedeckt waren. Er hatte schon begonnen, sich Sorgen zu machen, als er erkannte, dass die Polizeiwagen, die auf den Fotos zu sehen waren, aus verschiedenen Städten und sogar Bundesstaaten stammten. Es handelte sich einfach um eine Sammlung von Bildern, die die Gesetzeshüter in Aktion zeigten. Vielleicht beeindruckte das ja die Kunden, überlegte Xander. Oder vielleicht verschaffte es diesem Typ auch Glücksgefühle, sich die Polizei im Einsatz anzusehen.

Hutch ließ sich auf den Stuhl hinter dem Schreibtisch fallen. Er knackte theatralisch mit seinen Fingerknöcheln und tippte dann versuchsweise auf die Tastatur. »Okay, dann zeig mal, was du kannst, Superhirn.«

Xander starrte auf den Bildschirm. Obwohl er an Willows Zauberkünste am Computer gewöhnt war, verblassten diese im Vergleich zu dem, wozu Hutch offensichtlich imstande war. Zum ersten Mal sah Xander Hutchs Hände genauer an. »Hey, deine Zeigefinger sind ja länger als deine Mittelfinger!« Und das um fast einen Zentimeter.

Hutch hielt beide Zeigefinger wie Pistolen auf Xander gerichtet, tat so, als würde er schießen, und pustete den Rauch von seinen imaginären Colts. »Damit ich besser zeigen kann, Großmutter. Willst du mir sagen, dass ich verkrüppelt bin oder so was?«

Xander schüttelte den Kopf. »Ich doch nicht.«

Hutch griff in die Tasche seiner Jacke und zog eine Packung M&M's hervor. Er riss sie auf und stopfte sie gierig in sich hinein. Er bot Xander die geöffnete Packung an. »Magst du welche?«

Xander hob abwehrend die Hände. »Ich passe. Ich bin immer noch mit Paco's Pastries beschäftigt.« Er sah Hutch bei der Arbeit zu.

»Sehr gut«, stieß Hutch nach einer Weile hervor. »Der Computer ist direkt mit *Gallivan Industries* vernetzt. Wenn ich jetzt durch ihre Falltüren und Sicherheitsprogramme komme, sind wir schon fast zu Hause.«

Xander beobachtete ihn und versuchte sich nicht anmerken zu lassen, dass er kurz vor einem Nervenzusammenbruch stand. Was war, wenn dadurch ein stiller Alarm ausgelöst würde? Einen, den sie da drinnen gar nicht hörten? Diese Vorstellung war alles andere als beruhigend.

13

»Rupert«, sagte eine tiefe Stimme am anderen Ende der Telefonleitung. »Ich hoffe, ich störe dich nicht.«

»Desmond«, rief Giles aus und wischte sich die Hände an der Schürze ab. Er zog sie aus und legte sie auf die Arbeitsplatte in seiner Küche. Er schaltete die Herdplatte aus und schob sein Abendessen zur Seite. In all den Jahren, in denen er sich auf seine Wächterrolle vorbereitet hatte, und auch in den Zeiten danach, als er dieser Aufgabe nachgegangen war, hatte er sich daran gewöhnt, dass Mahlzeiten manchmal unterbrochen und aufgeschoben werden mussten.

»Hattest du schon Gelegenheit, einen Blick auf das Dokument zu werfen, das ich dir zugefaxt habe?«

»Aber selbstverständlich, alter Freund, sonst würde ich dich so spät nicht mehr stören.«

»Da, wo du bist, ist es noch später, mein Freund. Oder ziemlich früh, je nachdem. Das hängt wohl vom Standpunkt ab.«

»Ach ja, und in meinen alten Knochen zieht es auch mittlerweile ganz schön.«

»Ich glaube, du hast noch eine Menge guter Jahre vor dir«, prophezeite Giles. Desmond Tretsky war über neunzig und zeigte keine Zeichen von Altersschwäche.

»Ich weiß deinen Optimismus zu schätzen. Ich hoffe, du behältst Recht. Um auf den Grund meines Anrufs zurückzukommen, die Dokumente, die du mir geschickt hast, sind sehr interessant. Sie sind voll von unheilvollen Vorzeichen. Weißt du, worum es geht?«

»So ungefähr. Die Angelegeheit scheint ein bisschen heikel zu sein.«

»In unserem Beruf ist das doch an der Tagesordnung. Man lebt ständig am Rande des Abgrunds und nur unser messerscharfer Verstand bewahrt uns vor dem Absturz.«

»Nun, es gibt ja auch noch die Jägerin.«

»Ach, mein lieber Rupert, man hält den Wert derer, die man trainieren muss, weil es vom Schicksal so vorausbestimmt ist, immer hoch. Aber wie viele von ihnen haben wirklich die Zeit zu reifen, um zu ihrer gefährlichen Mission etwas beitragen zu können, was über die speziellen physischen Kräfte und Fähigkeiten, die ihnen für diese Aufgabe verliehen werden, hinausgeht?«

Giles weigerte sich, den Fehdehandschuh aufzunehmen, den Desmond ihm zugeworfen hatte. Er und Desmond waren zwar die besten Freunde, was aber nichts daran änderte, dass ihre Meinungen über die Rolle der Jägerin weit auseinander gingen. »Sie ist sehr gut, weißt du.«

»Ja, und ich bin mir auch sicher, dass du sie gut trainierst, solange dir noch Zeit dafür bleibt.«

Giles kratzte sich etwas unbehaglich im Nacken, denn er wusste, dass Desmond darauf anspielte, wie wenig Zeit einem Wächter manchmal für seine Aufgabe blieb. Er wusste, dass Desmond es nie verkraftet hatte, dass sein eigener Jäger, den er über viele Jahre ausgebildet hatte, gestorben war, bevor er die Gelegenheit gehabt hatte, die Ausbildung, die ihm Desmond gegeben hatte, zu nutzen.

»Die Forschungsergebnisse in dieser Sache sind ziemlich interessant.« Giles wechselte das Thema in der Hoffnung, das Gespräch wieder in positivere Bahnen zu lenken.

»Feen sind, wie du weißt, unserer Gruppe nicht ganz unbekannt.«

»Ja, dessen bin ich mir bewusst.«

»Hast du jemals eigene Erfahrungen mit ihnen gemacht?«

»Nein.« Giles hatte schon die unterschiedlichsten Erfahrungen gemacht und nicht immer waren sie von seinen Mentoren geduldet worden. Das große Wissen, über das er verfügte, führte zuweilen zu einer gewissen Eigenmächtigkeit.

»Du wirst es sicher bald selber herausfinden. Die meisten Feen sind ziemlich hinterhältig. Sie lügen. Sie stehlen. Und einige schrecken selbst vor Mord nicht zurück.«

»So wie die, mit denen wir es jetzt zu tun haben.«

»Genau. Obwohl diese Gattung eigentlich nicht in dein Ressort fällt.«

»Darüber können wir immer noch entscheiden«, antwortete Giles. »Denn ihre Aktivitäten haben auf jeden Fall jemandem in Buffys Umfeld geschadet.«

»Mein Ratschlag in dieser Sache wäre, sich auf jeden Fall von ihnen fernzuhalten. Diese Elfen sind von einer sehr gefährlichen Sorte, mein Freund, und sie können dir auf lange Sicht sehr viel Kummer und Sorgen bereiten.«

»Das ist mir klar«, erwiderte Giles ungeduldig. Es verärgerte ihn ein bisschen, dass Desmond so lange um das Wesentliche herumredete. »Ich werde mir deinen Ratschlag auf jeden Fall zu Herzen nehmen.«

»Das wird dir gewiss von Nutzen sein. Vielleicht sollten wir jetzt zu den Feen in deinem speziellen Fall kommen, was meinst du?«

»Ja.«

»Die Schriften, die du auf der Ausgrabung gefunden hast, stammen von einem russischen Trapper, der einen Pelzhandelsposten im Nordwesten der Vereinigten Staaten hatte. Er entdeckte als Erster die Laterne, als sie hier auftauchte, und erfuhr von der Geschichte, die mit ihr zusammenhängt.«

»Was für eine Laterne?«, fragte Giles.

»Einige dieser Dinge werden in den Schriften nur angedeutet und nicht ausführlich erklärt, denn der Russe, der sie geschrieben hat, war offensichtlich selber nicht in alles eingeweiht. Du musst wissen, dass er selber unter Indianern lebte und für die russischen Händler an der ganzen nordwestlichen Pazifikküste Pelze kaufte und verkaufte. Er war auch Pelzjäger und stellte selber Fallen auf und manchmal reiste er mit seinen Leuten bis nach San Francisco hinunter, wenn die Wege in den Norden nicht passierbar waren. Dimitri, so heißt der Mann, der diese Schriften verfasst hat, kam nur wenige Jahre nach dem Goldrausch in *Sutter's Mill* nach San Francisco.«

Giles machte sich Notizen als Gedächtnisstütze. Eigentlich waren es eher unleserliche Ameisenfüße.

»In San Francisco entdeckte Dimitri die Laterne in einer Spelunke, wo sie von der Decke hing«, fuhr Desmond fort. »Er wusste zunächst nicht, was sie bedeutete, aber nachdem er sie sich genauer angesehen hatte, wusste er, dass sie aus Russland kam.«

»Nur aufgrund ihres Aussehens?«, fragte Giles. »Ich denke doch, dass das etwas weit hergeholt ist.«

»Nein, aufgrund ihrer Beschriftung«, antwortete Desmond. »Die Worte waren in russischer Schrift geschrieben. Der Besitzer der Spelunke hatte sie dekorativ gefunden und einige Kopien von ihr anfertigen lassen. Die Zeiten während des Goldrauschs waren verschwenderisch, vergiss das nicht. Als Dimitri las, was auf der Laterne stand, stand für ihn fest, dass er die echte Laterne finden musste. An diesem Punkt der Geschichte müssen wir in der Zeit noch weiter zurückgehen.«

Willow behielt trotz der Angst, die das Auftauchen der Elfen in ihr auslöste, einen kühlen Kopf, nur ihr Herz pochte heftig.

»Duck dich!«, rief Oz an ihrer Seite. Während er neben ihr herlief, kämpfte er sich aus seiner Jacke heraus. Dann drehte er sich blitzschnell um, holte mit der Jacke nach oben aus und versuchte nach einem etwa einen halben Meter großen Elf zu fischen, der mit seiner kleine Steinaxt bedrohlich nach Willow hieb.

Die Jacke verfehlte ihr Ziel nicht und das fliegende Wesen verwickelte sich darin. Es stürzte zu Boden und gab mit quiekender Stimme Flüche von sich, während es mit seinen kleinen Händen und Füßen unter der Jacke herumstrampelte.

Ein Schwarm von winzigen Pfeilen schwirrte plötzlich durch die Luft. Ohne stehen zu bleiben, zog Willow den Kopf ein und schützte ihn mit ihren Händen. Oz hielt sich an ihrer Seite. Die scharfen Pfeile zischten in den Boden und blieben im Asphalt stecken. Willow rannte durch sie hindurch und spürte, wie die zarten Pfeile bei der leisesten Berührung zerbrachen.

»Willow!«, rief eines der Wesen hinter ihr her.

Sie reagierte nicht darauf, sondern warf einen Blick zur Seite, um sich zu vergewissern, dass Oz immer noch bei ihr war. Nur noch wenige Meter trennten sie von dem Bus, als sie sah, wie Oz von einem der Pfeile in den Nacken getroffen wurde, wo er vibrierend stecken blieb. Fast im gleichen Augenblick stolperte Oz über einen der Elfen, der zwischen seine Füße geflogen war, und fiel vornüber.

»Oz!« Willow blieb stehen und drehte sich zu ihm um. Die Feenwesen schwebten über ihr wie ein dichter Bienenschwarm, während das Mondlicht silbern glitzerte. Sie packte Oz' Arm und spürte, wie er nur so um sich schlug und trat. »Oz!«

»Lauf!«, befahl er ihr mit schwacher Stimme. »Sieh zu, dass du hier wegkommst!« Er versuchte auf die Beine zu kommen, aber es gelang ihm nicht. Er brach wieder zusammen.

Willow zerrte verzweifelt an seinem Arm. Sie würde ihn hier unter keinen Umständen alleine zurücklassen. Er würde sie auch niemals alleine lassen. Oz sah zu ihr auf und versuchte seinen Arm aus ihrem Griff zu befreien, aber er war bereits zu schwach.

Plötzlich verdrehte er die Augen, sein Kopf fiel nach hinten und sein Körper wurde steif und schwer.

Willow konnte nicht feststellen, ob er noch atmete. Sie rief verzweifelt seinen Namen und versuchte ihn in Richtung Auto zu zerren, aber sie war zu schwach, um ihn mehr als ein paar Zentimeter über den Boden zu schleifen. Die Elfen holten sie ein und umzingelten sie. Die Luft war erfüllt von dem Summen ihrer Flügel, die ständig in Bewegung waren.

»*Du musst mit uns kommen, Willow*«, sagte der Elf vor ihr.

»Nein. Lasst mich in Frieden.« Sie ließ Oz immer noch nicht los und versuchte weiter, mit aller Kraft an ihm zu ziehen. Sein regungsloser Körper wog schwer und bewegte sich nur zentimeterweise.

»*Willst du denn die Kinder nicht retten?*«, fragte der Elf sie.

»Ihr würdet das sowieso nicht zulassen«, erwiderte Willow resigniert. *Oz, Oz, bitte komm wieder zu dir. Bitte wach auf.*

»*Du kannst nicht fortgehen, Willow. Du wirst den Wald retten. Du wirst uns retten.*« Der Elf griff in seine Tasche und warf eine Handvoll glitzernden Feenstaub in ihr Gesicht.

Willow wehrte sich dagegen und versuchte den Staub nicht einzuatmen. Aber der Staub fiel auf ihre Augen und wurde von ihrer Haut aufgesogen. Eine bleischwere Müdigkeit nahm ihr die Sinne und sickerte in weiten Kreisen immer tiefer in ihr Gehirn. Sie sah noch, wie der Asphalt plötzlich rasend schnell auf sie zukam, doch den Aufprall spürte sie schon nicht mehr.

»Die echte Laterne ist in Russland hergestellt worden«, hörte Giles Desmond sagen. »Ich habe diese Geschichte von einem Kollegen aus meinem Zirkel erfahren. Er hat die Geschichte übersetzt und hatte die Gelegenheit, Nachforschungen darüber anstellen zu können. Eine namhafte russische Familie, die zum Adel gehörte, war beim Zaren und beim Hof in Ungnade gefallen, weil sie an einem Umsturzversuch beteiligt war, und musste nach St. Petersburg fliehen, um der Todesstrafe zu entgehen.«

»Nicht gerade ein alltägliches Familienereignis«, bemerkte Giles trocken.

»Sicher nicht«, bestätigte Desmond. »Diese Familie hatte angeblich ihren Reichtum und ihre Macht einem Domovoi zu verdanken. Die Legende besagt, dass einstmals einer der Patriarchen der Familie einem Elfenkönig mit Namen Elanaloral geholfen und damit seine ewige Dankbarkeit gewonnen hatte.«

»Und worin äußerte sich seine Dankbarkeit?«

»In einer der Legenden, auf die ich bei meinen eigenen Nachforschungen stieß, heißt es, dass Elanaloral seinen eigenen Aufstieg an die Spitze des Elfenreiches der Familie zu verdanken hatte, die ihm geholfen hatte, seine Rivalen zu bekämpfen. Der Elfenkönig nutzte seine eigene Macht, um der Familie und allen ihr folgenden Generationen Reichtum und Macht zu verleihen. Man sagt, dass wenn sich das Oberhaupt der Familie auf Elanaloral verlassen hätte, er zum Zar von Russland hätte werden können. Wie auch immer, der Mann konnte es nicht erwarten. Es genügte ihm nicht, die nachfolgende Generation seiner Familie an der Macht zu sehen. Er wurde zu ehrgeizig und versuchte einen Staatsstreich auszuführen. Er wurde zum Tode verurteilt und konnte trotz der Hilfe der Elfen nur knapp dem Tode entkommen. Die Soldaten des Zaren verfolgten ihn bis an die Küste, wo er für sich und seine Familie Schiffspassagen für eine Überfahrt zu den neuen Kolonien gekauft hatte.«

»Nach Kalifornien?«

»Man glaubt, dass das ursprüngliche Ziel der Familie Alaska war. Dort breiteten sich auf Grund des Pelzhandels immer mehr russische Siedlungen aus. Die Familie nahm Elanaloral und sein ganzes Gefolge mit sich, denn sie konnten es nicht riskieren, dass der Domovoi entdeckt wurde. Sie waren tagelang auf der Flucht, mussten sich verstecken und manchmal auch um ihr Leben kämpfen, bis sie die Küste und das rettende Schiff erreichten. Als sie sich endlich auf dem sicheren Schiff befanden, wurden König Elanaloral und sein Gefolge in eine Laterne gesperrt, die es ihnen leichter machte, die Reise zu überstehen.«

»Und das ist die Laterne, die Dimitri in der Spelunke in San Francisco gefunden hat.«

»Genau. Der Mann hatte also Tickets für sich und seine Familie gekauft und das Schiff stach in See. Unglücklicherweise kam das Schiff, wie so oft in diesen Zeiten, nicht an. Es sank in einem schweren Sturm irgendwo vor der kalifornischen Küste. Als Dimitri mit dem Besitzer des Wirtshauses sprach, erfuhr er, dass die Laterne als eines der wenigen übrig gebliebenen Stücke aus dem Schiffswrack geborgen werden konnte, das ein paar Jahre zuvor an der Küste nahe der Stadt angeschwemmt wurde. Normalerweise werden Metalle von salzigem Meerwasser zerfressen und von anderen Elementen zerstört, aber Platin und Gold überstehen so was unbeschadet.«

»Und dieser Spelunkenbesitzer hatte nicht erkannt, dass die Laterne aus Gold war?«, fragte Giles.

»Sie war aus Platin«, stellte Desmond richtig. »Und der Besitzer der Spelunke dachte anscheinend, dass sie aus Silber war, was in einem Land mit so vielen Goldminen als nahezu wertlos galt. Nachdem er die Geschichte über die Laterne erfahren hatte, war sich Dimitri sicher, dass dies die Laterne aus den Legenden sein musste.«

»Warum interessierte er sich so für diese Laterne?«

»Sie sollte angeblich besondere Kräfte besitzen«, erklärte Desmond. »Man sagt, dass sie Krankheiten bekämpfen und große Macht verleihen konnte. Alles Dinge, nach denen die Menschen in der damaligen Zeit gesucht haben.«

»Und heute eigentlich auch noch«, warf Giles ein. Diese Laterne ließ ihn nichts Gutes ahnen. »Also, was war denn nun in der Laterne?«

»Darüber weiß man nichts. Vielleicht ein Paralelluniversum in Taschenformat. Vielleicht aber auch gar nichts. Was auch immer es war, fest steht, dass es den Elfenkönig und seine Untertanen, die darin gefangen waren, nach einer Weile ziemlich verrückt machte.«

»Verrückt?« Giles hatte ein ungutes Gefühl in der Magengegend.

Buffy durchbrach das Gestrüpp, dicht gefolgt von Angel. Sie hatten erst gar nicht versucht, leise zu sein. Sie waren einfach in die Richtung losgestürmt, aus der Willows Schrei, der erst vor einigen Sekunden verhallt war, zu kommen schien. Buffy wandte sich nach links und erkannte Oz' Bus, der mitten auf der Straße stand. Vor dem Bus auf dem Boden lag Oz mit ausgebreiteten Armen und Beinen, über ihm eine kleine Wolke aus Seifenblasen.

»Oz!«, schrie Buffy. Sie lief auf ihn zu und warf dabei hastige Blicke um sich. Willow war nirgendwo zu sehen.

Die Formation von flimmernden Seifenblasen brach auseinander. Sie formten eine Ranke, die sich auf Buffy zubewegte. Als sie sich näherte, erkannte Buffy, dass das Glitzern von transparenten Flügeln herrührte. Sie sah auch die winzigen Waffen, die die Seifenblasen trugen und die das Mondlicht funkelnd reflektierten. Sie rief Angel eine Warnung zu und nahm Verteidigungsposition ein.

Der anführende Elf trug ein kleines, aber unglaublich scharfes Schwert, das er auf Buffy richtete. Die Klinge sauste knapp an ihrem Kopf vorbei.

Sie duckte sich unter dem Schwertstreich und traf den Elfen mit einem blitzschnellen Tritt, als sie sich wieder aufrichtete. Das Wesen flog hinten über und seine Flügel flatterten hektisch in der Luft, während Buffy nach zwei weiteren Elfen trat, die auf sie zukamen.

Nur wenige Schritte von ihr entfernt war Angel in Aktion. Sowohl mit den langen Enden seines Mantels als auch mit seinen Händen kämpfte er unermüdlich gegen die fliegenden Elfen an. Sie kreischten und quiekten mit ihren hohen Stimmen, schlugen wild mit ihren Flügeln um sich und versuchten ständig einen neuen Angriffspunkt zu finden.

Buffy bemerkte, dass es für sie leichter war, gegen eine ganze Gruppe von Elfen zu kämpfen als gegen jeden Elf einzeln. In der Gruppe bewegten sie sich ungeschickt und nahmen sich gegenseitig Platz weg. Endlich erreichte sie Oz und versuchte ihn zu schützen. Dabei fiel ihr Blick auf den Pfeil in seinem Nacken.

Ein Pfeil schwirrte durch die Luft, pfiff seitlich durch ihr Haar und verfehlte ihr Gesicht nur knapp. Sie machte einen Ausfallschritt, trat, traf und setzte ihren Fuß auf den Elf. Er schrie vor Schmerz und wand sich ein paar Mal auf dem Asphalt hin und her, bevor er wieder imstande war, zu fliegen.

Sie versuchte sich an alles zu erinnern, was Willow und Giles an jenem Morgen über die Elfen gesagt hatten, und suchte nach einer Schwäche, die sie im Kampf gegen diese Wesen ausnutzen konnte. Ihr fiel ein, dass Giles von Eisen gesprochen hatte. Gut zu wissen, aber sie hatte leider keins dabei. Sie kämpfte weiter und versuchte die Elfen von Oz fernzu-halten.

Eines der Wesen griff in einen kleinen Ledersack an seiner Seite. Er flog dicht an sie heran und warf eine Handvoll schimmernden Staub nach ihr. Buffy trat zurück und wich dem Feenstaub aus, indem sie einen Salto rückwärts machte und gleichzeitig zwei weitere Elfen mit geziel-ten Tritten zu Boden schickte. Sie atmete tief, um Sauerstoff in ihre Lun-gen zu pumpen. Angel brauchte sie vor dem Staub nicht zu warnen, da er ohnehin nicht atmete.

Die Elfen zogen sich etwas zurück. Sie schienen vorsichtiger gewor-den zu sein. Sie formierten sich neu und ließen dabei mehr Platz zwi-schen sich. Ein weiteres Dutzend schwirrte aus Angels Richtung hinzu. Keiner von ihnen hatte auch nur die geringste Verletzung davongetra-gen. Jeder Elf, der getroffen worden war, hatte sich in kürzester Zeit wie-der erholt.

Vier Pfeile zischten auf Buffy zu. Sie warf sich zur Seite und rannte auf das Gebüsch zu. Sie vollführte einen weiteren Überschlag und suchte dann Schutz im Unterholz. Ihre Augen wanderten über den Boden und sie fand ein paar Steine, die genau die richtige Größe zu haben schienen. Sie sammelte sie mit ihrer linken Hand auf und trat dann wieder aus dem Gestrüpp hervor, während die Elfen nervös umherschwirrten.

Sie warf die Steine wie Wurfsterne und schleuderte sie mit geradezu unheimlicher Zielsicherheit auf die Elfen, die durch den heftigen Auf-prall rückwärts geschleudert wurden. Plötzlich rief einer der Elfen die anderen zum Rückzug auf. In wahren Massen erhoben sie sich flatternd in die Lüfte und flogen davon.

Buffy setzte zur Verfolgung an und war verzweifelt bemüht, nicht zu weit zurückzufallen. Sie hatte Willow nirgendwo erblicken können, wusste aber ganz genau, dass sie zusammen mit Oz unterwegs gewesen war. Er hätte sie niemals alleine gelassen. Aber noch nicht einmal die Schnelligkeit der Jägerin half ihr, mit den Elfen, die in Sekundenschnelle verschwunden waren, mitzuhalten. Sie drehte sich um und sah Angel dicht hinter sich.

»Sie sind davongekommen«, sagte sie angewidert.

»Sie werden nicht weit kommen«, tröstete Angel sie. »Wir werden sie finden und wir werden Willow finden.«

Buffy nickte und ging dann den Weg zur Straße zurück. Sie kniete sich neben Oz auf den Boden und rollte ihn vorsichtig auf den Rücken.

Er blinzelte mit den Augen und sah zu ihr auf. »Willow«, brachte er mühsam hervor und seine Augen nahmen einen sorgenvollen Aus-druck an.

Buffy zögerte, weil sie Oz die schlechten Nachrichten nicht gerade jetzt mitteilen wollte.

»Die Elfen haben sie mitgenommen«, sagte Angel sanft und legte eine Hand auf Oz' Schulter. »Aber wir werden sie zurückbringen.«

Oz nickte schwach. »Sie sagte, sie hätte das Baby wiedergesehen, Tad. Deshalb haben wir angehalten.«

»Es wird alles gut werden«, versprach Buffy. »Wir rufen Giles und Xander an und dann werden wir uns an die Verfolgung machen. Jetzt brauchen wir erst mal ein Telefon.« Sie half ihm auf die Beine.

14

»Die Elfen wurden verrückt?«, wiederholte Giles und unterstrich das Wort auf seinem Notizblock. »Verrückt im Sinne von wahnsinnig?«

»Dimitri zufolge im Sinne von total wahnsinnig«, antwortete Desmond. »Dem Russen gelang es, die echte Laterne ausfindig zu machen, sie aus der Spelunke zu stehlen und mit ihr zu fliehen. Der Besitzer hatte sie ihm nämlich nicht verkaufen wollen.«

»Und wie kam Dimitri dann nach Sunnydale?«

»Er kannte einen der hier ansässigen Indianerstämme, und zwar genau den, dessen Fischerdorf gerade von dem archäologischen Team freigelegt wird«, erwiderte Desmond. »Dimitri hatte schon vor seinen Handelsreisen bei ihnen gelebt und wurde von ihnen willkommen geheißen. Während er bei ihnen blieb, gelang es ihm, das Rätsel der Laterne zu lösen und den Bann, der die Elfen in der Laterne gefangen hielt, zu brechen.«

»Hat er sie befreit?«

»Nur einige von ihnen«, sagte Desmond. »Wie viele genau wird in der Geschichte nicht erwähnt, auf alle Fälle genug, um Dimitri davon zu überzeugen, dass sie unberechenbar waren. Wie viele auch immer, jedenfalls machten sich die freigelassenen Elfen auf die Suche nach anderen übernatürlichen Wesen in diesen Wäldern, die ihnen helfen sollten, den Rest ihrer Truppe aus der Laterne zu befreien. Und trafen dabei auf die Vampire. Da die Elfen ihr Vertrauen in die Menschen verloren hatten, schlossen sie einen Pakt mit den Vampiren in dieser Gegend. Im Gegenzug beschützten die Elfen die Vampire und hielten Gefahr von ihnen fern. Wenn ein beschützter Vampir gepfählt wurde, sammelten die Elfen seinen Staub auf und erweckten ihn kraft ihrer Magie wieder zum Leben. Dann passierte das, was immer geschieht, wenn jemand zu leicht zu Macht kommt ...«

»Die Vampire wollten mehr«, mutmaßte Giles.

»Und die befreiten Elfen auch. Sie griffen das Indianerdorf an und versuchten die Laterne zu erobern, um den Rest ihres Volkes zu befreien.

Auch die Vampire kämpften gegen die Indianer, jedoch ohne durchschlagenden Erfolg. Nun hatte der Angriff auf sein Volk das Interesse des Häuptlings an der Laterne geweckt. Zwar hatte er Dimitri versprochen, auf sie aufzupassen, doch als er mit ansehen musste, wie seine Stammesbrüder von den Vampiren getötet wurden, brachte der Häuptling die Laterne in seinen Besitz. Unsere Aufzeichnungen enden hier, aber sie lassen vermuten, dass sich die Laterne auf der Ausgrabung befindet.«

»Was geschah mit Dimitri?«

»Er wurde für den Angriff auf den Stamm verantwortlich gemacht«, erzählte Desmond. »Sie vertrieben ihn aus ihrem Lager. Nachdem der Häuptling entdeckt hatte, dass sie in der Laterne eingesperrt waren, schloss er ein Bündnis mit König Elanaloral. Als Gegenleistung dafür, dass der Häuptling das Elfenvolk vom Bann der Laterne befreite, versprach der Elfenkönig, die Indianer und ihren Wald zu beschützen.«

»Aber die Indianer wurden getötet!«

»Letztendlich schon«, stimmte Desmond zu. »Aber bei den ersten Ausgrabungen der Archäologen scheint alles darauf hinzudeuten, dass die Bevölkerung des Stammes durch interne Fehden dezimiert wurde und einer Seuche zum Opfer fiel.«

Giles blätterte in seinen Notizen, zurück zu den Aufzeichnungen, die er sich zu Willows Bericht über die Entführung des Campbell-Babys gemacht hatte. »Was ist ein Erdstein und welche Bedeutung hat er?«

»Ah, der Erdstein!«, rief Desmond aus. »Und genau hier beginnt die ganze Geschichte noch spannender zu werden.«

Die Leichtigkeit, mit der Hutch durch das Sicherheitssystem von Gallivans Computernetzwerk glitt, erstaunte Xander. Er blickte seinem Freund über die Schulter und lauschte dem Rhythmus, den Hutch auf die Tastatur hämmerte.

Zahllose Namen, Nummern und Videos glitten über den Bildschirm. Die Abstände zwischen den verschiedenen Sites innerhalb des Systems wurden nach jeder Eingabe länger, weil das Schutzprogramm ablief. Und Xander fühlte sich bei jeder Eingabe unwohler.

»Wonach suchst du?«, fragte er im Flüsterton.

Hutchs Finger waren pausenlos in Bewegung. »Nach nichts Bestimmtem.«

»Du machst aber ganz so den Eindruck.«

Hutch grinste. »Und wonach würdest du suchen, wenn du hier sitzen würdest?«

»Vielleicht nach einer Liste mit den Namen der Babies, die vermisst werden«, erwiderte Xander schulterzuckend. »Nach Informationen darüber, ob Gallivans Leute bei ihrer Suche nach den Kindern schon etwas herausgefunden haben.«

»Die Liste mit den Namen der Babies habe ich bereits auf Diskette gespeichert. Und jetzt durchbreche ich gerade das Sicherheitsprogramm. Ich knacke den Code für das Suchprogramm.«

Xander sah ihm fasziniert zu. Bildschirmseiten flogen nur so vorbei. Ab und an konnte er ein Wort oder sogar einen ganzen Satz entziffern. Sein sechster Sinn, der ihn stets warnte, wenn Gefahr im Verzug war, gab erste Signale von sich. Das Warnzeichen war nicht so stark wie bei der Begegnung mit einem Vampir, wenn Kampf- oder Fluchtinstinkte freigesetzt wurden, aber deutlich genug, um es nicht zu ignorieren.

»Sie haben den Wald abgesucht«, riss ihn Hutch aus seinen Gedanken. »Ich rufe gerade die topographischen Karten und Luftaufnahmen auf.«

»Gallivans Leute suchen im Park nach den Kindern?«, fragte Xander.

»Yep. Sie suchen dort nach den vermissten Kindern – und anderen Dingen.«

»Was für andere Dinge?«

»Höhlen. Tunnel. Stätten früherer Kulturen«, erwiderte Hutch.

»Wie das indianische Dorf zum Beispiel?«

»Ja.« Ein besorgter Gesichtsausdruck zeigte sich plötzlich auf Hutchs Gesicht. »Die Laterne! Sie suchen nach der Laterne!«

»Was für eine Laterne?«, fragte Xander erstaunt.

Hutch schien für einen Moment zu zögern, dann schüttelte er den Kopf. »Ich weiß es nicht. Hier ist nur eine Laterne erwähnt.«

»Warum sollte sich Gallivan für so etwas interessieren?«

»Davon steht hier nichts. Vielleicht fragst du ihn mal.«

»Alles klar.«

Plötzlich wurde der ganze Bildschirm schwarz. »Das Sysop hat mich entdeckt«, erklärte Hutch und begann noch schneller auf die Tastatur einzuhämmern. »Es versucht mich rauszuschmeißen.«

»Dann lass uns verschwinden«, schlug Xander vor. »Wir haben für den Anfang genug gefunden. Wir wissen jetzt schon einiges mehr als vorher.«

»Nein«, erwiderte Hutch. »Da ist noch eine Kleinigkeit, die ich wissen muss. Der Ort muss angegeben sein. Da bin ich mir ganz sicher.«

»Was für ein Ort?« Xander war schon ganz unruhig. »Komm schon, Hutch, wenn Gallivans Computer-Sicherheitssystem uns entdeckt hat, sollten wir schleunigst die Düse machen.«

»Da ist er!« Hutch hämmerte mit Höllengeschwindigkeit auf die Tastatur ein. Plötzlich wurde der Bildschirm wieder hell und eine Reihe verschiedener Karten war zu sehen. Hutch grinste breit. »Yeah! Ich habs!«

»Du hast was?«

»Das, wonach ich gesucht habe, Xander!«

»Vielleicht habe ich da ja was falsch verstanden, Hutch«, sagte Xander, der einen vorsichtigen Blick aus der Tür geworfen hatte, »aber ich war der Meinung, dass das hier ein Gemeinschaftsprojekt ist.«

»Ist es ja auch«, bekräftigte Hutch. »Nur dass einige Teile gemeinschaftlicher sind als andere.« Er drückte auf die Eject-Taste des Diskettenlaufwerks und der Computer spuckte die Diskette aus. Er fing sie in seiner Handinnenfläche auf und ließ sie in die Brusttasche seines Hemdes gleiten. »Dann lass uns düsen.« Er lief an Xander vorbei auf die Türe des Büros zu.

Xander starrte auf die Datei, die Hutch markiert hatte. Blitzschnell schob er eine andere Diskette in das Laufwerk und kopierte die Datei. Der Vorgang dauerte nur ein paar Sekunden. Er ließ die Diskette herausfahren und rannte hinter Hutch her. Genau in diesem Augenblick flackerte der Lichtschein einer Taschenlampe im Dunkel des Flurs auf. Hutch, alter Freund, dein Interesse an der ganzen Sache scheint weit über die Hacker-Nummer hinauszugehen. Höchste Zeit herauszufinden, worum es hier geht.

Xander stopfte die Diskette in seine Hosentasche und beeilte sich, Hutch einzuholen. Irgendwo in der Dunkelheit knackte ein Walkie-Talkie und hallte im Flur wider.

Hutch blieb an der Tür stehen und spähte hinaus. Xander hielt sich an seiner Seite und sah ebenfalls auf den Flur hinaus. Er entdeckte zwei Security-Typen mit brennenden Taschenlampen, die sich von beiden Seiten des Flurs näherten und sämtliche Türen aufrissen. Bevor er den Kopf zurückziehen konnte, hatte ihn ein Lichtstrahl erfasst und er blieb wie angewurzelt stehen.

»Da!«, schrie der Wächter.

»Hey, du«, brüllte der andere. »Stopp!«

Na, das war ja ein toller Vorschlag, dachte Xander bei sich. *Niemals!* Er warf sich nach vorne, um dem Strahl der Taschenlampe zu entkommen, und rannte durch den Flur. Hutch war dicht vor ihm und lief so schnell ihn seine Beine trugen.

»Beeil dich«, rief Hutch ihm zu. Er raste zum Treppenhaus und riss die Tür auf. Hutch gelang es, als Erster die Treppen hinter sich zu bringen, während Xander auf einem der Treppenabsätze gegen die Wand prallte und wertvolle Sekunden verlor.

Jeder Atemzug brannte in seiner Kehle. Hutch war zwar um einige

Kilo schwerer als er, dennoch fiel Xander immer weiter hinter ihm zurück. In diesem Moment schlug der Alarm an und hallte heulend im ganzen Treppenhaus wider.

Auf der ersten Etage rannte Hutch durch den Eingang zum Treppenhaus in den Flur zurück – und mitten in den Lichtschein von Taschenlampen, die weitere Wächter auf ihn gerichtet hielten. Er bremste jäh und Xander warf sich zurück ins Treppenhaus. Er konnte es sich gerade noch verkneifen, Hutchs Namen auszurufen. Mann, wie hatte er sich nur zur dieser Sache überreden lassen können? Geschnappt zu werden war das absolut Letzte!

Trotz zunehmender Nervosität versuchte Xander sich still zu verhalten. Er hörte, wie die Wächter die Treppe herunterpolterten und ihre Schritte immer näher kamen. Zögernd entfernte er sich von der Tür, konnte aber dennoch beobachten, was auf dem Gang geschah.

Hutch erstarrte mitten in seinem Lauf, als ihm der Wächter befahl, sich nicht zu bewegen. Dann täuschte er eine Bewegung nach links vor, der der Wächter folgte, um ihm den Weg aus der Tür zu versperren. Doch Hutch warf sich jäh nach rechts, ließ die Tür los und verschwand im Dunkeln, außerhalb der Sichtweite des Wächters.

Der Nachtwächter richtete seine Taschenlampe auf den Punkt, wo Hutch eben noch gestanden hatte. Er schien wie vom Boden verschluckt.

Xander traute seinen Augen nicht. Er ließ seinen Blick umherschweifen, fand aber nirgendwo auch nur die geringste Spur seines Freundes. Für einen Moment war er wie erstarrt und lauschte den Wächtern, die über ihre Walkie-Talkies miteinander sprachen. Dann schlug die Treppenhaustür zu. Xander duckte sich und sprintete die restlichen Stufen hinunter, bis er die Tiefgarage erreicht hatte.

Er duckte sich zwischen den parkenden Autos und rannte dann in Richtung Ausgang, wo er dem Parkwächter lässig zuwinkte.

Draußen angekommen, fiel sein Blick auf den kleinen Kiosk auf der anderen Seite der Straße. Er setzte in dem Moment zum Sprint an, als einer der Nachtwächter aus dem Haupteingang des Gebäudes kam. Xander platzte in den Laden und stürzte auf den öffentlichen Fernsprecher. Er rief Buffy an, musste aber von ihrer Mutter erfahren, dass sie nicht zu Hause war. Bei Giles sprang der Anrufbeantworter an.

Er versuchte es bei Cordelia zu Hause. Sie war gerade auf dem Weg nach draußen. »Hey, Cordelia, ich bin es, Xander.«

»Wo hast du gesteckt?«, fragte sie ihn vorwurfsvoll. »Buffy hat mich gerade angerufen. Willow ist von den Elfen entführt worden. Ich bin gerade auf dem Weg zum Park.«

Die Nachricht traf Xander wie ein Schlag in die Magengrube. Er starrte auf die Reihen von Chips, Erdnüssen und Süßigkeiten und versuchte sich weiterhin so zu verhalten, als wenn alles in bester Ordnung wäre. »Ich brauche jemand, der mich abholt«, brachte er heraus. »Ich stecke fest.« Er nahm die Diskette aus seiner Hosentasche und starrte darauf. »Und wir müssen bei Willow vorbeifahren, um ihren Laptop mitzunehmen. Ich glaube, ich habe ein weiteres Stück in unserem Puzzle gefunden.«

Und Hutchs unerklärliches Verschwinden im Treppenhaus des Bürogebäudes fügte dem Ganzen noch ein fehlendes Stück hinzu. Unnatürlich lange Finger, ein unersättlicher Appetit und ein bösartiger Humor. Es konnte gar nicht anders sein!

»Giles ist da.« Oz, der hinter dem Lenkrad seines Busses saß, deutete durch das Heckfenster des Busses nach draußen.

Buffy sah auf die Straße und bemerkte das kleine Auto des Wächters, das an der Ecke mit dem 24-Stunden-Kiosk geparkt war. Sie hatten vereinbart, sich an dieser Ecke, die nur ein paar Straßen vom Park entfernt war, zu treffen. Sie wollten erst einen Plan für das weitere Vorgehen entwerfen, bevor sie in den Park zurückkehrten.

Oz drehte das Lenkrad und fuhr auf den Parkplatz, wo er nur knapp einen hippen Geländewagen verfehlte, der so gar nicht zum Stil des Viertels passte. Er bremste abrupt und mit quietschenden Reifen.

Buffy kletterte nach hinten in den Bus, um die Waffen, die sie für diese Nacht ausgewählt hatte, zusammenzusuchen.

Giles sah sie durch das Fenster und kam sofort zu ihr herüber. Er trug eine abgewetzte Ledertasche unter dem Arm und sah sehr ernst, fast grimmig aus.

»Buffy«, begrüßte er sie. »Xander und Cordelia sind auch gerade eingetroffen. Ich habe die Befürchtung, dass die ganze Angelegenheit sehr viel ernster ist, als ich zuerst angenommen habe.«

Buffy warf sich ihre Segeltuchtasche über die Schulter und erblickte Xander und Cordelia, die eilig auf sie zukamen.

»Okay«, sagte sie und holte tief Luft. »Sag mir, wie ernst es ist, und zwar auf einer Skala von eins bis zehn. Wobei eins bedeutet, das gleiche Abschlussballkleid zu tragen wie ein Dutzend anderer Mädchen und zehn nach einer missglückten Schönheitsoperation so auszusehen, als wenn du bei *Twilight Zone* mitspielen möchtest.«

»Ich habe das Dokument, das wir auf der Ausgrabung gefunden haben, übersetzen und analysieren lassen«, erklärte Giles hastig. »Wir haben es in der Tat mit Elfen zu tun!«

»Giles, sie haben Flügel, ein schlechtes Benehmen, werfen mit Schlafsand und kämpfen mit mikrowinzigen Waffen. Selbst Timmy würde mit ihnen fertig werden, und zwar ohne dass Lassie ihm vorbellt, wie.«

»Es handelt sich hier um eine besondere Gattung.« In seiner britischen Art blieb Giles vollkommen ungerührt. »Es sind russische Domovoi. Wir können auf dem Weg in den Park darüber sprechen, was ich herausgefunden habe. Wir nehmen Oz' Bus.«

Willow erwachte mit einem bohrenden Kopfschmerz. Er pulsierte in ihren Schläfen und ein kalter klammer Schweiß bedeckte ihren Körper. Sie vernahm um sich herum Geräusche wie von flatternden Flügeln und öffnete vorsichtig die Augen.

Sie lag auf dem Boden einer finsteren Höhle, von deren Decke unzählige Fledermäuse herabhingen. Einige von ihnen hatten ihre Mäuler weit aufgerissen und starrten Willow mit gierigen Augen an.

Okay, das war nicht gerade der Ort ihrer Träume. Es kostete sie einige Anstrengung, ruhig zu bleiben. Innerlich zitterte sie vor Angst, möglichst keine Aufmerksamkeit auf sich zu lenken.

Sie versuchte die Höhle aus den Augenwinkeln zu betrachten, ohne ihren Kopf zu bewegen. Sie entdeckte etwa ein Dutzend Elfen, die durch die Höhle eilten. Sie konnte nicht erkennen, wie groß die Höhle war, aber sie vermutete, dass sie riesige Ausmaße hatte. Sie wirkte größtenteils wie von der Außenwelt unberührt, bis auf einige Spuren an den Wänden, die von irgendwelchen Werkzeugen herrührten. Zu ihrer Linken führte eine Tür, die so klein war, als wäre sie für Kinder gemacht, in eine weitere Höhle.

Die Elfen schwirrten durch die Dunkelheit und entzündeten Kerzen, die auf dafür vorgesehenen Vorsprüngen in der Felswand steckten. Die aromatisierten Kerzen, die die Luft mit einem schweren Duft erfüllten, tauchten die Höhle in ein sanftes goldenes Licht. Das leise Murmeln der Elfen bildete einen Klangteppich, der durch den Raum schwebte.

Ein Summen ertönte dicht über Willows Kopf. Sie schloss fest die Augen und versuchte so ruhig zu atmen, als wenn sie schliefe.

»*Es ist sinnlos, Willow*«, ertönte eine unheimliche Stimme. »*Wir wissen genau, wann du schläfst und wann du wach bist.*« Kalte, spitze Krallen fuhren über ihre Wangen. »*Du musst aufstehen. Wir haben lange genug auf dich gewartet!*«

»Also, diese Laterne hat das ganze Aladin-Programm drauf«, resümierte Xander auf der Rückbank von Oz' Bus. »Dreimal die Wunderlampe reiben und man hat einen Wunsch frei. Endlich kannst du für immer dein Leben ändern.«

Giles nickte. »Genau. Und irgendetwas Wahres muss dahinter stecken. Da der Laterne solche Kräfte zugesprochen werden, werden eine ganze Menge Leute daran interessiert sein, sie zu finden und zu behalten.«

»Nicht zuletzt die Vampire«, ließ sich Angel ruhig aus dem Dunkeln heraus vernehmen. »Sie wissen ebenfalls von den Kräften dieser Laterne. Das ist der Grund, warum sie alle hier sind.«

»Ja«, sagte der Wächter. »Aber die Elfen sind obendrein bösartig und vor allem haben sie ihre eigenen Vorstellungen davon, was sich heute Nacht abspielen soll.«

Und Willow ist diesen Wesen in die Hände gefallen, dachte Buffy entsetzt und warf einen Blick auf Oz, der den Bus in rasendem Tempo zu der Stelle steuerte, an der Willow von den Elfen entführt worden war. Sorgenvoll starrte Buffy ins Dunkle.

Die spitzen Krallen umklammerten Willows Kinn mit erstaunlicher Kraft. Sie stieß einen Schmerzensschrei aus, als der Elf sie auf die Beine zerrte. Andere Elfen flogen über sie hinweg und stellten sich im Kreis um sie herum auf.

»*Folge uns!*«, befahl der Elf ihr. Er übernahm die Führung und flog nur wenige Zentimeter vor ihr her.

»Wo ist Oz?«, fragte sie, ohne sich von der Stelle zu rühren.

»*Stell meine Geduld nicht auf die Probe*«, drohte das Wesen ihr. »*Entweder du gehst jetzt mit uns oder du wirst schlafen. König Elanaloral wollte dich sehen, um dir zu erklären, welchen großen Dienst du für unser Volk verrichten wirst.*« Es starrte sie an. »*Ich halte das zwar für unnötig, aber er ist der König.*« Der Elf gab ein Zeichen mit der Hand, worauf eines der Wesen hinter Willow seinen Speer in Willows Knie stieß.

Willow schrie auf vor Schmerz und griff nach ihrem Bein. Die Wunde war nicht groß, aber sie schmerzte und brannte. Vermutlich war die Spitze des Speers mit einer giftigen Flüssigkeit präpariert worden. Widerwillig folgte sie dem Anführer der Elfen in einen Teil der Höhle, der noch heller vom Glanz der Kerzen erleuchtet war. Sie ging ohne anzuhalten hinter dem Elf her und lauschte dem Echo ihrer Schritte, das von den Wänden widerhallte.

»Was haben die Elfen mit Willow vor?«, fragte Buffy. »Sie sind doch nur auf sie aufmerksam geworden, weil sie gegen Gallivans Vorhaben protestiert hat. Sie ist doch auf ihrer Seite.«

»Ja, ich bin mir sicher, dass das anfänglich die Aufmerksamkeit der Elfen auf Willow gelenkt hat, aber ich weiß nicht, ob sie das jetzt vor ihren Plänen schützt.« Giles zögerte einen Moment. »Die Elfen sind geschult darin, andere Wesen mit übernatürlichen Kräften zu erkennen. Vor langer Zeit haben sie sich an die Vampire gewandt.«

»Warum nicht jetzt wieder?«

»Weil Vampire nicht rein sind«, erwiderte der Wächter. »Sie tragen die Saat des Bösen in sich. Und sie sind schon tot.«

»*Schon tot?*«, wiederholte Oz. »Schon tot, haben Sie gesagt?«

»Ich glaube, die Elfen beabsichtigen, Willow zu opfern«, erklärte Giles ihnen. »Damit wollen sie den so genannten Erdstein mit neuer Kraft aufladen.«

Buffy schlang die Arme um ihren Körper und begann zu zittern. Eine fast unnatürliche Kälte ließ sie erschauern.

Willow duckte sich unter der kleinen Tür hindurch und stützte sich mit einer Hand an der kalten Steinwand ab, um ihr Gleichgewicht zu wahren. Der Raum hinter der Tür hatte die Form eines ovalen Zimmers, dessen hinteres Ende wie eine abgerundete Pfeilspitze geformt war.

»*Komm herein, Hexe*«, befahl eine raue Stimme. »*Damit ich dich besser sehen kann.*«

Widerstrebend betrat Willow das kleine Zimmer. Sie war umgeben von Speeren, deren Spitzen auf sie gerichtet waren. Das Herz schlug ihr bis zum Hals und eine Gänsehaut lief über ihren Rücken.

Am anderen Ende des Raumes saß ein Elf auf einem geschnitzten Holzthron, der in die weit auseinander klaffenden Kieferknochen einer steinernen Schädelskulptur eingelassen war. In den leeren Augenhöhlen glühten orangefarbene Kohlenfeuer, die dem Schädel einen unheilvollen Blick verliehen. Die rötlichen Lichter tanzten über dem Elf, der vielleicht einen halben Meter groß war, wenn er sich zu seiner vollen Größe aufrichtete.

»*Komm näher*«, befahl der Elfenkönig. »*Ich will das wunderbare Wesen ansehen, von dem Chammeus sagt, dass es uns zur Wiedererlangung unserer Macht verhelfen wird.*«

Wunderbares Wesen? Das ist doch eigentlich eine positive Bezeichnung, oder? Warum hatte sie dann nur so ein ungutes Gefühl? Näher an dieses Wesen heranzutreten war das Letzte, was Willow wollte, aber sie hatte das Gefühl, keine Wahl zu haben. Ihre Beine bewegten sich, als ob sie einem fremden Willen gehorchten. Als sie sich dem Thron näherte, konnte sie den alten Elf genauer betrachten.

Er war spindeldürr und sah aus, als wenn man seine leichenfahle Haut straff über ein Skelett gespannt hätte. Eine wulstige Stirn sprang über einem Paar eng beieinander stehender schwarzer Augen hervor. Sein scharf geschnittenes Gesicht wirkte eingefallen, obwohl die große Nase diesen Eindruck wieder etwas verwischte. Seine krummen Finger waren gespreizt und konnten das Zepter aus Knochen und Jade kaum fest umfassen. Eine Krone aus lose verflochtenen Zweigen saß schief auf seinem schmalen Haupt.

»*Auf die Knie, Kind!*«, befahl er in seinem rasseligen Tonfall. »*Ich, Elanaloral, König der Schattenwesen, befehle dir, mit zu gehorchen.*«

Willow widersetzte sich seinem Befehl mit zitternden Knien. »Wo sind die Kinder?«, fragte sie tapfer.

Das hagere Gesicht des greisen Königs verzerrte sich vor Wut und seine Augen wurden schmal. »*Du wagst es, dich mir gegenüber so anmaßend zu benehmen?*«

»Ich will nur wissen, ob es den Kindern gut geht.« Willow vermochte das Zittern in ihrer Stimme kaum zu verbergen und hatte Mühe, seinem Blick nicht auszuweichen.

Einer der Elfen näherte sich ihnen nervös. Sie bemerkte, dass er es nicht wagte, dem Elfenkönig in die Augen zu sehen. »Majestät, Sie erkennt die Größe Eurer Macht nicht. Sie wurde nur hierher gebracht, um ihren Teil zur Wiederbelebung des Erdsteines beizutragen.«

»*Nehmt sie*«, zischte Elanaloral. »*Fesselt sie und bereitet sie für die Zeremonie vor. Der Erdstein wird aufs Neue uns gehören!*«

Willow versuchte zu fliehen, aber es gab keinen Ausweg. Sie war sofort von bewaffneten Elfen umgeben.

15

»Der Erdstein wird das erste Mal in Dimitris Aufzeichnungen erwähnt«, fuhr Giles fort. »Die Übersetzung der Aufzeichnungen und ein weiteres Dokument, das mir zugeschickt worden ist, erbrachten, dass der Erdstein in König Elanalorals eigener Geschichte eine große Rolle spielt. Wie ihr aus unseren flüchtigen Studien über die Domovoi wisst, sind sie Feuerstellengeister, die Wahrer und Beschützer des Hauses.«

Buffys Geduld wurde durch Giles' Vortrag auf eine ernsthafte Probe gestellt, sie wollte endlich handeln, was schließlich ihre stärkste Seite war. Aber sie wusste auch, dass sie ihre Sache viel besser machen würde, wenn sie über genügend Hintergrundinformationen verfügte.

»Der ursprüngliche Domovoi-Erdstein enthielt sämtliche Aufzeichnungen der Elfen«, erklärte der Wächter weiter. »Ein solches Archiv bedeutet Macht, sowohl symbolisch als auch real. Obwohl es keine Beweise dafür gibt, besagt die Legende, dass der Erdstein einer Elfenfamilie dazu verhilft, die Kräfte, über die sie verfügen, bis ins Unermessliche zu steigern. Ein ziemlich entscheidender Punkt, wenn man so will. Am Anfang soll es für jeden der zwölf Könige einen Erdstein gegeben haben, den der Erschaffer des Steins ihnen überreichte.«

»Und wer war das?«, fragte Angel.

Giles zuckte mit den Schultern. »Das weiß niemand. Wie ihr gehört habt, gibt es eine ganze Reihen von Legenden, die sich mit der Mythologie der Elfen beschäftigen. Sucht euch eine aus. Sie ist wahrscheinlich genauso wahr wie jede andere. Jedenfalls deuten sämtliche Quellen darauf hin, dass es sehr schwierig ist, Erdsteine zu erschaffen.«

»Und wie geht das?«, fragte Oz ruhig,

»Sie müssen zur Zeit des Neumonds geschmiedet und durch das Blut einer Hexe belebt werden.«

Hexenblut. Das Blut einer Hexe. Buffy und Angel sahen sich an.

»Hexen?«, platzte Xander heraus. »Was wissen die Elfen über Hexen?«

»Anscheinend genug«, erklärte Giles. »Einige der russischen Legenden basieren auf ungarischen Volkssagen. In diesem Zusammenhang fällt einem natürlich sofort die berühmte Sage der ungarischen Hexe Baba Yaga ein.«

»Wieso müssen es Hexen sein?«, fragte Oz. Buffy sah die Angst in seinem Gesicht und wusste, dass ein Teil von ihm sich an die Hoffnung klammerte, dass Giles sich irrte.

»In Europa wurden vielleicht auch Druiden dazu ausgewählt«, erwiderte der Wächter. »Aber die Anforderungen waren dieselben. Es muss das Blut eines Menschen sein, der in derselben Weise mit der Natur verbunden war wie die Elfen und der sie vor den Eisenwaffen beschützen konnte. Ich habe keine Ahnung, ob das wirklich funktioniert, aber anscheinend glauben die Elfen daran.«

»Du meinst also, dass sie Menschen opfern.« Oz' Gesicht wurde kreideweiß.

»Es gab viele Zivilisationen im Laufe der Geschichte, deren religiöse Zeremonien ein Menschenopfer erforderten«, bemerkte Giles.

»Dann haben wir keine Zeit zu verlieren!«, sagte Buffy und riss die Waffen aus ihrer Sporttasche. »Ich habe alles mitgebracht, was ich aus Eisen finden konnte. Das hier zum Beispiel.« Sie wirbelte einen Zwei-Meter-Stab mühelos herum, sodass es aussah, als wenn die eisenbeschlagenen Enden zu einem Kreis verschwammen.

»Vielleicht hast du vergessen, das nachzuprüfen, aber als ich das letzte Mal im Park war, war er noch riesig. Und er ist wahrscheinlich voller Vampire«, bemerkte Cordelia.

»Ich werde nicht herumsitzen, wenn Willows Leben auf dem Spiel steht«, erwiderte Buffy energisch. »Da kannst du Gift drauf nehmen!«

»Vielleicht habe ich etwas, das uns helfen kann«, warf Xander ein. Rasch erzählte er ihnen von seinem Besuch bei *Baxter Security*. Er öffnete den Laptop, den Cordelia mitgebracht hatte, und schob die Diskette ein.

Buffy beugte sich über den Monitor und betrachtete die Karte mit allen ihren Einzelheiten. »Warum sollte sich Hutch für so etwas interessieren?«

»Ich weiß es nicht, aber er hat sich sogar brennend dafür interessiert«, antwortete Xander. »Er ist nur in das Büro gegangen, um nach diesen Karten zu suchen.«

»Warum hat er nicht vorher danach gesucht?«, fragte Cordelia.

Xander schüttelte den Kopf. »Vielleicht hat er erst angefangen, sich dafür zu interessieren, als er erfahren hat, dass die Kinder verschwunden sind. Vielleicht erschien es ihm nicht wichtig.«

»Es kann sein, dass irgendjemand anderes nach diesen Elfen gesucht hat«, fügte Giles hinzu. »Es gibt auch einige hiesige Legenden über die

Elfen. Das mit deinem Freund klingt so, als ob er auf die gleiche Geschichte gestoßen wäre wie wir.«

»Was bedeutet, dass er auch nach Aladins Wunderlampe sucht«, schloss Oz.

»Richtig. Und Xanders Geschichte zufolge auch Hector Gallivan.« Offensichtlich war Giles diese Vorstellung alles andere als angenehm.

»Hat Gallivan sich vor oder nach seinem Entschluss, einen Freizeitpark zu bauen, dafür interessiert?«, grübelte Angel.

»Genau das ist das Geheimnis«, sagte Giles und seine Augen bekamen plötzlich diesen geistesabwesenden Ausdruck, den Buffy so gut an ihm kannte. Der Wächter fuhr mit dem Finger über die Karte auf dem Bildschirm. »Wenn auf diesen Karten die unterirdischen Höhlen im Wald eingezeichnet sind, können wir mit Sicherheit davon ausgehen, dass Willow zu einer dieser Höhlen gebracht worden ist.«

»Zu welcher Höhle?«, wollte Cordelia wissen.

Giles folgte den Zeichen, die die Höhlen markierten. »Sie scheinen alle miteinander verbunden zu sein.«

»Wenn das so leicht zu erkennen ist, warum hat Gallivan die Höhlen nicht gefunden?«

»Diese Frage kann ich nicht beantworten«, sagte der Wächter. »Ich könnte mir nur vorstellen, dass es schwieriger ist, den Eingang zu diesen Höhlen zu finden, als es auf den Karten aussieht.«

»Diese Elfen«, murmelte Xander. »Führen sie einen nicht ständig in die Irre?«

»Einige von ihnen«, sagte Giles zu ihm.

»Dann sollten wir endlich herausfinden, was wahr und was falsch ist«, entschied Buffy und nahm ihren Stab in beide Hände.

Buffy beugte sich über die Aushebung auf der Grabungsstätte, der sie und Giles vor ein paar Tagen so knapp entkommen waren, und war erleichtert, keine Vampire dort zu entdecken. Die anderen standen um den Rand der Grube herum.

»Ich habe die aktuellen Informationen überprüft, die das Ausgrabungsteam an der Universität aushängt«, sagte Giles. »Der Fund einer Laterne wurde nirgendwo aufgelistet.«

Buffy sah sich um und behielt den Waldrand im Auge. Ihre Sinne waren so geschärft, dass ihnen auch nicht die kleinste Bewegung oder der leiseste Ton entgingen.

»Vielleicht gibt es die Laterne ja auch gar nicht mehr«, überlegte Xander. »Sie sollte doch aus Platin sein, vielleicht hat sich irgendjemand eines Tages einfach mit ihr aus dem Staub gemacht.«

»Wir haben keine andere Wahl, wir müssen einfach annehmen, dass sie sich noch immer hier befindet.« Giles sprang in die Grube und klappte ein militärisches Ausgrabungsgerät aus. »Die Laterne hat einen magischen Ursprung. Selbst die Elfen hätten Schwierigkeiten, sie zu zerstören. Nach dem, was ich gelesen habe, hat sie immer noch eine gewisse Macht über Elanaloral und seinen Clan. Solange sie existiert, können er und sein Gefolge durch das Anzünden ihres Dochtes jederzeit wieder in die Laterne gebannt werden. Und ohne den Erdstein, der ihre Kräfte verstärkt, können sie sie nicht zerstören.« Er schätzte die Ausmaße der Grube ab und ging dann auf eine der Wände zu. Er stieß das scharfe Ende seines Ausgrabungsgerätes tief in den Boden neben der Wand. »Wenn wir sie finden, wird sie uns vielleicht von großem Nutzen sein.«

»Wir können nicht alle unsere Hoffnungen auf diese Laterne setzen«, wandte Buffy ein.

»Das stimmt.« Giles fuhr fort zu graben und lockerte die Erdklumpen zu seinen Füßen auf. Er nahm eine große Taschenlampe aus dem Rucksack, den er mitgebracht hatte, und schaltete sie ein. Ein weißer Lichtkegel fiel auf den Grund der Ausgrabungsstätte. Giles suchte den Boden ab und fand drei Speerspitzen und die zerbrochene Klinge eines Messers. »Ich habe mir die Rekonstruktion des ehemaligen Dorfes, die das Ausgrabungsteam angefertigt hat, runtergeladen und habe herausfinden können, wo das Zelt des Häuptlings gestanden hat. Mit ein bisschen Glück finden wir die Überreste der Lampe dort.«

»Das dürfte nicht einfach sein«, sagte Angel in einem Ton, der deutlich machte, dass er nicht daran glaubte.

»Richtig. Also werden wir uns für eine Weile aufteilen.« Giles nahm wieder sein Ausgrabungsgerät hervor und zog einen weiteren Schnitt durch den Boden. »Buffy, du, Angel und Oz, ihr werdet zu der Stelle aufbrechen, die auf Gallivans Karte eingezeichnet ist. Ich bleibe mit Xander und Cordelia hier, um an dieser Stelle die Suche nach der Laterne fortzusetzen. Den neuesten Informationen über den Stand der Grabung zufolge ist das Team fast bis an das Zelt des Häuptlings herangekommen, bevor sie die Arbeiten unterbrochen haben.«

»Ich bleibe nicht hier«, verkündete Xander kopfschüttelnd. »Willow ist irgendwo hier in großer Gefahr und ich werde nach ihr suchen.«

Giles blickt zu ihm auf. »Willst du sie finden oder willst du ihr helfen?«, fragte er in leicht herausforderndem Ton.

»Warum soll ausgerechnet ich hier bleiben?«, fragte Xander.

»Weil ich Hilfe brauche!«, antwortete Giles. »Wenn ich dieses ganze Stück hier umgraben und absuchen soll, brauche ich ein paar starke

Hände zur Unterstützung. Cordelia kann suchen helfen, aber es würde sehr schwer werden, wenn wir beide auf uns allein angewiesen wären.« Während er seine Argumente vorbrachte, fuhr er unermüdlich fort, zu graben und Erde zu seinen Füßen aufzuhäufen. »Buffy und Angel sind am besten für einen Rettungsversuch in diesen Höhlen geeignet. Und ich will auch nicht von Oz verlangen, dass er hier bleibt. Oder willst du das etwa?«

Xander sah Oz kurz an und schüttelte dann den Kopf. »Nein!« Er hielt Oz seine Hand entgegen. »Bring Willow zurück, Mann!«

Oz nickte und sagte leise: »Das werde ich!«

Xander sprang zu Giles in die Grube. »Lassen Sie mich mal für eine Weile an die Schaufel, Indiana. Sie wissen ja ohnehin besser, wonach wir suchen.«

»Haben Sie überhaupt eine Ahnung, was es für meine Fingernägel bedeutet, hier im Dreck herumzuwühlen?«, klagte Cordelia.

»Nur zu gut und deshalb findest du in meiner Tasche auch ein Paar Arbeitshandschuhe, die dir passen müssten. Und auch einen kleinen Metalldetektor. Und irgendwo da drin sind auch zwei Walkie-Talkies, sodass wir immer in Kontakt bleiben können.«

Widerwillig kletterte Cordelia auf den Grund der Grube und öffnete Giles' Rucksack.

»Haltet die Augen auf!«, warnte Buffy. »Und vergesst die Vampire nicht!«

»Und du solltest auch vorsichtig sein«, riet der Wächter ihr, während Cordelia Oz ein Walkie-Talkie zuwarf. »Diese Elfen können ganz schön unangenehm sein! Wir kommen nach, sobald wir können.«

Buffy drehte sich um und führte Angel und Oz tiefer in den Wald hinein. Sie trug den langen Stab dicht an ihrer Seite, um zu verhindern, dass er sich in den Bäumen und Büschen verfing.

Willow stolperte über einen der Elfen, der ihr zwischen die Füße geraten war. Sie fiel auf die Hände und konnte so verhindern, dass ihr Kopf auf den Steinboden aufschlug. Während sie sich in der neuen Höhle umschaute, in die man sie gebracht hatte, fiel es ihr immer schwerer, die Nerven zu behalten und nicht in Panik zu verfallen. Die Frage, was mit Oz, Tad und den anderen Kindern geschehen war, quälte sie unablässig.

Elanaloral flatterte zwischen die Stalaktiten. Große Kerzen aus Bienenwachs warfen unheimliche Schatten an die Höhlenwände. Der Elfenkönig ließ sich auf einem Felsvorsprung am Ende der riesigen Höhle nieder.

Aus einem Spalt in der Mitte des Bodens stieg das gurgelnde Geräusch von fließendem Wasser auf. Willow nahm an, dass es von einer unterirdischen Quelle oder von einem Meeresarm des Pazifischen Ozeans stammte, der sich weit ins Landesinnere erstreckte.

Zahllose Elfen hatten sich an den Wänden entlang aufgereiht und drängten sich in ausgehöhlte Löcher in der Felswand. Voller Erwartung starrten sie Willow an. Plötzlich erklang links von ihr das weinerliche Schreien eines Babys, das in der ganzen Höhle widerhallte.

Sie sah in eine kleine Höhle auf der linken Seite und erblickte darin die entführten Kinder, die auf einem Lager aus getrocknetem Gras schliefen. Nur eins der Babys war aufgewacht und weinte. Doch es dauerte nicht lange, bis das Weinen verstummte und alle tief und fest schliefen. Beim Anblick der hilflosen Kinder hatte Willow sogleich das Bedürfnis, an ihre Seite zu eilen.

Sobald sie sich auch nur rührte, flogen zwei Elfen auf sie zu und richteten ihre Speere auf sie.

»*Rühr dich nicht von der Stelle!*«, befahl König Elanaloral. »*Und halte dich von den Kindern fern!*«

»Ich will nur sichergehen, dass es ihnen gut geht«, antwortete Willow.«

»*Sie schlafen*«, erklärte der Elfenkönig. »*Das ist alles. Wir sind ja keine Unmenschen.*«

»Sie sind klein und sie gehören zu ihren Eltern!«, sagte Willow.

»*Sie sollen uns helfen, uns gegen die Menschen zu wehren, die den Wald zerstören wollen*«, erklärte Elanaloral.

»Gallivan sind diese Kinder gleichgültig!«, versuchte Willow ihm zu erklären. »Wollen Sie das nicht endlich begreifen?«

»*Dies sind die Kinder von Adeligen an seinem Hof*«, erwiderte der Elfenkönig. »*Das haben wir sehr wohl begriffen. Und noch etwas: Den Menschen scheinen ihre Kinder sehr wichtig zu sein.*«

»Den Eltern sind sie wichtig.« Willow zermarterte sich den Kopf, wie sie es dem Elfenkönig begreiflich machen konnte. »Aber Gallivan sind sie gleichgültig. Er hat keine Kinder.«

»*Und wenn schon*«, fuhr Elanaloral sie an. »*Wenn der Erdstein erst einmal erschaffen ist, brauche wir ihn nicht mehr zu fürchten. Dann wird es eine Quelle der Kraft geben, wie wir sie noch nie zuvor gesehen haben.*«

Willow schnappte nach Luft. Er spricht von dem Höllenschlund! Es war der Höllenschlund, der die Vampirbevölkerung in dieser Gegend so ansteigen ließ. Und er war auch der Grund für all die anderen merkwürdigen Dinge, die sich in Sunnydale ereigneten.

»*Jetzt, nach all diesen Jahren, verstehen wir endlich, warum wir hierhin verschleppt wurden. Diese Kräfte haben nach uns gesucht und uns hierher gebracht, hierher und zu dir, die so eng mit diesem Ort verbunden zu sein scheint.*«

Wegen Buffy?, fragte sich Willow verwundert. Es war immerhin Buffy, die alle diese Kreaturen in Schach hielt, die der Höllenschlund produzierte und ausspie.

»*Wenn wir diese Kraftquelle für uns erschlossen haben, werden wir unbesiegbar sein.*«

Willow wusste nicht, ob das stimmte, aber sie war sich sicher, dass schon alleine der Versuch keine gute Idee war.

Der Elfenkönig winkte mit seinem Zepter. »*Seht zu, dass sie vorbereitet wird.*«

Einige Elfen traten auf seinen Befehl hervor und überwältigten Willow im Handumdrehen.

Über ihnen erklang das Geräusch flatternder Flügel.

Buffy drehte sich augenblicklich herum und hob den Stab, sodass sie eines der eisenbeschlagenen Enden in den Himmel gerichtet hielt. Sie erkannte eine Eule, die mit ausgebreiteten Flügeln dicht über die Baumwipfel glitt. Dann war sie so plötzlich verschwunden, wie sie gekommen war.

»Alles in Ordnung?«, fragte Angel sie sanft.

»Ich gehe nicht gerade vor Begeisterung durch die Decke«, gab Buffy zu. »Aber es geht. Diese Elfen haben es auf Willow abgesehen.«

»Wir werden sie finden!«, versicherte Angel und berührte beruhigend ihre Schulter.

»Das habe ich Oz auch gesagt«, antwortete Buffy leise, damit Oz sie nicht hörte. Er ging hinter ihnen und hatte sich intensiv in die Karte versenkt, die Giles ihnen gegeben hatte. Sie stammte von der Diskette, die Xander mitgebracht hatte, und sie hatten sie im Inneren des Busses mit Cordelias Laptop und tragbarem Drucker ausgedruckt.

«Das heißt aber noch lange nicht, dass ich das auch glaube.«

»Man sucht sich selber aus, woran man glaubt«, sagte Angel.

»Das ist nicht einfach.«

Angel lächelte sie zärtlich an. »Wenn es einfach wäre, würde es nicht so viel bedeuten.«

»Ich glaube, wir sind fast da«, ließ sich Oz von hinten vernehmen. »Wir müssen hier abbiegen.«

»Bist du sicher?«, fragte Buffy.

»Ja.« Er deutete mit der Karte auf die Baumstämme rechts von ihnen.

Buffy sah Angel, der in die Dunkelheit spähte, fragend an. »Irgendwelche von unseren kleinen Freunden in der Nähe?«

Der Vampir lauschte angestrengt und blickte in die Nacht. Dann schüttelte er den Kopf. »Alles ruhig.«

Buffy nickte Oz zu und schulterte den Stab. Mit einem Vampir und einem Werwolf als Verstärkung würde sie Willow finden oder die Schuldigen jagen ... Daran darfst du noch nicht einmal denken!, wies sie sich selbst zurecht. »Geh du voran, Oz. Wir folgen dir.«

Oz setzte sich an die Spitze und bewegte sich wie ein Raubtier vorwärts. Buffy, die dies bemerkte, fragte sich, in wie vielen Tagen wieder Vollmond war.

Nach wenigen Minuten hatte Oz sie zu einem Erdloch inmitten des Waldes geführt. Es war eine kleine Grube mit etwa eineinhalb Meter hohen Wänden, die von Bäumen und Büschen überwuchert war. Gras wucherte aus den Wänden und vermischte sich mit dem Unterholz. Eine Öffnung war nicht zu sehen.

»Das sieht nach einer Sackgasse aus«, sagte Angel verärgert. Er sah sich suchend um.

»Nein, hier ist es!«, behauptete Oz. Er kniete sich vor eine der Wände und legte seine Hand auf die Erde. »Willow ist hier drin.«

Angel nahm die Karte, die Oz gelesen hatte. Nach einer kurzen Prüfung räumte er ein:»Vielleicht hast du Recht.« Er holte mit einem Arm aus und ließ dann seine Faust gegen die Wand prallen. Ein Teil der Erdwand stürzte nach hinten in sich zusammen. Goldenes Licht schimmerte durch die schmale Öffnung.

Oz steckte seinen Kopf in die Öffnung und atmete tief ein. »Das ist es.«

»Lass mich hineingehen, Oz«, sagte Buffy. »Und funk Giles an. Sag ihm genau, wo wir sind und was wir gefunden haben.«

»Okay.« Oz trat zurück, um sie vorbeizulassen. Es war einer seiner Züge, den Buffy am meisten schätzte. Er ließ nicht – wie so viele Jungs es in einer solchen Situation getan hätten – den Macho raushängen, sondern erkannte bereitwillig ihre Fähigkeiten an.

Sie packte ihren Stab, ging in die Knie und zwängte sich vorsichtig durch die enge Öffnung. Dabei verlor sie für einen Moment das Gleichgewicht und rutschte ein Stück ab.

Sofort flogen zwei Elfen auf sie zu, griffen sie an und hieben mit ihren Steinmessern nach ihrem Gesicht.

Xander stach die Schaufel abermals in die Erde, nur mit dem Unterschied, dass er diesmal auf einen Widerstand traf und statt des üblichen, dumpfen Geräuschs ein heller metallischer Laut zu hören war.

Giles richtete sich über dem Erdhaufen auf, den er und Cordelia durchwühlt hatten. »Sei vorsichtig.«

»Vorsichtig?«, fragte Xander spöttisch zurück. »Du sprichst von einem Ding, das vielleicht schon mehrere hundert Jahre alt ist, auf dem Meeresgrund gelegen hat und nun seit unzähligen Jahren unter der Erde begraben war. Wer das überstanden hat, dem soll eine Schaufel etwas ausmachen?«

»Das könnte durchaus sein«, erwiderte Giles.

Xander zog die Schaufel zurück. »Oh!«

Der Wächter schob ein paar Ausgrabungswerkzeuge in die Erde. »Es scheint ziemlich groß zu sein.«

»Größer als alles andere, was wir bis jetzt gefunden haben«, stimmte Xander zu. Er war nach seinen Anstrengungen schweißgebadet. In den letzten zwanzig Minuten waren Speerspitzen, Werkzeuge und verrostete Schalen aufgetaucht, ganz zu schweigen von einem Haufen verkohlter Konservendosen, zu denen Giles erklärt hatte, dass sie aus den dreißiger oder vierziger Jahren stammten, als bekanntermaßen in dieser Gegend viel gezeltet wurde.

Giles arbeitete vorsichtig, grub das Objekt aus und befreite es von der Erde, die leicht feucht war und deshalb zusammenklumpte. Der Wächter hielt den gefundenen Gegenstand in seinen Händen und bürstete mit vorsichtigen Bewegungen die Erde ab. Im Schein der großen Taschenlampe, die Cordelia auf ihn richtete, kam allmählich schiefergraues Metall zum Vorschein, das ohne jede Spuren von Rost war.

Giles erfahrene Hände entfernten den Rest der zerklumpten Erde und enthüllten die reich verzierte Laterne. Sie war in Form eines Bären gearbeitet, der auf seinen Hinterbeinen stand. Wenn man sie anzündete, fiel ihr Licht durch das aufgerissene Maul und die Augen des Bären.

Sie wird nicht viel Licht gespendet haben, dachte Xander, aber vielleicht war sie damals in Russland das Pendant zu einer Lavalampe.

»Ist sie das?«, fragte Cordelia.

»Ja, ich glaube schon, dass sie das ist«, erwiderte Giles. Er nahm sie sorgfältig in Augenschein. »Aha, hier ist die Inschrift, über die Dimitri geschrieben hat.«

»Wirklich hübsch«, bemerkte Cordelia. »Ich meine, wenn man auf Kitsch steht.«

Ein Schatten glitt von oben auf die Aushebung herunter. Xander ging automatisch in Abwehrstellung und erhob das Ausgrabungswerkzeug in seiner Hand. Es bestand aus Metall, deshalb würde es im Kampf gegen einen Vampir zwar nicht von Nutzen sein, aber es konnte ihn zumindest aufhalten.

Es war kein Vampir.

»Hutch«, sagte Xander laut, damit Giles wusste, wer er war. Cordy kannte ihn bereits. Zwei Jungs, die Xander schon einmal im Comicladen gesehen hatte, flankierten ihn.

»Hey, Xander«, rief Hutch herunter. »Hast du was dagegen, wenn ich mir die Laterne einmal ansehe?«

»Ehrlich gesagt, ja«, antwortete Xander. »Wir haben sie gefunden und ich glaube, wir wollen sie auch behalten.«

Hutchs Lächeln erstarb. »Ich glaube, das kann ich nicht zulassen, Kumpel. Wir brauchen die Laterne.«

»Wer ist wir?«, fragte Giles.

»Wir!« Hutch deutete auf sich und seine Freunde. »Und noch ein paar andere, die wir mitgebracht haben.«

Xander stellte sich auf die Zehenspitzen und spähte über den Rand der Grube. Er sah die Schatten von Gestalten, die sich im Hintergrund bewegten und langsam näher kamen. »Hutch ist nicht, was er zu sein scheint«, sagte er über seine Schulter zu Giles und Cordelia. »Es hat eine Weile gedauert, bis ich es herausgefunden habe. Aber heute Nacht, als er dieses Ding im Büro der Sicherheitsgesellschaft gedreht hat, ist es mir allmählich klar geworden. Jedes Mal, wenn wir essen gegangen sind, hat dieser Typ genug für eine ganze Kompanie in sich reingebaggert. Sein Humor grenzt fast schon an Bösartigkeit. Dagegen bin ich geradezu harmlos. Außerdem sind seine Zeigefinger verdächtig lang. Ich hoffe, darauf kann sich jetzt jeder einen Reim machen.«

»Du glaubst, dass er ein Changeling ist?«, fragte Giles.

»Genau. Und wahrscheinlich hat er ein Bündnis mit König Eierstich geschlossen.«

»Nein«, mischte sich nun Hutch in das Gespräch ein, »meine Gefolgsleute haben sich schon vor hundert Jahren von Elanaloral losgesagt. Elanaloral wollte weiterhin im Verborgenen bleiben. Er hatte Angst, jemand würde die Laterne finden und uns alle wieder darin einsperren. Wir haben uns dazu entschlossen, unter den Menschen zu leben, Kinder auszutauschen, die eine viel versprechende Zukunft vor sich haben, und unser eigenes Machtzentrum aufzubauen. Als Elanaloral anfing, die Kinder der Gallivan-Angestellten zu entführen, geriet unser ganzes Konzept in Gefahr.« Seine Augen blitzten im Mondlicht silbrig auf.

»Inwiefern?«

»Elanalorals Aktionen haben die Aufmerksamkeit auf uns gelenkt«, erwiderte Hutch.

Xander spürte sofort, dass der Changeling lügte. »Nein, darum geht es nicht«, widersprach er langsam. »Ihr wusstet gar nicht, wo sich Elanaloral befand. Ihr habt nicht einmal nach ihm gesucht. Denn wenn ihr ihn wirklich finden wolltet, hättet ihr ihn schon längst gefunden. Aber darum geht es gar nicht, stimmts?«

Hutch starrte ihn mit versteinertem Blick an und sagte kein Wort.

»Es ist die Laterne, Giles«, sagte Xander zu dem Wächter gewandt. »Sie sind wegen der Laterne hier. Sie haben Angst vor ihr.«

»Keine Spielchen mehr«, zischte einer der anderen Changelings. Er begann sich plötzlich zu verändern und verwandelte sich in eine dürre Vogelscheuche mit zurückgeklappten Ohren und einem Mund voll spitzer Zähne. Er setzte zum Sprung auf Xander an.

Xander packte sein Ausgrabungsmesser fest mit beiden Händen, holte weit aus und traf den Changeling voll ins Gesicht, sodass er wehrlos zu Boden ging.

Doch mit einem gewaltigen Wutschrei sprang er wieder auf die Beine und ging abermals auf Xander los.

Plötzlich erstarrte der Changeling mitten in seiner Bewegung und explodierte in einem Lichtblitz, der die Nacht erhellte.

Hinter ihm oder besser gesagt dort, wo er gerade noch gestanden hatte, kam Cordelia zum Vorschein. Sie hielt den kleinen Knüppel mit der Eisenkuppe, den Buffy ihr gegeben hatte, hoch erhoben in der Hand. »Eisen, du erinnerst dich?«

»Ja.« Xander warf sich zur Seite, denn ein weiterer Changeling ließ sich von oben auf ihn fallen, während er sich noch im Fall in ein monströses Ungeheuer verwandelte. Er machte einen Salto vorwärts und landete auf seinen breiten Füßen, die mit langen Klauen bewaffnet waren. Aber zu diesem Zeitpunkt hatte Xander seine Hände schon längst um den Griff eines alten Eisenschwertes gelegt, das er sich aus Buffys Waffenarsenal ausgesucht hatte. Er zog die Waffe aus dem ledernen Schaft, stieß sie in die Brust des Changelings und spaltete seinen Körper.

Sofort war sein Körper von giftig schwarzen Linien durchzogen. Er fiel mit einem dumpfen Schlag zu Boden, der so klang, als habe er keine Knochen mehr im Leib. Schon im nächsten Moment war von ihm nichts anderes mehr übrig als ein glibbriger schwarzer Schleim, der langsam in den Boden sickerte.

»Narren!«, schrie Hutch auf. »Jetzt werdet ihr alle sterben.«

Xander stellte sich in Position und packte das Schwert mit beiden Händen. »Dann lass mal sehen!«

Weitere Changelings kamen aus dem Wald auf sie zugerannt.

»Vielleicht«, gab Giles zu bedenken, »warst du ein bisschen zu voreilig mit deiner Herausforderung.«

Bevor die Gruppe der Changelings den Rand der Ausgrabungsstätte erreichen konnte, glitten plötzlich zahlreiche Schatten aus allen möglichen Ecken. Mit einem Blick auf die verformten Gesichter und die langen Eckzähne wusste Xander, was los war. Die Vampire schnitten den Changelings den Weg ab.

Der Kampf der Vampire gegen die Changelings um Tot und Untot war blutig und kannibalistisch. Die Vampire konnten die Changelings offensichtlich nicht beißen, was sie nicht daran hinderte, die Wesen Stück für Stück auseinanderzureißen.

Xander schloss aus den ausgestoßenen Flüchen, dass es sich um eine Art Krieg um die Hoheitsrechte an diesem Gebiet handeln musste. Eine andere Vermutung war, dass einige der Vampire sich zusammengeschlossen hatten, um der Legende über die Elfen selber auf den Grund zu gehen.

Worum auch immer es ging, Xander beschloss, dass es das Klügste sei, die Situation auszunutzen. Er stieß Giles und Cordelia an. »Kommt schon! Zuschauer werden später als Nachspeise serviert!«

Sie liefen in eine Ecke, wo keine Kämpfe stattfanden, kletterten über den Rand der Grube und jagten auf die Stelle zu, wo Buffy und die anderen im Wald verschwunden waren. Sie konnten nur hoffen, dass der Kampf zwischen den Elfen und den Vampiren mindestens so lange dauern würde, bis sie Buffy eingeholt hatten.

16

Buffy duckte sich unter den Hieben der Steinmesser. Die Elfen versuchten sie mit ihren Waffen ins Gesicht zu treffen. Sie schwang ihren Stab und maß dabei automatisch die Begrenzungen des engen Tunnels ab, in dem sie sich befand. Sie rammte das eisenbeschlagene Ende in einen der Elfen, worauf dieser gegen die Wand fiel. Noch bevor die Waffe des benommenen Elfen zu Boden fallen konnte, hatte sie den Stab in einem engen Winkel herumgeschwungen und den zweiten Elf getroffen.

Sie trat einen Schritt zurück und beobachtete die Körper der beiden, über die sich dunkle Linien ausbreiteten. Schwarzer Schleim sickerte an der Stelle in den Grund, an der die Elfen gestanden hatten.

»Das nenne ich biologisch abbaubar«, sagte Buffy.

Angel ließ sich hinter ihr in den Tunnel fallen und warf nur einen flüchtigen Blick auf die Stelle, an der vor einer Minute noch die beiden Elfen gewesen waren. »Da, wo sie hergekommen sind, wird es noch mehr von ihnen geben«, prophezeite er. An seinem linken Handgelenk trug er einen eisernen Miniaturschild, der kaum größer als eine Minipizzapfanne war. In der anderen Hand hielt er einen Eisenknüppel.

Oz folgte ihnen, während er das Walkie-Talkie wegsteckte. »Giles hat gesagt, dass sie die Laterne gefunden haben und auf dem Weg hierher sind, aber wir haben jetzt noch ein weiteres Problem.« Während Buffy die anderen immer tiefer in den Tunnel führte, erklärte er ihnen, was es mit den Vampiren und den Changelings auf sich hatte.

Die Elfen warfen Willow auf den Boden. Auf dem Felssims über ihnen erhob Elanaloral seine Hand und machte eine gebieterische Geste. Langsam wuchsen aus dem felsigen Boden Wurzeln hervor und schlangen sich wie Lianen um ihre Handgelenke und Fußknöchel. Sie fühlten sich wie raue Eidechsenhaut an.

»Nein!«, flehte Willow. »Bitte tut das nicht!« Sie spürte, wie die Rinde gegen ihre Haut scheuerte.

»*Wir fangen gerade erst an*«, erwiderte der Elfenkönig. »*Es gibt noch sehr viel, was du uns geben musst. Der Erdstein muss aufs Neue erschaffen werden.*«

Willow blickte zu den schlafenden Kindern in der kleinen Höhle hinüber. Fieberhaft suchte sie nach irgendetwas, das ihr helfen könnte, sich zu befreien. Sie riss und zerrte an den Wurzelranken, aber dadurch scheuerte sie sich nur die Haut an ihren Handgelenken auf. Ein dickflüssiger Saft trat aus den Wurzeln hervor, der auf ihrer Haut brannte.

Elanaloral ließ sich von dem Felsvorsprung herab, öffnete seine transparenten Flügel und flog auf sie zu. Nur wenige Zentimeter über ihr blieb er summend in der Luft stehen. Seine Hand umklammerte etwas. Schließlich öffnete er sie und zeigte ihr den Gegenstand. »*Der Erdstein*«, verkündete er. »*Zumindest wird es der Erdstein sein, wenn ich ihn mit den Kräften verbunden habe, die unter uns in der Erde schlummern. Und dieser Erdstein wird mächtiger sein als alle, die vor ihm gewesen sind.*«

Willow starrte den Stein fasziniert an.

Er war mit Hunderten winziger Hieroglyphen bedeckt, die eine hypnotische Anziehungskraft besaßen. Einige von ihnen glitzerten kristallartig, andere schillerten in den verschiedensten Farben. Jede der Zeichenlinien, die sich um den Stein wanden, schien eine Geschichte zu erzählen und dort, wo sich die Linien kreuzten, schienen diese Geschichten in einer Neuen fortgesetzt zu werden.

»*Ich habe die letzten hundert Jahre damit verbracht, dieses Phänomen zu erforschen*«, erklärte der Elfenkönig. »*Wenn es nicht diese Erdzerstörer gäbe, die uns jetzt plagen, würde ich den Versuch, diese elementaren Kräfte meinem Willen zu unterwerfen, nicht so vorzeitig wagen.*«

»Sie sprechen von dem Höllenschlund«, sagte Willow. »Er ist voll von sehr großen und sehr bösen Kräften. Wenn sie einen Fehler machen, zerstören Sie vielleicht Ihr ganzes Volk.« Und mehr, dachte sie bei sich. Denn sich mit dem Höllenschlund anzulegen konnte wie eine Atomkatastrophe sein. Wobei keiner voraussehen konnte, wie schnell und wie weit sich die Folgen ausbreiten würden.

»*Die Anwesenheit der Erdzerstörer lässt mir keine Wahl. Ich kann nicht länger warten*«, erklärte Elanaloral. »*Der Erdstein muss erschaffen werden, damit wir die Laterne zerstören können, bevor sie gegen uns verwendet wird.*«

»Was geschieht mit den Kindern?«

Elanaloral sah sie mit einem amüsierten Gesichtsausdruck an. »*Du sorgst dich mehr um die Kinder als um dein eigenes Schicksal?*«

»Ich will nur wissen, ob sie in Sicherheit sein werden.«

»Man wird sich um sie kümmern. Sie werden wie unsere eigenen Kinder aufwachsen und lernen, wie wir zu leben. Wir können ihnen beibringen, dieselben Aufgaben wie die Changelings auszuführen, und bei den Menschen, die uns Schaden zufügen wollen, zu spionieren.«

»Das ist nicht das, was mit ihnen geschehen sollte. Das ist nicht richtig!«, rief Willow.

»Was richtig ist, entscheiden die Stärkeren. Das, was ich als König der Schattenwesen sage, ist richtig und dies ist mein Wille. Sogar in der verkommenen und barbarischen Sprache von euch Menschen kann ich dies mit Klarheit sagen.« Er zog einen Steindolch aus seinem Gürtel. Seine Klinge war dreifach geschliffen und hatte die Form eines Ypsilons.

Willow wusste aus ihrer Beschäftigung mit verschiedenen Opferzeremonien, dass dieser Dolch dazu gemacht war, das Herz des Opfers zu durchbohren und es auf diese Weise langsam verbluten zu lassen.

Elanaloral erhob den Dolch. *»Auf Wiedersehen, Hexe. Sieh es als eine Ehre an, dass dein Opfer uns erlauben wird, für immer ungestört zu leben.«*

Ein Pfeil schwirrte auf Buffys Gesicht zu, während zwei andere ihr Ziel weit verfehlten. Sie duckte sich blitzschnell, um ihm auszuweichen, doch da hatte Angel bereits schützend einen Arm hoch gerissen. Der Pfeil bohrte sich tief in seinen Arm. Buffy beförderte drei Eisenkugeln aus der Ledertasche, die sie sich um die Taille gebunden hatte. Jede besaß ungefähr die Größe eines halben Pingpongballs. Zugleich trat die Jägerin hinter Angel in den Tunnel zurück. Dann schleuderte sie die Eisenkugeln eine nach der anderen blitzschnell von sich fort.

Zwei von ihnen trafen drei Elfen und verwandelten sie augenblicklich in schwarze Schleimpfützen. Der übrig gebliebene Elf drehte sich um, floh den Tunnelgang hinunter und schrie laut Alarm, während die Eisenkugel an ihm vorbeischoss.

Buffy sah Angel zu, wie er den Pfeil aus seinem Arm zog. »Ist alles in Ordnung?«, fragte sie.

Er nickte. »Ja, aber einen Moment lang habe ich geglaubt, er hätte dich erwischt.« Der Pfeil glitt aus seinem Fleisch und hinterließ eine blutlose Wunde, die am Morgen verheilt sein würde.

»Vielen Dank.«

»Keine Ursache.« Angel spannte den Arm an, um sich zu vergewissern, dass er ihn normal bewegen konnte.

Ihren Stab in beiden Händen haltend, setzte sich Buffy wieder an die Spitze ihrer kleinen Gruppe. Der Weg war hell erleuchtet dank der

Kerzen, über die sie sich zuerst wunderte. Doch dann fiel ihr deren Anordnung auf und sie begriff, dass sie zu einem rituellen Zweck aufgestellt worden waren.

Oz achtete mit Hilfe der Karte, die Xander gefunden hatte, darauf, dass sie den richtigen Weg nicht verfehlten. Plötzlich gabelte sich der Tunnel vor ihnen und Buffy verlangsamte ihren Schritt.

»Wo lang jetzt?«, fragte sie.

»Moment mal.« Oz studierte die Karte, wobei er sich umdrehte, sodass das Licht über seine Schulter auf das Papier fiel. In dem Moment gab das Walkie-Talkie ein Signal von sich. Ohne hinzusehen griff Oz nach dem Gerät. »Ja?«

»Wir sind jetzt am Eingang«, hörte man Giles sagen. Er keuchte und rang nach Luft. »Ich fürchte allerdings, dass uns unsere Verfolger dicht auf den Fersen sind. Habt ihr Willow gefunden?«

»Noch nicht. Bleiben Sie einfach im Haupttunnel, dann treffen Sie uns automatisch.« Oz fuhr mit seinem Finger über die Karte.

Plötzlich bemerkte Buffy, dass sich auf der rechten Seite des Tunnels etwas bewegte. Sie fuhr zu Oz herum, packte sein Hemd mit einer Hand und stieß ihn zur Seite. Dann schob sie den Stab zusammen, wodurch es einfacher war, ihn in dem engen Tunnel einzusetzen.

Angel hielt einen der angreifenden Elfen mit seinem Eisenarmreif auf, indem er ihn einfach zur Seite schlug. Der Elf prallte gegen die Wand und verwandelte sich sofort in eine formlose schwarze Masse. Mit seinem Knüppel erwischte Angel einen anderen mitten im Flug und zwei weitere mit einem Rückhandschwung. Damit hatte er drei von ihnen vernichtet.

Buffy traf einen der Elfen hart ins Gesicht und fühlte, wie durch den Stoß ein Zittern durch ihren Arm fuhr. Einen weiteren erledigte sie mit einem kurzen scharfen Schwinger. Dann wirbelte sie ihren Stab herum, stieß ihn in den nächsten Elf und fegte ihn beiseite.

Der letzte Elf stieß einen schrillen Schrei aus und zischte geradewegs auf ihr Gesicht zu. In seinen winzigen Händen hielt er einen Speer.

Sich ganz auf ihre Reflexe verlassend, trat die Jägerin den Elf mit einem Schwung aus der Hüfte und schickte ihn auf den Boden. Dann ließ sie den Stab in ihren Händen herumwirbeln und stieß das eisenbeschlagene Ende schwungvoll in den noch immer verdatterten Elf. Er verwandelte sich sofort in schwarzen Pudding.

»Das kommt davon, wenn man Widerstand leistet«, bemerkte Buffy und rannte den rechten Tunnel hinunter.

»Hier sind wir richtig«, sagte Oz, der ihr auf den Fersen folgte. »Ich kann sie hören.«

Ein intensiver summender Ton hallte im Tunnel wider. Das Geräusch erinnerte Buffy an eine Sendung über Bienenzucht, die sie einmal mit Willow gesehen hatte, als sie sich an einem ruhigen Abend durch das Programm gezappt hatten.

Ein halbes Dutzend weiterer Elfen versuchte ihr den Weg abzuschneiden, aber Buffy war zu schnell, als dass sie sie hätten aufhalten können. Und noch bevor sie es begriffen hatten, war die Jägerin mitten unter ihnen und der eisenbeschlagene Stab traf ohne Gnade. Drei von ihnen fielen ihrer Kampfkunst zum Opfer, während sich Angel und Oz um den Rest kümmerten.

»Nein!« Das war Willows Stimme, die jetzt ganz nah klang. Buffy warf sich mit einem schnellen Anlauf gegen die niedrige Tür vor ihr, die sofort aufsprang. Sie warf sich auf den Boden und rutschte mit ausgestreckter Hand weiter.

Die riesige Höhle, in der sie landete, war voller Kerzen und Elfen. Buffy erblickte sofort den uralt aussehenden Elf mit dem Messer, der über Willow schwebte. Sie bemerkte auch die gewundenen Wurzeln, die sich um die Handgelenke und Fußknöchel ihrer Freundin schlangen.

Buffy nahm an, dass der alte Elf Elanaloral, der König der Elfen, war. Dieser wandte seine Aufmerksamkeit wieder Willow zu und erhob sein Messer.

Immer noch auf dem Boden liegend, holte Buffy mit dem Stab aus und warf ihn wie einen Wurfspeer. Da sie nicht sicher war, ob er den alten Elfen treffen würde, bevor dieser das Messer in Willows Herz gestoßen hätte, zielte sie auf das Messer selbst.

Als das eisenbeschlagene Ende auf das Messer traf, schlugen Funken. Das Messer flog aus der faltigen Hand des Elfenkönigs, der ihm sofort einen wutentbrannten Schrei hinterhersandte. Elanaloral stieg in die Höhe und flog hinter dem sich in der Luft drehenden Messer her. Der Stab wiederum traf einen Elf auf der anderen Seite des Raumes und machte schwarzen Brei aus ihm.

»*Tötet sie!*«, befahl der Elfenkönig kreischend.

Buffy wusste nicht, ob er sie oder Willow damit meinte, aber beide Möglichkeiten waren für sie inakzeptabel. Sie kam mit einem Rückwärtssalto auf die Füße und ging dann in eine defensive Halbhocke. Da rasten auch schon mehr als ein halbes Dutzend Elfen mit erhobenen Speeren, Messern und Schwertern auf sie zu.

Sie verließ sich nun ganz und gar auf ihre Reflexe. Ein Tritt mit dem Absatz ihres Stiefels schickte einen ihrer Angreifer im Flug durch die ganze Höhle, ein Stoß mit dem Ellbogen traf einen anderen aus einer

Drehung heraus und schleuderte ihn gegen einen dritten. Buffy sprang in die Luft, um den Pfeilen auszuweichen, die auf ihre Füße gerichtet waren, und nutzte dies für ein paar wohl gezielte Tritte, die vier weitere Elfen kopfüber durch den Raum fliegen ließen. Sie tötete die Elfen nicht, gewann aber durch ihre Abwehr wertvolle Sekunden.

Plötzlich trat Angel in die Höhle. Da er mit rasender Geschwindigkeit zum Angriff überging, waren die Elfen gezwungen, sich im Raum zu verteilen. Sein eisenbeschlagener Handreif schlug einen nach dem anderen zu schwarzem Brei, als er sich den Weg zu ihr freikämpfte. »Buffy!« Er schüttelte den kleinen Schild von seinem Arm und warf ihn ihr zu.

Buffy fing die kleine Eisenscheibe mit beiden Händen auf.

»*Ein Vampir!*«, kreischte einer der Elfen. »*Er hat sich mit den Menschen verbündet. Jagt einen Pfahl durch sein Herz und tötet ihn!*« Sogleich begann ein Trio von Elfen Pfeile in ihre Bögen einzulegen.

Nachdem Buffy in Sekundenschnelle die Distanz und den richtigen Winkel abgeschätzt hatte, warf sie den Eisenschild wie einen Frisbee. Er prallte von zwei Wänden ab und enthauptete zwei der Elfen. Dann stieß er wieder gegen eine Wand, prallte ab und traf den dritten Bogenschützen, der sofort tot war.

Buffy vollführte einen weiteren Überschlag und sprang so über zwei Elfen, die mit ihren scharfen Steinmessern auf ihre Beine einstechen wollten. Sie landete auf den Händen und konnte mit der rechten den Stab ergreifen. Als sie sich wieder aufgerichtet hatte, packte sie den Stab mit beiden Händen und hielt ihn in Schulterhöhe.

Dann nahm sie Angriffshaltung an. Nun ging es nur noch ums nackte Überleben. Buffy konnte nicht jeden der Elfenangriffe abwehren und erlitt ein halbes Dutzend Verletzungen, Messerschnitte, die tief, aber nicht lebensbedrohlich waren. Der Stab wirbelte in ihren Händen, als wäre er zu eigenem Leben erwacht.

Angel kämpfte wie ein Derwisch und schlug breite Schneisen in die Elfengruppen, die ihn attackierten. Er blieb niemals so lange an einem Fleck, dass er ihnen die Gelegenheit gegeben hätte, ihn zu überwältigen. Er nutzte den ganzen Raum aus, der ihm zur Verfügung stand.

Auch Oz war inzwischen durch die Türöffnung geklettert und rannte sofort an Willows Seite. Er schlug auf die Wurzeln ein, die Willow fesselten, und konnte Teile von ihnen herausreißen. Willow versuchte ihre Fesseln zu lösen.

Buffy blieb ständig in Bewegung, kämpfte gegen die Elfen und bemerkte, dass es langsam weniger wurden. Die Überlebenden begannen sich in Gruppen an der Felsdecke zu versammeln, um sich in Sicherheit zu bringen.

Im nächsten Augenblick waren plötzlich Giles, Xander und Cordelia bei ihnen. Giles schwang seine Keule mit der Geschicklichkeit eines Fechters und führte präzise, zielgerichtete Stöße aus, während Cordelia und Xander mit bloßen Fäusten um sich schlugen. Giles hielt außerdem in der anderen Hand eine Laterne in Form eines Bären, woraus Buffy schloss, dass er endlich das gefunden hatte, wonach er auf der Suche gewesen war.

Xander stürmte zu Willow und durchtrennte die Wurzeln mühelos mit einem Schwertstreich. Er und Oz nahmen Willow in ihre Mitte und zogen sie auf die Beine.

»Hier lang!«, schrie Cordelia und verteidigte die kleine Tür, durch die sie gekommen waren. Doch auf einmal langte eine Kreatur, die Buffy bisher nicht bemerkt hatte, durch die Türöffnung und traf Cordelias Knöchel mit einem Messer. Sie schrie entsetzt auf, war aber geistesgegenwärtig genug, um den angreifenden Arm mit einem kräftigen Schlag abzuhacken. Obwohl die Kreatur größer zu sein schien, verwandelte sie sich genau wie die anderen Elfen in eine schwarze schleimige Pfütze.

Buffy traf einen anderen Elf in der Luft und machte ihn zu Pudding. »Was war das?«, fragte sie Xander.

»Ein Changeling«, erklärte er, ohne im Kampf innezuhalten. »Stell sie dir wie die neuen Klingonen aus *Star Trek* vor. Kurz gesagt: Große böse Jungs. Sie haben sich in unserer Welt seit 150 Jahren breitgemacht. Der da hätte mein Ex-Kumpel Hutch sein können.«

Mehr und mehr Changelings und Vampire folgten dem ersten nach und strömten wie eine Flut in die Höhle. Sie nahmen den ganzen Raum in Beschlag, der zum Kampf zur Verfügung gestanden hatte. Gut war allerdings, dass sie auch die Aufmerksamkeit der Elfen ablenkten.

»Es gibt noch einen anderen Ausgang!«, rief Oz.

»Wo?«, fragte Buffy und schnappte sich wieder ihren Stab. Trotz ihrer besonderen Jägerinnen-Kraft spürte sie, dass sie allmählich müde wurde. Die Elfen hätten allein auf Grund ihrer Überzahl gewinnen können.

»Der Karte nach gibt es einen Tunnel auf der anderen Seite dieser Wand«, sagte Oz und deutete auf die Wand hinter Buffy. »Sie kann nicht besonders dick sein.«

Die Jägerin flog herum und nahm die Wand in Augenschein, auf der Druckstellen und Risse zu erkennen waren. Sie konzentrierte sich einen Moment lang, dann wirbelte sie herum und trat aus der Hüfte gegen die Wand. Risse durchzogen den Felsen und Staub stieg über ihr auf.

»*Haltet sie auf!*«, befahl der Elfenkönig. »*Sie dürfen nicht entkommen!*«

143

Die Elfen versuchten mit vereinten Kräften, Buffy einzukreisen.

»Ich gebe dir Rückendeckung«, sagte Xander zu Buffy und erhob sein Schwert, während er gleichzeitig Cordelia zu ihnen herüberzog. Gleich darauf zerteilte er einen Elf mit einem Schlag und ließ ihn zu schwarzem Blubber werden.

Buffy winkelte das Bein an und trat erneut zu. Die Wand erzitterte und stürzte dann in einer Wolke von Felsstaub ein. »Sesam, öffne dich!« Sie wandte sich um, packte Willow und sah Oz fragend an. »Wo führt der Tunnel hin?«

»Nach oben. Es muss so eine Art verlassener Schacht oder eine natürliche unterirdische Kammer sein.« Oz zog eine Taschenlampe aus seinem Gürtel. Hinter dem Loch in der Felswand war nichts als schwärzeste Finsternis, da dort keine Kerzen aufgestellt waren. Er ergriff Willows Hand und wollte sich auf den Weg machen.

»Nein«, protestierte Willow schwach. »Die Kinder! Wir müssen die Kinder retten.«

Erst jetzt sah Buffy die schmale Nebenhöhle an der hinteren Wand der Höhle und erkannte, was sich darin befand. »Wir holen sie.«

Mittlerweile erkämpften sich immer mehr Changelings und Vampire den Weg in die Höhle. Sie stifteten enorme Verwirrung und trieben die Elfen zurück. Buffy führte die Gruppe auf dem Weg durch die Höhle an. Oz, der die Taschenlampe mit einem Clip an seinem Gürtel befestigt hatte, hob eines der sechs Kinder hoch und hielt es in den Armen. Willow nahm ein anderes Kind und Xander, Giles, Cordy und Buffy trugen auch jeweils ein Baby. Dann verließen sie die kleine Höhle und traten den Rückzug in Richtung des Tunnels an.

»Iih!«, quietschte Cordelia. »Kann ich mit jemandem tauschen, der eins hat, das nicht nass ist?«

»Los, weiter!«, drängte Giles.

Angel sicherte die Gruppe ab, indem er seine Keule gegen Elfen und Changelings einsetzte, und schickte zudem noch den ein oder anderen Vampir zurück ins Kampfgetümmel.

Mit den entführten Kindern auf dem Arm passierten sie so schnell wie möglich das Loch in der Felswand. Giles, Cordy, Xander und Oz griffen zu ihren Taschenlampen, um den gewundenen, gerölligen Felsgang vor ihnen zu erleuchten.

Angel deckte den Rückzug, wobei diese Aufgabe durch die Enge des Felsgangs sehr erleichtert wurde.

Während sie lief, spürte Buffy die ganze Zeit das kleine Baby auf ihrem Arm. Kurz schoss ihr die Frage durch den Kopf, ob es sich vielleicht um Maggies Sohn handelte, aber im Grunde war das nicht so wichtig. Das

Baby gehörte zu jemandem, der es sehr vermisste, und das war alles, was sie wissen musste. Sie hielt es fest gegen ihren Körper gedrückt, um es vor der rauen Felswand zu schützen.

Einige Sekunden später roch sie die frische kühle Nachtluft, die den modrigen Geruch der Höhlen vertrieb. Sie blickte nach vorn und sah, wie Oz sich den Weg durch ein Gewirr von Wurzeln und dichtem Gebüsch freikämpfte. Die anderen folgten ihm und kamen leichter und schneller durch, nachdem er den Weg freigelegt hatte.

Aber wenn Angel nicht gewesen wäre, hätten die Elfen sie vielleicht doch noch eingeholt. Buffy wusste, das sich die Lage schnell wenden konnte, wenn sie erst einmal offenes Gelände erreicht hätten, denn dann würden die Elfen in ihren Bewegungen nicht mehr eingeschränkt sein.

»Giles!«, rief sie, als sie aus dem Tunnel rannten. Als sich der Wächter zu ihr umdrehte, übergab sie ihm das Kind, das sie trug. »Ich werde gleich beide Hände brauchen. Sorgen Sie dafür, dass die anderen vorwärts kommen!« Sie zog den Stab wieder zur vollen Länge auseinander. Hoffentlich schaffen sie es, rechtzeitig zu den Autos zu gelangen, die ziemlich weit entfernt geparkt waren, wo sie doch die entführten Kinder tragen mussten.

Angel versuchte die Elfen in dem Tunnel aufzuhalten und ihnen damit etwas Zeit zu verschaffen. Aber er wurde heftig attackiert und von einem Dutzend kleiner Pfeile getroffen, die seinem Herzen gefährlich nahe kamen.

Buffy wirbelte den Stab herum und fand sofort ein paar geeignete Ziele. Während sie die dumpfen Aufschläge gegen ihre Waffe spürte, fragte sie sich, an welcher Stelle des Parks sie überhaupt rausgekommen waren.

»Die Bulldozer! Sie sind nicht mehr weit!«, rief Giles. »Sie können uns etwas Deckung geben.«

»Was ist mit der Wachmannschaft von Gallivan?«, fragte Xander.

»Angesichts der ganzen Vampire im Wald halte ich es für unwahrscheinlich, dass sie uns belästigen«, mutmaßte der Wächter. Er setzte sich an die Spitze der Gruppe und verfiel in ein leichtes Joggen, trotz der beiden Babys in seinem Arm.

Die Kinder schliefen ungerührt von der ganzen Aufregung um sie herum tief und fest. Wahrscheinlich, dachte Buffy, standen sie immer noch unter dem Einfluss des Feenpulvers. Glückliche Kids. Sie hielt ihren Stab ständig in Bewegung, verteidigte sich gegen Angriffe und erledigte jeden Elf, der in Schlagnähe kam. Immer stärker spürte sie die Müdigkeit in ihren Armen. Schweiß bedeckte ihren Körper und durch-

145

nässte ihre Kleider. Buffy merkte die Erschöpfung. Ein Blick auf Angel ließ sie vermuten, dass es ihm ähnlich gehen musste.

Sie holte wieder einige der Eisenkugeln hervor, die sie mitgebracht hatte, um die Elfen abzuschießen. Denen war es inzwischen gelungen, hinter die von ihr und Angel verteidigte Linie zu kommen. Sie traf fast immer, aber ein paar Mal verfehlte sie ihr Ziel und traf stattdessen die Äste über ihnen.

Sie erreichten die Baumaschinen innerhalb von zwei Minuten. Giles' Anweisungen folgend krochen sie unter eine der Planierraupen, wo sie zwischen den gigantischen Gummiwalzen ein sicheres Versteck fanden. Oz, Willow und Cordy kümmerten sich um die Babys und achteten darauf, das sie zugedeckt auf dem Boden lagen. Zum Glück waren sie immer noch nicht aufgewacht.

Buffy, Angel, Xander und Giles bekämpften jeden Elf, der ihnen zu nahe kam. Jenseits ihres eigenen Kampfschauplatzes eskalierte mittlerweile das Gefecht zwischen den Vampiren und den Changelings. Nach einer Weile mussten die Vampire einsehen, dass ihre Fangzähne und Krallen gegen die Elfen nicht halb so viel ausrichteten wie die Waffen der Jägerin. Deshalb suchten sie nahe der Grabungsstätte nach Eisenstücken. Zugleich wurden sie unablässig von Changelings und Elfen angegriffen, deren Pfeile ihren Herzen gefährlich nahe kamen.

»Hier bleiben ist keine Option, die ich jetzt auf einem Fragebogen ankreuzen würde«, sagte Buffy zu Giles.

Der Wächter nickte. Sein Gesicht war mit Spuren von Blut, Schweiß und Dreck bedeckt. »Die Laterne!«, sagte er. »Wir müssen die Laterne anzünden!« Er löste sie von seinem Gürtel und hielt sie hoch. »Die Elfen werden in sie hineingesogen.«

Buffy schlug nach einem Elf, traf ihn zwischen den Augen und verwandelte ihn zu einer Schleimkugel, die an der großen Walze neben ihr zerplatzte. Immer mehr Elfen schlugen gegen die Planierraupe. »Sind Sie sicher, Giles?«

»Die Laterne übt angeblich immer noch Macht über diese Wesen aus«, erklärte dieser. Er blickte sie an, atmete tief durch und zuckte dann die Schultern. »Das ist das Beste, was mir in dieser Situation einfällt.«

Buffy schlug einen Vampir, der sie zu packen versuchte, auf den Kopf. Er stolperte nach hinten und wurde dann sofort von einem Changeling attackiert, der einen abgebrochenen Ast in sein Herz stieß. Während der Vampir zu Staub zerfiel und sich der Changeling an Buffy heranmachte, rief sie: »Okay, dann nehmen wird den besten Einfall.« Sie ergriff den Henkel der Laterne, die Giles ihr hinhielt. »Haben Sie ein Streichholz?«

146

Giles machte ein überraschtes Gesicht. Er klopfte seine Taschen ab und schüttelte bedauernd den Kopf. »Leider nein.«

Da reckte ihr Xander auch schon seine Hand entgegen, in der er ein Feuerzeug hielt. Die Flamme sprang sofort hoch. »Come on, baby, light my fire.«

Buffy schnappte sich das Feuerzeug und rannte auf die Lichtung hinaus. Sofort wurde sie von Elfen attackiert, aber sie verteidigte sich mit ihrem Stab. Als ihr ein Vampir in die Quere kam, stieß sie den Stab in den Boden, schwang sich an ihm in hohem Bogen über den Vampir hinweg und setzte ihren Weg fort.

Dann war plötzlich Angel hinter Buffy und deckte sie in kampfbereiter Haltung. Sein Schatten fiel über sie, als sie die Laterne auf dem Boden abstellte und sich vor sie kniete. Er schlug alles in die Flucht, was ihr zu nahe kommen wollte. Nur ein paar Meter entfernt sah Buffy die Leichen von zwei Wachmännern liegen. Gallivans Sicherheitsteam würde ihnen wohl keine Probleme mehr bereiten.

Sie fand den Riegel an der Bären-Laterne und öffnete die kleine Tür. Dunkler Ruß bedeckte das Innere der Laterne, die wohl schon seit Jahrhunderten nicht mehr geputzt worden war. Aber es gab nichts darin, um sie anzuzünden. Weder einen Docht noch Petroleum.

Buffy sah sich hastig um und bemerkte, dass sie und Angel sich im Zentrum des Orkans befanden, der durch den Wald tobte. Buffy sprang auf und riss ein Stück von dem Hemd eines Vampires ab, den Angel gerade mit einem Ast pfählte. Während der Vampir zu Staub zerfiel, stopfte sie den Stoff in die Laterne. Sie zündete das Feuerzeug an und hielt es an den Stoff. Doch dieser fing nicht richtig Feuer, sondern glühte nur an den Rändern leicht auf.

»*Nein!*«, rief plötzlich eine Stimme.

Buffy blickte auf und sah den Elfenkönig auf sie zurasen. Er hielt einen Speer in der Hand, mit dem er direkt auf sie zielte. Der Anblick dieser bösartigen Gestalt nahm ihr auch die letzten Skrupel, die Laterne wirklich anzuzünden.

Zwar gelang es ihr nicht mehr, den Stab herumzuschwingen und den Elfenkönig mit dem eisenbeschlagenen Ende zu treffen, doch immerhin konnte sie seinen Angriff mit dem Holzschaft aufhalten. Das Wesen prallte zurück, fing sich aber schnell wieder. Es griff in den Lederbeutel an seiner Seite und holte eine Handvoll glitzernden Staub hervor.

Buffy wusste, dass sie ihre Position aufgeben musste, wenn es ihm gelang, mit dem Schlafsand nach ihr zu werfen. Sie zog ihre beiden letzten Eisenkugeln hervor und schleuderte sie so schnell sie konnte in seine

147

Richtung. Ein anderer Elf in der Nähe warf sich vor Elanaloral und opferte sein eigenes Leben für den König.

Buffy wandte sich wieder der Laterne zu. Sie blies vorsichtig in die Glut, die am Rand des Stoffes glimmte und nur darauf wartete, Feuer zu fangen. Im nächsten Augenblick schlugen Flammen auf und verbreiteten grauen Rauch und Funken.

»*Nein! Das darf nicht sein!*«, schrie der Elfenkönig in rasender Wut.

Einen Moment später schien es, als wäre eine Miniatur-Atomexplosion in der Laterne gezündet worden. Die Flammen wurden größer und Licht strömte in breiten Strahlen aus den Augen und dem aufgerissenen Maul des Bären. Buffy war so geblendet, dass sie blinzeln musste. Heißer Wind wehte ihr Haar zurück.

Und dann kamen die Elfen, von der Laterne angezogen wie Motten vom Licht. Sie flogen zu Dutzenden in die Flammen, schrumpften zu winzigen glimmenden Funken zusammen und verschwanden in der Laterne. Sogar die Changelings wurden von der Laterne aufgesogen. Einige von ihnen erkannten die drohende Gefahr und versuchten davonzukommen, aber die mystische Energie der Laterne reichte weit, erfasste auch sie und zog sie in den Lichtstrudel.

Die Vampire traten den Rückzug an, weil sie offenbar fürchteten, dasselbe Schicksal zu erleiden.

Dann erloschen die Lichtströme genauso plötzlich, wie sie aufgeflammt waren. Das Maul und die Augen des Bären wurden dunkel und das Feuer in seinem Bauch verglühte. Zögernd streckte Buffy die Hand nach der Laterne aus, stellte jedoch bei der Berührung fest, dass sie überhaupt nicht heiß war.

Sie packte den Griff der Laterne, stand auf und hielt sie hoch, damit alle Vampire sie sehen konnten. »Straßenreinigung beendet!«, rief sie in barschem Tonfall. »Ich lasse die Laterne nicht aus der Hand und drinnen gibt es eh nur noch Stehplätze!«

Die etwa zehn Vampire, die sie noch unter den Bäumen erkennen konnte, grummelten und sahen sich gegenseitig auf der Suche nach einem Anführer ratlos an. Doch niemand meldete sich für den Job. Schweigend zogen sie sich zurück und verschwanden in der Dunkelheit des Waldes.

Buffy ärgerte sich darüber, sie alle entkommen zu lassen. Lieber hätte sie jetzt alle erledigt, aber dafür war sie viel zu erschöpft.

»Bist du okay?«, fragte Angel und berührte ihren Arm.

»Ja!«, antwortete Buffy und beobachtete, wie Giles den anderen vorsichtig unter der Planierraupe hervorhalf. »Wir haben die Elfen eingeschlossen und die Kinder zurückgeholt, also ist unsere Aktion siegreich verlaufen.«

»Das kann man wohl sagen!«, bestätigte Angel und legte einen Arm um ihre Schulter, um sie zu stützen.

Trotz der Schmerzen und der Erschöpfung, die sie fühlte, hellte sich Buffys Miene sofort auf, als Giles ihr eines der Babys reichte.

»Sie sind wach«, sagte der Wächter leise. »Sie sind genau in dem Augenblick aufgewacht, als das Licht in der Laterne erloschen ist.«

Ein Lächeln glitt über Buffys Züge, als sie in das runde, kleine Gesicht sah, das von dem Laken fast verdeckt wurde. Große braune Augen blickten sie unschuldig an, während der kleine Junge an seiner Faust nagte. Mit der anderen Hand griff er nach einem ihrer Finger und drückte ihn fest.

»Kommt, lasst uns die kleinen Zwerge hier nach Hause bringen«, schlug sie den anderen vor. »Es ist allerhöchste Schlafenszeit für sie!«

Epilog

»Also ist Hutch nie wieder in dem Comicladen aufgetaucht?«, fragte Buffy. Sie saß an einem der steinernen Picknicktische, die am Rande des Weatherly Parks standen. Es war Freitagabend und die große Sunny-dale-High-Frühjahrsparty war im vollen Gange.

»Nein«, antwortete Xander, der neben ihr auf der Bank saß. Sie beobachteten beide Cordelia, die durch die Menge schwirrte und Punkte für das Styling ihrer Anhängerinnen vergab.

»Hast du nach ihm gefragt?«, wollte Buffy wissen. Sie war immer noch müde von der vergangenen Nacht, aber dennoch drehte sie ab und an eine Runde durch den Wald, um sicherzugehen, dass keine Vampir-Partycrasher auftauchten. Bisher war sie zum Glück nicht einem Einzigen begegnet.

»Hab ich, ganz unauffällig, weißt du«, antwortete Xander. »Sie haben mir gesagt, dass ein Freund von ihm angerufen und ihnen gesagt hat, dass sein Vater in Scranton oder sonstwo im Sterben liege und dass Hutch deswegen nicht mehr da sei.«

»Also wissen wir nicht, ob er in der Laterne steckt oder im Kampf um das Territorium umgekommen ist.« Buffy hatte die Laterne Giles gegeben, damit er sie in Zukunft gut behütet.

»Nein. Aber ich glaube nicht, dass wir alle Changelings geschnappt haben. Ich denke, einige sind bestimmt noch unter uns.«

»Ein ziemlich unheimlicher Gedanke.«

»Das liegt an der Gesellschaft, in der ich mich rumtreibe«, zog Xander sie halb ernsthaft auf. »Wie gehts eigentlich den Babys?«

»Ich habe Maggie angerufen«, antwortete Buffy. »Sie hat mir gesagt, dass es Cory prächtig geht. Sie hat mit den anderen Eltern gesprochen, die ihre Babys verloren hatten, und allen geht es großartig. Sie haben keine gesundheitlichen Schäden davongetragen.«

In der Nacht zuvor hatten sie die Babys zum Krankenhaus getragen und sie vor den Eingang der Notaufnahme gelegt. Dann hatten sie von der anderen Straßenseite aus angerufen und ungeduldig gewartet, bis die

Krankenpfleger herausgekommen waren und die Kinder gefunden hatten.

Die Medien kannten immer noch nicht die wahre Geschichte. Aber sie hatten eine wilde Bestie erfunden, die angeblich die sieben Wachen von *Baxter Security* angefallen hatte. Viele Eltern waren nicht gerade begeistert von der Idee, dass ihre Kinder zu einer Party gingen, die in dem Park stattfand, wo es zu den Attacken gekommen war. Für manche machte das die Party allerdings nur noch interessanter. Sie war megagigantisch und Cordelia genoss ihren Bienenköniginnen-Status.

Das, was das Interesse der Medien am meisten erregte, war die Tatsache, dass Hector Gallivan die Pläne für seinen Freizeitpark zurückgezogen hatte. Und es wurde sogar noch größer, als Gallivan jeden Kommentar dazu verweigerte.

Die Erwachsenen und die Geschäftsleute, die mit Willows Protestaktionen sympathisiert hatten, waren der Meinung, dass Gallivan die Pläne wegen der Morde an den Sicherheitskräften zurückgezogen habe, denn nur die ersten beiden hatte er als Unfälle erklären können.

Jetzt stürmte die Boulevardpresse Sunnydale und erfand Geschichten, die immer haarsträubender wurden. Einige Reporter von Fernsehsendern waren sogar auf der Frühjahrsparty aufgetaucht, um Schüler zu interviewen. Buffy beobachtete, wie sie sich unter die Leute mischten und Gruppen von Schülern ansprachen. Sicherlich würden die Geschichten am nächsten Morgen noch hahnebüchener sein.

Und keine wird nicht mal annähernd an die Wahrheit herankommen.

Oz und Willow stießen zu ihnen und balancierten Becher mit Bowle und Teller, auf denen sich Snacks türmten. »Ihr verpasst eine großartige Party«, sagte Willow. Jetzt, da Tad wieder dahin zurückgekehrt war, wo er hingehörte, hatte sich ihre Stimmung deutlich verbessert.

»Ich bestimmt nicht«, orakelte Xander düster und warf einen Blick auf Cordelia. »Ich werde die ganze Party haarklein erzählt bekommen, wieder und wieder. Wer was anhatte, wer mit wem rumhing und warum einige Leute einfach nicht auf der Gästeliste stehen sollten.«

»Das klingt doch höchst spannend«, zog ihn Willow auf. »Du kannst es kaum abwarten, stimmts?«

Xander warf ihr einen genervten Blick zu. »Ich wünschte bloß, dass solche Anlässe mit Cordelia nicht immer so anstrengend wären!«

»Sie sieht so aus, als ob sie sich großartig amüsiert«, bemerkte Oz.

»Oh, und wie!«, antwortete Xander. »Nur ich scheine völlig Luft für sie zu sein. Aber immerhin habe ich nette Gesellschaft. Buffy sitzt auch als Mauerblümchen herum.«

Buffy legte ihr Kinn auf die Fäuste und starrte vor sich hin. Was Xander sagte, war nur allzu wahr. Sie hatte sich auf die Party gefreut, aber inzwischen war ihr der Spaß vergangen.

»Du musst kein Mauerblümchen sein«, sagte eine leise Stimme hinter ihr in einem Tonfall, der ihr einen Schauer über den Rücken jagte.

Sie drehte sich um und sah, dass Angel hinter ihr stand. Er war in Schwarz gekleidet und sah wie immer extrem gut aus. »Hi«, begrüßte Buffy ihn.

»Hi.« Angel wand sich ein wenig. »Ich hätte wahrscheinlich nicht kommen sollen. Eigentlich hatte ich es auch nicht vor. Aber irgendwie bin ich jetzt doch hier gelandet.«

»Ich bin froh darüber«, sagte Buffy. Aber es schmerzte sie, ihn zu sehen und zu wissen, dass es zwischen ihnen nie wieder wie früher sein würde. Aber konnte es nicht für ein paar Stunden so sein? Sie sah ihn an. »Du meintest gerade, dass ich kein Mauerblümchen bin?«

Er verstand und reichte ihr die Hand. »Möchtest du tanzen?«

»Nichts lieber als das«, antwortete Buffy. Sie ließ sich von ihm auf die freie Fläche unter den aufgehängten Lichterketten führen, wo andere Paare tanzten. Als er sie an sich zog, drückte sie sich an seinen Körper. Langsam begannen sie sich im Takt der Musik zu wiegen.

Und für einen Moment fand die Jägerin Frieden. Es gab keine Vergangenheit und keine Zukunft, nur das wunderbare Jetzt.

Buffy – Im Bann der Dämonen

Seit Menschengedenken treiben sie ihr Unwesen im Verborgenen – Vampire, Dämonen, unheilvolle Mächte. Doch in jeder Generation gibt eine Jägerin, deren Aufgabe es ist, diese Höllenbrut zu bekämpfen.

Aber warum musste dieser Job ausgerechnet Buffy zufallen, einer jungen, hübschen und – auf den ersten Blick – ganz normalen Schülerin?

Und so ist Buffy alles andere als glücklich über ihre »Bestimmung« – und das nicht erst, seit bei einer ihrer Jagden die High School ihrer Heimatstadt in Flammen aufging ...

Richie Tankersley Cusick
Buffy – Im Bann der Dämonen
Die Wiederkehr des Meisters
Roman

John Vornholt
Buffy – Im Bann der Dämonen
Der Hexer von Sunnydale
Roman

Christopher Golden/Nancy Holder
Buffy – Im Bann der Dämonen
Halloween

Arthur Byron Cover
Buffy – Im Bann der Dämonen
Die Nacht der Wiederkehr

Christopher Golden & Nancy Holder
Buffy – Im Bann der Dämonen
Das Blutschwert
Roman

Nancy Holder
Buffy – Im Bann der Dämonen
Die Angel Chroniken I
Roman

Richie Tankersley
Buffy – Im Bann der Dämonen
Die Angel Chroniken II
Roman

vgs verlagsgesellschaft, Köln